岭海揽秀

陈韩星艺文录

陈韩星　著

暨南大学出版社
JINAN UNIVERSITY PRESS

中国·广州

图书在版编目（CIP）数据

岭海揽秀：陈韩星艺文录 / 陈韩星著. -- 广州：
暨南大学出版社，2024. 10. -- ISBN 978-7-5668-4019-6

Ⅰ．I217.2

中国国家版本馆 CIP 数据核字第 2024FM7951 号

岭海揽秀：陈韩星艺文录

LINGHAI LANXIU：CHEN HANXING YIWENLU

著　者：陈韩星

出 版 人：阳　翼

责任编辑：武艳飞　潘舒凡

责任校对：刘舜怡　黄晓佳　许碧雅

责任印制：周一丹　郑玉婷

出版发行：暨南大学出版社（511434）

电　　话：总编室（8620）31105261
　　　　　　营销部（8620）37331682　37331689

传　　真：（8620）31105289（办公室）　　37331684（营销部）

网　　址：http：//www. jnupress. com

排　　版：广州市新晨文化发展有限公司

印　　刷：深圳市新联美术印刷有限公司

开　　本：787mm×1092mm　1/16

印　　张：13.75

字　　数：329 千

版　　次：2024 年 10 月第 1 版

印　　次：2024 年 10 月第 1 次

定　　价：68.00 元

汕头小公园开埠区

汕头礐石风景区

汕头侨批文物馆

汕头国际会展中心

2019汕头潮剧艺术周［第五届（汕头）国际潮剧节］开幕式暨"筑梦新时代"文艺表演在潮汕体育馆举行。1 500名海内外嘉宾齐聚鮀城共享潮剧艺术盛宴

潮乐大合奏

（本版彩页照片由汕头日报社提供）

潮州韩文公祠

潮州广济桥（湘子桥）

（本版彩页照片由潮州市韩愈纪念馆提供）

序一

艺术舞台执笔传声焕异彩

——国家一级编剧陈韩星畅谈特区文艺发展

《汕头日报》记者　陈文兰　文/摄

"我真正的艺术创作是伴随着汕头经济特区的建立而开始的，"在回顾自己的创作经历时，陈韩星这样说道，"改革开放的进程也是我走上真正的艺术创作道路的全过程。"历史变迁在他的作品中留下了鲜明深刻的印记。听他讲述自己故事的时候，总让人感觉仿佛在欣赏一台精彩的戏剧，那巨大的感染力让人置身其中，之后又回味悠长。

走进陈韩星老师的家，书香顿时扑面而来。陈韩星是国家一级编剧，退休前任汕头市艺术研究室主任。年逾古稀的他步履坚定，精神矍铄，虽退休仍笔耕不辍。袅袅茶香中，特区建立40年、汕头文艺发展的美好画卷在陈韩星打开的话匣中徐徐展开。

歌剧《蝴蝶兰》奏响时代强音

特区建立40年来，汕头人的闯劲，在文艺领域也有鲜明的体现。陈韩星的作品不仅有着鲜明的时代特点，而且充满了乐观向上的积极追求。1979年底，由陈韩星和洪寿仁编剧的原创历史歌剧《蝴蝶兰》引起轰动，在大观园戏院连演16场，奏响了文艺创新的时代强音。

1980年4月，《蝴蝶兰》在广州为广东省第二次文代会作专场演出。回忆起当时情景，陈韩星脸上泛起红光，激动不已。

谈起《蝴蝶兰》的创作过程，陈韩星感慨万千，为了写这个剧本，他和汕头市歌舞团采风组的同事们在厦门图书馆待了半个月，废寝忘食地抄资料。记得当他统完第七稿并刻完最后一个字时，陈韩星把铁笔一扔，一瞬间觉得自己的一切已经被抽空，瘫坐下来。那个刹那，似乎眼前的剧本是有血有肉、有爱有恨的存在，他把自己的灵魂交付给了它。

功夫不负苦心人，《蝴蝶兰》轰动了广东文艺界，获广东省专业戏剧创作剧本一等奖，成为经典之作。可以这么说，《蝴蝶兰》由于政治上的敏锐，在当年得到关注；又由于艺术上的成熟，至今仍充满打动人心的力量。

满腹才识尽为各类"志书"

潮剧是潮汕珍贵的文化瑰宝，也是首批国家级非物质文化遗产。1991年，潮汕行政区域调整，汕头市的戏剧作者锐减，时任汕头市艺术研究室主任的陈韩星对艺研室的工作指向作了较大调整，从过去主要辅导各市戏剧创作转为主抓潮汕地方戏曲、地方音乐，即潮剧、潮乐的研究、整理和改革工作。

1991年，陈韩星创办《潮剧年鉴》丛刊，至2005年已刊行15卷。"《潮剧年鉴》所辑录各潮剧团演出活动情况，大体包含简介、建制、艺术骨干、剧目简介、大事记五大部分"，陈韩星和艺研室的同仁付出的艰辛努力没有白费，《潮剧年鉴》得到潮剧界及社会各界的高度评价。2005年，丛刊入编北京的清华大学中国学术期刊（光盘版）电子杂志社合作中心"中国知识资源总库·中国年鉴全文数据库"。

汕头民间文艺究竟丰富到何种程度？对很多人来说都是一个模糊的概念。当我们面对两大部文化艺术志书，这种模糊的概念就会变为具体。1999年，由陈韩星担任副主编的《汕头文化艺术志》书稿封笔付印，他和主编李福光、副主编黄廷杰终于长长地舒了一口气：这项历时近10年的文化工程终于竣工了。

《汕头文化艺术志》收录了从中华人民共和国成立前到1979年潮汕地区各艺术门类的发展与变迁。很多人都知道，编志最怕没资料。只有在拥有大量资料的基础上才能编出高质量的集成志书。陈韩星和编辑组的同事迎难而上，为了收集资料，他们可以说是使尽了浑身解数，奔波于图书馆、档案室，一点点地收集、阅读、整理、分类、撰写，一字一字地校对，呕心沥血，殚精竭虑。

有朋友开玩笑说："古人云，编志不得志，得志不编志，只有官场上不得志的人才去编志。"陈韩星并不这样看，他说，编辑各类"志书"，不是个人的事情，历史通过我们的记录而流传下来，这才是最大的意义，也是对编志的人最大的褒奖。十年磨一剑，2009年，已经退休的陈韩星再挑重担，担任编审的第二部《汕头文化艺术志》如期面世。

精品力作唱响时代心声

随着特区文化产业的繁荣，老百姓能参与的文化活动、娱乐形态百花齐放。"纪念毛泽东同志诞辰 100 周年文艺晚会""庆祝汕头经济特区成立 20 周年""汕头市旅游节开幕式""纪念邓小平同志诞辰 100 周年文艺晚会""《汕头精神之歌》文艺晚会"……这些大型晚会给汕头市民留下了深刻印象，而陈韩星正是晚会主持词的撰写者。至今，陈韩星担纲主持词撰稿的大型晚会已有 60 多场次。与此同时，由他撰稿的诗朗诵节目频频亮相各大晚会，饱含激情的诗句点燃现场的气氛。

几十年来，一部部脍炙人口的剧作从陈韩星的笔端流淌而出，源源不断的精品力作，唱响时代的心声，也收获了广泛关注与好评。1985 年，陈韩星创作的《东坡三折》，拿下了上海戏剧学院函授班学员作品一等奖；1997 年，据陈韩星原著改编的 18 集电视连续剧《韩愈传奇》由广东电视台摄制播映，1999 年获广东省第三届"五个一工程"优秀作品奖；《大漠孤烟》《巴山夜雨》先后获"全国戏剧文化奖·大型剧本金奖"……

2006 年，陈韩星年满 60 岁办理退休，但到现在都还没有停下来，他先后参与广东省潮剧发展与改革基金会《潮韵》杂志的编辑工作、担任广东文艺职业学院学报《广东文艺研究》执行主编、担任汕头市文化馆主办的《文化汕头》执行主编等。

"我们这代人是生在旧社会，长在红旗下。我小时候家里穷，随父母在香港、泰国、家乡到处跑，高中毕业后又到海南下乡，一去就是 13 年。我的经历曲折坎坷，有今天这么一点艺术成就，除了自己的努力外，全靠我运气好，机遇好，我赶上了建立特区的好时代，回到了家乡这好地方……"陈韩星说，他很感谢让他可以施展才干的家乡和特区，感谢这个越来越好的时代，实际上，他是在享受这个好时代。

（载 2020 年 6 月 18 日《汕头日报》"文化"版
《庆祝经济特区建立 40 周年·文化大咖说亲历》专栏）

序二

文化老人与潮剧的 40 载情缘

——陈韩星致力于潮剧潮乐的研究整理，主编或参与编审《观潮探海》等多部出版物

《汕头日报》记者　魏朝霞　文/摄

由国家一级编剧、汕头市艺术研究室原主任陈韩星编撰的《观潮探海——潮剧潮乐研究文论集》一书近日由暨南大学出版社出版发行。该书结集陈韩星有关潮剧潮乐研究的文论，是其在潮剧研究道路上走过的四十年的印迹。

今年70多岁的陈韩星与潮剧结下了40载的深厚缘分，他致力于潮剧潮乐的研究整理工作，主编或参与编审了《潮剧年鉴》《潮剧研究》《潮剧志》等多部地方历史文化出版物；经潮汕历史文化研究中心策划主持，主编了《潮汕戏剧大观》。一系列书籍为潮剧留下了珍贵的资料。接受采访时陈韩星表示："我不是潮剧团的人，我常说自己是潮剧'边缘人'，为潮剧所做的一切，皆因心中那份责任感。"

他乡遇乡音 与潮剧结下不解之缘

20世纪60年代，19岁的陈韩星随着"上山下乡"的大潮，来到海南红岭农场，经劳动磨砺后，先后成为农场、师部、兵团宣传队的一名编剧。远在千里之外，思乡情浓，每当听到有人唱潮剧，他的眼泪就止不住流下来，这是故乡的声音啊！潮声响起，能解乡愁，潮剧带给他强大的精神慰藉，也促使他将一个愿望埋藏在心底：将来要为潮剧做点力所能及的事。陈韩星至今难忘，在海南期间，恰逢家乡潮剧团赴海南慰问演出，当时著名潮剧表演艺术家姚璇秋、方展荣等人都随团演出。陈韩星听到这个消息十分高兴，他乡遇乡音，首次接触潮剧团，他对潮剧有了更深的兴趣。"没想到十几年后，我会来写这些人的事迹，写潮剧，完成与潮剧有关的事情，这真是与潮剧的一种缘分！"1978年，陈韩星调任汕头市歌舞团编剧。1980年调至汕头地区戏剧工作室（后改为汕头市艺术研究室），他终于有机会"为潮剧做点什么"了。

创办年鉴丛刊 记录潮剧艺术丰富成果

1991年，在担任汕头市艺术研究室主任后不久，他得知国内很多剧种有了自己的戏剧年鉴，而潮剧还从没出版过年鉴。他回忆说："当时潮剧非常繁荣，潮剧团很多，每年的潮剧活动不少，有关潮剧的评论文章也非常多，是个创作、演出的活跃期，要编年鉴，内容是非常丰富的。"陈韩星当时在心中升腾起一股责任感：作为潮汕文化的代表，潮剧必须有自己的年鉴，将一年中有关潮剧的事情记录下来，为潮剧保存珍贵资料，他愿为此而努力。

在为《潮剧年鉴》的编印争取到专项拨款后，陈韩星邀请广东潮剧院和汕头戏曲学校有关潮剧研究专家，一起收集潮剧资料进行编纂。连续15年，至2006年陈韩星退休，艺研室共编写了15本《潮剧年鉴》，记录下潮剧发展的黄金时期。2004年，《潮剧年鉴》被清华大学"中国知识资源总库"编辑委员会收录入"中国年鉴全文数据库"。

集纳众智 为非遗研究留下珍贵资料

在《潮剧年鉴》初见成效之时，陈韩星又接续申请拨款编印《潮剧研究》及《潮乐研究》丛书。陈韩星表示，当时艺研室开展潮剧、潮乐研究可说是白手起家，在有关部门的支持下得以开展工作，一步一个脚印，以实干精神为潮剧、潮乐事业服务。

在担当艺研室主任后期，陈韩星联合李国平、林淳钧、陈骅、郑志伟、陈炳光等潮剧研究专家，集体编写《潮汕戏剧大观》。几位编著者当时年龄大多在50~60岁，有着丰富的积累。该书内容充实，让人们一览潮汕戏剧园地的绚丽多彩，为研究非遗潮剧与南戏的血缘关系提供翔实的第一手资料。由于具有较好的传承价值、学术价值和出版价值，该书近期入选国家新闻出版署中华民族音乐传承出版工程精品出版项目（2022年度）名单。

1991年，陈韩星接手艺研室原主任连裕斌主编的《潮剧志》，担任副主编和责任编辑。"编《潮剧志》还有一个难忘的故事。"陈韩星告诉记者，从1991年接手编辑该书，到1995年春节前已完成电脑排版第四轮的校对，即将完工。但此时却出现了意外，由于电脑中了病毒，之前校对过的内容全没了，只剩下首次编排的版本！为此，他付出近半年的心血，把整本书三校逾百万字的内容又扎扎实实校对了一遍。1999 年，《潮剧志》获得文化部第一届文化艺术科学优秀成果奖三等奖，为当时广东省两部获得三等奖的书籍之一，而校勘精确是获奖的一个重要原因。

满怀深情　书写斑斓的戏曲大观园

陈韩星说他为潮剧所做的一切是在完成自己的社会责任，而其实，在这过程当中，他已经和潮剧紧紧联系在一起，在岁月的沉淀中得到丰富的积累。刚刚出版的这本《观潮探海——潮剧潮乐研究文论集》，就是他几十年来甘于寂寞、精心撰写的关于潮剧与潮乐的文艺评论和艺术研究的集子。陈韩星将他对潮剧的深沉感情注入笔端，溯源潮剧、评戏论剧、写人记事、纵览潮剧的发展与传播、探究潮州音乐这一"华夏正声"的源起与流播……一篇篇深刻又生动的文章，带读者走进一个色彩斑斓的潮剧、潮乐大观园。正如上海戏剧学院戏剧文学系教授、文艺理论家朱国庆所说："这部文论集有一个鲜明的特点，就是充满了艺术的感觉和真挚的感情。"

《观潮探海——潮剧潮乐研究文论集》因其研究和传承价值得到了广东省潮剧发展与改革基金会的重视和认可，并为该书出版提供了资助。正如书中记载，潮基会成立以来，为潮剧事业的发展做了很多事情，包括举办潮剧创作研讨会、出版潮剧剧作丛书、举行优秀潮剧剧本评选……陈韩星表示，潮剧艺术需要文人与艺术家的共同参与，也离不开社会力量的支持推动。他希望，能有更多人加入潮剧、潮乐研究工作中，让这一优秀传统文化得到进一步发展传承。

（载 2023 年 3 月 8 日《汕头日报》"文化"版）

目　录

朗诵剧·舞蹈剧

电视专题片

电视系列剧

诗词·歌咏

海阔天空任翱翔

竹叶青青不肯黄，
枝条楚楚耐严霜。
有朝一日羽丰满，
海阔天空任翱翔！

　　——1965年6月登载于汕头市第一中学高三（1）班最后一期黑板报。我时任副班长兼班报主编，正准备考大学。许多年后我才知道，其时，父亲所谓的"胡风问题"已经像阴影一样笼罩在我身上，高考档案早已被盖上"该生不宜录取"字样。此诗前两句引自董必武写于1952年3月4日的《病中见窗外竹感赋》。冥冥中全诗似乎已隐喻了我的境遇和去向，同年9月12日，我作为汕头市"上山下乡"知识青年，启程赴海南岛儋县红岭农场。

一张旧船票

一

岁月迢迢，
常忆海南岛，
千里云水相隔，
大海浪滔滔。
多少回披风蹈浪，
红卫客轮摇呀摇；
多少回辗转奔波，
汗珠儿掉了又掉。
小小一张旧船票，
记载了几多颠沛辛劳；
小小一张旧船票，
沉积了几多磨难煎熬。

二

往事迢迢，
难忘海南岛，
三十载风雨沧桑，
心海浪滔滔。
多少回凭栏遥望，
胶雾椰云飘呀飘；
多少回反侧难眠，
泪珠儿掉了又掉。
小小一张旧船票，
凝集了几多愁肠苦恼；
小小一张旧船票，
汇聚了几多人生风涛……

（兰斋　曲）

蝶恋花

——欣闻国务院设立教师节

韩愈名高笔架小，似水流年，遗范文光照。邹鲁海滨贤集早，橡花湮处皆芳草。黉院层楼鳞次造，骄子千千，园里书声绕。兴学于今欣别调，潮人谈笑知多少！

　　——1984 年 12 月一天早上，中央人民广播电台播送了一条新闻：国务院决定提高中小学教师的待遇并计划设立教师节。接着，这条新闻还传达了陈云同志的一个批示，批示中有这样一句话：逐步使教师工作真正成为社会上最受人尊敬、最值得羡慕的职业之一。那一天，我心绪起伏，不能自已，晚饭后，沿着雪梅夹道的蜿蜒石径在笔架山上转来转去。我看到掩映在绿荫之中的、显得肃穆幽深的韩文公祠，不由得想起韩愈的名篇《师说》。我佩服他能于一千多年前便道出"古之学者必有师"的真知灼见，佩服他敢于"抗颜而为师"。我又看到新落成的图书馆大楼倚山峭立，与不远处的物理楼、化学楼交相辉映，蔚为壮观；相比之下，下面山坡上的振华堂、中山纪念堂、奎星阁、秀夫亭……一切古老的建筑物，都显得陈旧而黯然——是啊，时代在前进，社会在发展，我们所从事的事业，是前无古人的！其时，心潮欣欣不能自抑，尝填词一阕。

欣闻国务院设立教师节——调寄《蝶恋花》

（甲子冬陈韩星撰并书）

潮水情

（声乐组曲）

[**朗诵**] 远古时代，天地混沌。谁也不曾预料，在大洋西岸，会渐渐孕育出一方神奇的土地——在这里，海浪堆砌出一片广阔的平原。就在这与狂涛汹涌的大海紧紧相连的大平原上，却又流淌着一条从中原大地汇流而来的平静如镜的大河。这条被称为韩江的大河，带来了中原文化的魂魄，当然，也一路带来了南岭山水的灵秀。然而，她那平静的脉搏，却更直接地沟通了大海的潮汐。就这样，在这河海之间，萌生了一种岭海独具又兼有旧邦特色的潮人文化，也萌生出一缕缕至今仍萦绕于每个潮人心头，既恬淡怡然又刚烈沉毅的潮水情……

千里韩江

一

千里韩江，
水波荡漾。
两岸青山层叠，
鸥鸟展翅翱翔。
放流的杉排蜿蜒而过，
撒网的小船轻轻摇晃。
啊，韩江，我们的母亲河，
您滋润着广阔的潮汕平原，
千里沃野，稻花飘香；
啊，韩江，我们的母亲河，
您哺育着无数的黎民百姓，
从古到今，恩重情长……

二

千里韩江，
古有湘桥，

梭船十八连接，

鉎牛独自远眺。

诙谐的歌谣广为传唱，

韩愈的名字文光普照。

啊，韩江，我们的母亲河，

您滋养着一代代的潮汕子民，

书声传千年，儒风开海峤；

啊，韩江，我们的母亲河，

您承载着历史，也承载着未来，

海滨邹鲁，韩水遥遥……

[朗诵] 大海，使潮人拥有了另外一个世界，也给潮人文化注入了永恒的活力。当年，无数失去土地的农民和生计艰难的手工业者冒险到海外谋生时，他们也许只想到如何生存，如何繁衍后代，但他们那与桑梓永难割舍的赤子情愫，却最终使潮人文化、侨批文化绵延于海外，成为世界文明的一大景观。

潮人之歌

一

海潮荡荡，

江水泱泱，

平原广阔，

港湾宽敞。

讲一段红头船的历史，

潮人有着山一样的刚强；

说一段闯南洋的故事，

潮人有着水一样的柔婉。

红头船啊红头船，

你那高扬的船帆、高耸的船杆，

象征着潮人的气魄和勇敢；

你那厚重的甲板、厚实的船舱，

沉积着潮人的苦难和沧桑。

啊，红头船，红头船，

你载着血泪，也载着期盼，

当你从故乡古港驶出，
你可曾预料——
你带走的是潮人的屈辱，
带回的是潮人的灿烂！

二

柔情似水，
烈骨如霜。
儒商济济，
文士跄跄。
讲一段笔架山的历史，
潮人有着山一样的宝藏；
说一段韩愈的故事，
潮人有着水一样的衷肠。
笔架山啊笔架山，
你那连山的翠柏、耸立的三峰，
象征着潮人的儒雅和端方；
你那湮灭的橡木、古朴的韩祠，
沉积成潮人的翰墨之香。
啊，笔架山，笔架山，
你记载历史，更记载辉煌，
当你迎来吾潮导师的时候，
你可曾预料——
你送走的是潮人的愚昧，
留下的是潮人文化的灿烂！
啊，潮人，潮人，
自强不息，海纳百川，
勇于拼搏，展翅翱翔。
足迹遍及全球，
扬帆于世界商海之巅！

[朗诵] 侨批是侨胞血泪的记录，侨批是潮人诚信的凭证。这些海外侨胞艰苦奋斗的历史真实地收录在一封封珍贵的侨批中，成为中国乃至世界的记忆。

寄侨批

一

皓月当空，
结束了一天的劳作回到茅棚。
等不及洗刷吃饭，
拿出了笔墨纸砚，还有信封。
今天老板发了工钱，
赶紧给唐山把批信寄送。
妻啊妻，
离开家乡整八载，
天天思念，一觉醒来一切皆空。
你在家里也一样在思念、牵挂和守望，
怎知道我这边确有苦衷？
但我相信有本事的人，
一定能置之死地而后生！

二

皓月当空，
批信送走，我把工夫茶来冲。
眼看着清风徐来，
时来运转，一切皆有可能！
今天我含辛茹苦，
是为了唐山妻儿老小温饱宽松，
妻啊妻，
家乡的味道总难忘，
天天喝茶，一念在心责任重。
你在家里也一样辛苦、努力和操劳，
我知道你一定盼我成功。
我相信只要拼搏奋斗，
这一生总会见彩虹！

[**朗诵**] 讲一段远古的历史，汕头有着山一样的刚强；说一段近代的故事，汕头有着水一样的柔婉。汕头，汕头，山清水秀，鱼米之乡；山高水长，邹鲁之邦。美丽的汕头，潮人的家园；不尽的情思，无限的眷恋，都是山和水的缠绵。

小公园

一

欢迎你来到小公园，
这里盛得下乡愁，也盛得下思念。
座座骑楼上有历史的余温，
条条街巷里有人世的悲欢。
这里是百载商埠的一处胜迹，
这里是海上丝路的一片风光。
啊，小公园，小公园，
历尽沧桑容颜不改。
啊，小公园，小公园，
阅尽人间春色风韵依然。

二

欢迎你来到小公园，
这里盛得下未来，也盛得下希望。
座座骑楼上有时代的光彩，
条条街巷里有奋进的鼓点。
这里是今日汕头的生动启迪，
这里是侨胞侨商的生命源泉。
啊，小公园，小公园，
历尽沧桑魅力不减。
啊，小公园，小公园，
阅尽人间春色气度万千！

[朗诵] 潮绣、潮瓷、潮雕、潮塑、潮菜、潮剧和工夫茶……潮汕丰富多彩的非物质文化遗产，是中华文化的瑰宝。在这样的非遗文化氛围中，款款多姿、柔情儒雅的潮汕姑娘，成为潮汕平原上一道绮丽的风景线——

绣花姑娘

一

潮之州，大海在其南；
天之南，风物胜景我家乡！
韩山青，韩水长，
绣花姑娘纤手忙。
一针针，一线线，
情意绣在花儿间。
绣朵新荷淡淡红，
绣朵牡丹浓浓妆，
绣朵玉兰枝头俏，
绣朵秋菊正傲霜。
绣花姑娘，绣花姑娘，
飞针走线如蝶舞，
花落一溪春水香。
绣花姑娘，绣花姑娘，
花随玉指添春色，
心逐金针播芬芳。

二

潮之州，大海在其南；
天之南，风物胜景我家乡！
韩山青，韩水长，
绣花姑娘纤手忙。
一针针，一线线，
情意绣在花儿间。
绣朵桃花淡淡红，
绣朵芙蓉浓浓妆，
绣朵木棉枝头俏，
绣朵腊梅正傲霜。
绣花姑娘，绣花姑娘，

笑似三春桃花开，
行若春风过三江。
绣花姑娘，绣花姑娘，
山美水美人更美，
一片爱心化春光！

[朗诵] 海洋是流动的，流动的海洋使潮人文化充满生机；潮人是活跃的，活跃的潮人使汕头充满活力。源远流长的潮人文化，海内与海外的联系，最终产生了举世瞩目的华侨文化。如今，潮人的足迹遍及世界每个角落，潮侨社团已扬帆于世界商海之巅！

潮水情

一

江波、海浪，淌过岁月，留下沧桑；
乡情、乡恋，聚在心头，飘向远方。
说不清从哪个时候，
潮起潮落，就有了红头船的摇荡；
说不清从哪个地方，
海内海外，就有了扯不断的相思情网。
啊，相思情浓，潮水情长，
汇聚起汕头人奋搏的力量！

二

江波、海浪，淌过岁月，留下沧桑；
乡情、乡恋，聚在心头，飘向远方。
经历了多少风霜雨露，
日出日落，才有了金海岸的辉煌；
经历了多少悲欢离合，
天上地下，才有了共同的幸福家园。
啊，黄金海岸，幸福家园，
汇聚着汕头人美好的希望！

（载汕头《潮声》杂志 2023 年第 4 期）

美丽的汕头

一

海风轻轻地吹，
江水静静地流，
在韩江的出海口，
有我们美丽的城市——汕头。
啊，汕头，汕头，
广阔的平原，
温和的气候，
丰富的物产，
长青的绿洲。
在这片富饶的土地上，
勤劳的人民双手铺锦绣！

二

海风轻轻地吹，
江水静静地流，
在韩江的出海口，
有我们美丽的城市——汕头。
啊，汕头，汕头，
著名的侨乡，
繁忙的港口，
崛起的特区，
文明的绿洲。
在这片腾飞的土地上，
奋进的人民昂首向前走！
啊，汕头，美丽的汕头，
啊，汕头，腾飞的汕头，

奋进的人民昂首向前走!
奋进的人民昂首向前走!

（写于1996年，作曲：李水泉，首唱：卢清丽。2021年4月由汕头市委宣传部、汕头融媒集团、汕头市文化集团主办出品，黄嘉纯、许佳琳等六人演唱，小巷艺术工作室制作，节目视频在汕头市广播电视台播出）

春色梨园

（戏曲联唱）

（合唱）春艳艳，
　　　　花动千山红万点。
　　　　行到山深处，
　　　　但见腊梅、牡丹、
　　　　秋菊、水仙倍娇妍。
　　　　百花万卉四季开，
　　　　同点染，春色梨园！

［靳芳京剧清唱《腊梅清气》：
　　　　云体态，雪精神，
　　　　一枝梅影向天横！
　　　　独立寒风试淡妆，
　　　　玉霜为骨冰为魂。
　　　　忽然一夜清香发，
　　　　散作人间万里春。
　　　　无须人夸好颜色，
　　　　只留清气满乾坤。

［卢清丽豫剧清唱《牡丹国色》：
　　　　牡丹芳，芳牡丹，
　　　　黄金蕊绽红玉房。
　　　　千片赤英霞灿灿，
　　　　百枝绛点灯煌煌。
　　　　照地初开锦绣段，
　　　　当风不结兰麝裳。
　　　　映叶多情隐羞面，
　　　　卧丛无力含醉妆。
　　　　贵紫娇红间深浅，
　　　　雪白鹅黄随低昂。
　　　　唯有牡丹真国色，

一枝秾艳满城香。
谁人不爱牡丹花，
风骚何止在洛阳！

[黄丽芬黄梅戏清唱《秋菊霜华》：
锦烂重阳赏幽葩，
金蕊冶黄醉流霞。
素心傲质清霜色，
堪与群紫竞芳华。
不是花中偏爱菊，
此花开尽更无花。
一自陶令评章后，
更著寻常百姓家。

[方少珊潮剧清唱《水仙逸韵》：
一箭花茎白玉冠，
凌波轻移飘欲仙。
清怀在水无他恋，
高格此身花独妍。
玉立亭亭自可人，
敢与春兰争芬芳。
仙花春常在，
人间播清香；
敬祝新春如意，
合家纳吉呈祥！

（合唱）仙花春常在，
　　　　人间播清香；
　　　　敬祝新春如意，
　　　　合家纳吉呈祥！
　　　　（四位歌手同向观众贺春致意。）

（于汕头市广播电视台 2005 年春节文艺晚会演出，编曲：王培瑜）

璇秋三咏

姚璇秋，

你一定是从天上走来，

轻盈淡定，楚楚动人，

款款走进我们心间；

姚璇秋，

你一定是从雨中走来，

宛如甘露，滴滴清凉，

轻轻洒在我们心间；

姚璇秋，

你一定是从百花丛中走来，

质若冰心，缕缕清香，

久久留在我们心间。

————兰桂花香，鮀城秋浓。深秋时节，第二十二届国际潮团联谊年会和第十届国际潮商大会将在汕头市隆重召开，与此同时，由广东省潮剧发展与改革基金会主办的"潮剧之花　神州瑰宝——潮金大厦落成志庆书画邀请展"举办，我应邀以书法作品参展。

"笔墨留声遗万代，风流艺海看今朝。"今次的盛会，也是一次雅集。1 600多年前王羲之在兰亭邀约的那次著名的文坛雅集，被誉为千古盛事，兰亭由此成了我国的书法圣地。这次的书画邀请展，也是潮剧的千古盛事。潮金大厦，也将成为潮剧的圣地。

右录《璇秋三咏》以贺潮金大厦落成

（甲辰清秋陈韩星撰并书）

呼 唤

一

哎咳……阿妈勒俄……
山风轻轻，
山鹰飞翔，
美丽的白云在蓝天飘荡，
高高的雪峰闪着金光。
站在高冈上，
我放声歌唱，
故乡的河山，
多么神奇的地方。
啊，喜马拉雅，喜马拉雅，
苍翠的雪松挺拔雄壮，
清澈的雪水潺潺流淌；
美丽的雪花纷纷扬扬，
茫茫的雪原伸向远方。
散落的毡房珍珠一样，
山间充满清香，
格桑花遍地开放！

二

哎咳……阿妈勒俄……
山风轻轻，
山鹰飞翔，
美丽的梦想在蓝天飘荡，
高高的雪峰象征吉祥。
站在高冈上，
我用心灵呼唤，
故乡的河山，
多么令人向往的地方。

啊，喜马拉雅，喜马拉雅，
心中的雪莲缤纷绽放，
天外的春色绿波荡漾；
美丽的雪花纷纷扬扬，
茫茫的雪原伸向远方。
洁白的哈达一片雪亮，
山间充满和谐，
这里是美好天堂！

（作曲：林伟文，演唱：黄丽芬，编配：熊光焰。2006 年 4 月获广东省音乐家协会、广东省流行音乐学会主办的第二届广东省流行音乐"学会奖"原创艺术歌曲十大金曲奖）

丰收，我们共同的喜悦

一

一群快乐的海豚，
遨游在美丽的中国南海；
伴随着金海岸的涛声，
宾朋们翩翩而来，翩翩而来！
丰收，我们共同的期盼，
丰收，我们共同的喜悦！
当我们跳起英歌舞，
就看到潮人豪迈的气概；
当我们唱起潮剧潮曲，
就看到千年文化的风采。
啊，丰收节，丰收节，
在山海的怀抱里，
到处都有绚丽弧线的色彩。
无数的七色丝线，
飘落在千门万户、屋宇楼台……

二

一群快乐的海豚，
遨游在美丽的中国南海；
伴随着金海岸的涛声，
宾朋们翩翩而来，翩翩而来！
丰收，我们共同的期盼，
丰收，我们共同的喜悦！
当我们告别昔日的贫困，
乡村振兴就是我们共同的期待；
当我们携起双手奋进，
共同富裕就是我们美好的情怀。
啊，丰收节，丰收节，

在中国共产党的怀抱里，
到处都有美不胜收的丰采。
醉人的阵阵稻香，
飘荡在千山万岭、湖泊云海……

（由广东省农业农村厅、汕头市人民政府、中国农业银行广东分行联合主办的 2021 年中国农民丰收节广东省主会场活动在汕头市举行。丰收节主会场活动的主题为"庆丰收　感党恩"，开幕时间为 9 月 22 日晚上 8 点，地点设在汕头市濠江区潮汕历史文化博览中心广场。笔者应邀为本届丰收节作词。会上，丰收节主题歌《丰收，我们共同的喜悦》正式发布，作曲：李水泉）

大医若水济苍生

——汕头市中医院院歌

一

我们的心，
像春风一样清纯；
我们的心，
像明月一般晶莹。
中医是国粹，
大医惟精诚。
厚德敬业，
传承创新。
心中有爱，
服务有情。
鮀城国医施妙手，
大医若水济苍生。

二

我们的爱，
像春风一样温馨；
我们的爱，
像明月一般纯真。
仁和天之道，
医者父母心。
术精德高，
气正风清。
心中有爱，
服务有情。
鮀城国医施妙手，
大医若水济苍生。

　　——院歌主旨：院歌突出了中医药文化"仁和精诚"的核心价值观，诠释了汕头市中医院人的精神、价值、信念和追求，体现了中医院人"心中有爱、服务有情"的服务理念，表现了中医院人与时俱进、奋发向上、坚持传承创新的精神。

　　——作曲构思：中医是中华民族的优秀传统医学，博大精深，具有悠久的历史、丰厚的医学积淀和文化内涵。本曲的创作立足民族特色，融入现代因素，使传统和现代相交融。本曲的旋律采用了民族五声调式，民族色彩浓郁。伴奏音乐中民族乐器的使用，更加丰富了民族色彩。歌曲的旋律抒情、优美、流畅，音区不高，便于演唱、传唱、传播。本曲采用了三拍子的节奏，充满动感和活力，具有朝气蓬勃、积极向上的时代气息。

（写于 2012 年，作曲：李水泉）

散文·随笔

文学评论：人生来路上的深情回眸

陈维坤

一

与陈韩星老师结缘，始于 2018 年 4 月。

彼时，承热心肠的《汕头日报》副刊编辑刘文华老师搭桥，收到韩星老师新出炉的力作《驱鳄记》。《韩江》杂志的几名编辑初读之后，都非常喜欢。况且，转眼就是韩愈治潮 1 200 周年，这部剧作的推出，可谓恰逢其时，对我们潮州这个海滨邹鲁来说，意义重大。限于篇幅，只能选发部分场次，大家又觉得有些美中不足。后来再细读，都深深地为剧作丰富、深刻的文化、哲学内涵所打动，该剧不像一般写清官为民除害的剧那般套路化，而是加以深化，从一般的政治视界上升到更高的思想文化境界，于是果断决定刊发全剧，以最快速度予以隆重推出。

刊物面世之后，《驱鳄记》好评如潮，编辑部同仁也为当初这一正确决策振奋不已。

值得一提的是，样刊送印之前，韩星老师特地叮嘱我，他自己还想再校对一遍。老一辈作家的谨严细致，让我们深为感动。自此联系渐多，他的随和与谦逊，以及对后辈热切的鼓励，慢慢打消了我的拘谨。每回交流，均十分投契，谈文论艺，多有暗合，我自觉大受裨益，便越发珍惜这样的机会。几年下来，虽未曾谋面，但也算得上是知交了。庄子曰："君子之交淡如水。"我们的交往，大约也可归于此类吧。

二

韩星老师是国家一级编剧，著作等身，其中《大漠孤烟》《巴山夜雨》获"全国戏剧文化奖·大型剧本金奖"，是潮汕地区戏剧创作的一面旗帜。作为一位勤奋的写作者，近些年创作剧本与编辑刊物之余，他也创作了不少散文随笔，在颇具影响力的"一壁残阳"公众号上陆续推出，日积月累，遂有了这册电子文集《人生之旅》。因多篇已被《韩江》选用，韩星老师便嘱我顺带作个序。我既受宠若惊，又觉得颇为不妥，他是成就斐然的名家，又为文坛前辈，我委实担不起这一重任。转念一想，集子里的作品，多数已一读再读，是我喜爱的那一类文字，确实有话可说，自己内心其实是十分愿意的，若再为世俗礼数所拘，再三推诿，不单显得见外，更有负彼此的缘分，就斗胆应下了。

文集共有 25 篇文章，透过这些回忆性的篇章，能完整地窥见他早年的生活轨迹，以及烙在上面的时代印记。

1955 年深秋，他的父亲因"胡风问题"被开除出队，他陪父亲回到家乡普宁市占陇镇占梨村。那时他已十岁了，一切都记得很清楚。庄园在《陈韩星的艺术世界》里这样描述："薄暮的黄昏，一个身体羸弱的少年独倚在残旧的房门前，栖在枯树上的乌鸦声声哀号，秋风卷扫着满地的落叶，少年的心被莫名的悲哀和忧愁紧紧地攫住，泪水汹涌而出，止也止不住，打湿了发黄干枯的岁月……"一切都改变了，他从一个无忧无虑的少年，一下子进入人生最苦痛的年代。

1965 年 6 月，他在汕头一中就读，担任副班长，又连续五个学期当选"三好生"，文科成绩也比较好，本来满怀信心要考上大学，谁知其父所谓的"胡风问题"已像一张无形的网，笼罩在他身上，高考档案早被盖上"该生不宜录取"字样。梦寐以求的大学梦破灭了，放榜那天，父子俩抱头痛哭。同年 9 月 12 日，作为汕头首批"上山下乡"知识青年，他启程赴海南岛儋县红岭农场，至 1978 年 2 月返回汕头，一共在海南岛度过了 13 年，四师的各个农场和海南的许多农场，都挥洒过他青春的汗水。

如此具有传奇色彩的人生，其实只是写实。

生活强加给他的重负，没有将他压垮，反而激发了他更为昂扬的斗志。正如海南农垦报社记者麦仁智在《精神的孤本 厚度的剧作》中这样概括："多年来珍藏着父亲长期蒙冤受屈生成的逆境奋发和知青生活磨炼出来的吃苦耐劳、意志坚强的精神孤本，并用精神孤本在编剧及其研究领域阐释出既有厚度又有深度的 1 000 余万字的剧本、剧评和研究成果。"著名学者隗蒂在《韩山韩水育韩星》中也写道："另外一方面的动力，就来源于他年轻时的经历。家庭和个人的坎坷，成为他一生勤奋的原动力。"是金子，总会发光的。

2011 年，他受聘在广东文艺职业学院学报编辑部当主任。9 月初，学校教编剧的老师辞职了，他"客串"了一个学期的课。最后一节课，在一个有着冬日暖阳的上午，他深情地对学生们讲："热爱生活、始终对事业保持饱满的热情、对生活和事业有着执着的追求，这就是想象力和创造力的不竭源泉。"这既是期末寄语，更是对自己尘世经验的总结。

这样一个有故事的人，暮年回首，青葱岁月中的悠悠往事，若少了一些文字的记载，将是此生一大憾事。

三

生活的种种磨砺，淬炼了韩星老师不凡的品性。"回来的路上，我从远处再看一眼大南山，我看到起伏的山峰，像一个个强壮的人，肩并肩，手拉手，似一个坚定的集体。"（《大南山——我生命的摇篮》）这几句话，读者所感受到的，就不仅仅是巍峨的大南山了，更是作者强大坚韧的心。《得画小记》里面，又有这样的叙述："2018 年岁末，刘启本先生托他女儿刘文华送我一幅《天马》画，我一看就十分喜欢，对文华说：'这马有点像我的外表，沉沉实实、稳稳当当的。'"这里无疑就说得更加直接了。

不管命运如何跌宕起伏，他始终随缘而适，保持着一份静气。在《风雨天涯路——我与苏东坡的灵魂际遇》一文中，他写到 1965 年，年仅 19 岁的他，就来到了海南儋州，在红岭农场务农。海南，古称天涯，是出了名的蛮荒之所。苏东坡曾慨叹到了儋州"食无肉，病无药，居无室，出无友……"其时，他的真实情形也好不到哪里去。首先是"食无肉"。比如 1969 年初夏，团文宣队解散，他们"四条汉子"一起去八连开新点。团部开来一部小拖拉机，扔下一口大铁锅、一袋米和一包盐就开走了。这意味着他们四个人接下来的一段日子，只能靠这些米和盐度过了。回忆起这段日子，他的文字中没有一点怨气，反而是表现出了随遇而安的从容与豁达。

文中还写到两次惊险的经历。其中一次是 1967 年，为了躲避武斗，他返回汕头住了一年，每天坚持临摹《九成宫碑》和练写美术字。用他自己的话是"外面斗得天翻地覆，我在家里岿然不动"。一年之后，有所小成，回到农场，立即付诸实践，开始书写标语和毛主席语录牌了。这种静气，贯穿了他的一生，正像他自己所言："这大致也和我这一辈子的心境差不多，就是能静下心来做事，既不想当官，也不想发财，只是专心致志、一以贯之、从容不迫地从事自己所喜欢的艺术创作和相关研究。"

我特别留意到《有梦时代　诗意盎然》中的"人格精神"一词。那是 2017 年，上海戏剧学院戏剧文学系教授朱国庆在微信上告诉韩星老师："你的作品有两点是别人没有的，即人格精神和古诗传统，这就是我理解的独树一帜。"所谈及的，当然是剧作，韩星老师自己也进一步作了解释，承认"'人格精神'就融化在剧作的人物和情节中"。而我更愿意把这句话理解为"人格精神"就融化在他的日常生活中，更融化在其骨血里。

他还有一双敏锐的眼睛和一颗细腻的心。当年在湛江一个生产队的晒谷场旁，有一栋茅草房，他捕捉到这个家一个很有意思的场面："一张长板凳上，摆着七个从大到小的陶碗，连筷子也一样从大到小，就这样依次排列，碗里已盛了粥，大约只有七八成的样子，奇怪的是每碗粥上放着的也是均匀的从大到小的咸萝卜。"母亲一声"吃饭"，七个小男孩便应声奔向各自的陶碗面前，端起碗筷喝起粥来。而且，"看那小孩身上穿的，也都是一般的土布，但都洗得很干净，穿在各自的身上也很得体"。他还留意到女主人的笑容，"那笑容与这简陋粗劣的茅草房很不相称，就像是一朵盛放的玫瑰花开放在杂草丛生的小沟边"。他的心一下子就柔软了，发自内心佩服"她在那样艰苦的环境中，能有如此恬淡的心境，把生活安排得这般有滋有味"。韩星老师把这般恬淡安逸的心境归结为"优雅"二字。细究他的知青之途，不也是"在生活的夹缝中总能活出摇曳风姿"吗？

评论家谢有顺说得好，散文的后面站着一个人。很多时候，散文最后比拼的，还是文字背后的那个人——人的思想、人的品格、人的生命亮色。像韩星老师这样时时处处闪烁着"人格精神"的人，笔下流淌出来的文字，是很值得期待的。

四

时下一些散文，动辄下笔万言，洋洋洒洒，但炫技的成分多，初看五彩斑斓，让人眼花缭乱，稍为挤一挤，水分还是多了些。当装饰性的构件纷纷卸下后，文章就没有多少嚼头了。这些文章，简言之，就是没有血肉筋骨，不耐读。韩星老师说过："凡优秀作品都是性情之作。""真正的戏剧作品必须写出个体的人内心的情感——艺术就是真性情。"其剧作如此，散文亦然。或许因了散文独特的文体特征，其"真性情"呈现得尤其淋漓。

纵观集子里的文字，多为真情所支配，真实、坦诚、深刻，有一股直达人心的力量。

他写 50 年前，即 1969 年，红岭农场宣传队解散，自己被派驻到红岭山中的七连。那时的七连，有一株气根飘拂，树冠葱茏翁郁、遮天蔽日的大榕树。在这个清凉世界里，中午大家都挤到树下，让微风吹去一身的汗水和劳作的疲惫。在那段艰辛的日子里，这棵大榕树为知青们的心灵撑起了一片绿荫。他发乎内心地感慨："只有在那样的生活里，人属于自然，才能触摸到生命的真谛，找回自己，返璞归真，看淡人生的一切。"2006年5月，他专程去看那株大榕树，却听老职工说，有一次台风，大榕树被吹倒了，他呆呆地在大榕树的原地站了很久很久，回想当年它带给知青们的种种便利，回想起令人无限舒适和眷恋的那一片绿荫，眼中溢满泪水，心中充满惆怅。这样的叙说，瞬间把人带进那个令他魂牵梦萦的绿荫里，久久停驻在字里行间。

文集里有一篇题为《情沁肺腑的想念》的短文，其实用"情沁肺腑"来形容其文字，也是再恰当不过的。在《序〈知青歌曲珍藏版〉》中，他直面那个"狂热而又沉重的年代"，揭开历史的面纱。"当我们回首那一段岁月时，谁能说得清心头的那股滋味？——到底是值得自豪，还是只有遗憾？是虚幻一场，还是仍然值得回味？然而，不管如何，当年，我们的的确确是抱着满腔热情，高举着红旗，唱着激情的歌，告别亲人，告别家乡，投身到广阔天地中去的。在山乡，在农村，在北大荒，在海南岛，到处都有我们这一代中华优秀儿女留下的饱含热泪的歌……"1978年起，大批知青回城了。"但是，历史可以过去，却永远不会消亡，只要我们这个民族继续存在下去，这段历史就总会发出沉重的回响，给代代相传、生生不息的中国人以同样沉重的震撼和启迪。"

一行行文字，仿佛立了起来。这一刻，读者的眸子似乎穿越时空，看到作者正被激情驱使着，用力在键盘上敲下这些字眼。他的胸口，好像有一盆火，熊熊燃烧着。文章的最后，多了一份冷静与释然："我们这些人，已遍布社会各个角落，并且都已成为社会的中坚——因为，过去了的那个年代，毕竟锤炼了我们，那是一个完全属于自己的年代！"

深夜，读着这样至情至性又充满人生况味的文字，我被深深震撼着，心久久无法平静。

五

很少有人能做到"提笔就老"，更多的人，是进入了晚年文字才愈见精纯。对一些人来说，老境即化境。抵达这一层，方能写出好文章。

老年人读过的书多，积几十年之功，字里行间，有较为浓厚的文化气息；大半辈子的人生风雨，一路走过来，生活阅历也丰富，感慨殊深；加之步入老龄阶段，名利早看淡了，心态日趋平和。这些因素，都是产生好文章的有利条件。孙犁就说过，人越到晚年，他的文字越趋简朴，这不只与文学修养有关，也与把握现实、洞察世情有关。

并非所有老年人的文章都是好的。好多文章内容上往往是炒冷饭，缺乏新意，再者结构松散，搭不成架子，加之唠叨重复，满篇废话，又充溢着衰惫之气，不堪卒读。所谓的化境，是以内心的宁静通透作为前提。正如韩星老师所言："人生，不只是一种岁月，更是一种历练。一个人欲望太强，就会在各种诱惑面前迷失心智；一个人急功近利，势必缺乏长远目光、毅力和恒心。"最终呈现的，是文字的简洁。文章短，字数少，不一定就是简洁。简洁，是一种"无字处皆有字"，非常不容易。写得短，却自有"不言之妙"，引人长久回味，方是真正的文章妙手。《湛江往事》的结尾："那位贤惠而优雅的母亲和那七个可爱的小弟弟，你们现在也都过上好日子了吗？"寥寥数言，背后蕴含着的，是无穷尽的信息，让人顿觉余韵悠远。品读这样的文字，本身就是一种美的享受。

韩星老师有着深厚的艺术素养，表现在散文上，是善于营造意境，质朴清澈的文字里，不乏诗意之美。他读完沈红回忆其祖父沈从文的散文《湿湿的想念》后，情不自禁地写道："我深感这是一篇不可多得的美文，一路之上，反复寻味，它就像湘西沅水湿湿的雾气，一直萦绕在我的心头。"印象最深的，是《在家乡的日子》，他深情地回忆："家乡虽然平淡无奇，但她有一种特殊的气息和气象。这种气息也许来自田野上那悄无声息的和风，也许来自每家每户屋顶上那袅袅盘桓的炊烟，也许来自家乡小河上那薄薄环绕的晨雾；这种气象也许来自空旷乡间不时飞过的嗍啾叫着的小鸟，也许来自茂密草丛间不时蹦出的小蚱蜢，也许来自不高不低悬浮在半空中的小蜻蜓……这种气息和气象使人感到的那种温馨不是随处都有的，只有家乡才有。"浓郁的诗情，感染陶醉着每一名有过乡村生活经历的读者，更吸引诱惑着久居都市的人。这是散文，更是诗。

集子里还有诸多笔墨摇曳的神来之笔，显示出作者抒写时的好状态。《得画小记》里："1985 年初夏，在一次汕头市文联举行的画展上，林毛根先生送给我一幅画，画的是他最擅长的紫藤和小鸡，题词是'明珠璀璨'，落款处还写着'是日风和日丽'，看来毛根先生画这画的时候心情不错，只是这'明珠璀璨'令我不安，我不记得当时做了什么事或有了什么成绩，毛根先生会这样鼓励我。"这样的段落，真妩媚。

陈韩星老师信奉的格言是"顺其自然，随遇而安"。记得他在电话里说，《人生之旅》出版后，他想写的文章，就基本写完了。我却固执地以为，只要精神不老，岁月的沉淀下，他的笔端，还会流泻出更多感人肺腑的文字来。

——陈维坤，1975 年出生，潮州人，潮州市湘桥区作家协会主席，《韩江》杂志特邀散文编辑。（写于 2022 年 5 月 13 日，载《潮州文艺》2022 年第 4 期）

风雨天涯路

——我与苏东坡的灵魂际遇

海南五指山（图源：粤海知青网）

海南，古称天涯，是个蛮荒之所、朴野之地。在古代，流放海南，是仅比满门抄斩罪轻一等的处罚。绍圣四年（1097），苏东坡以 62 岁高龄被放逐到海南儋州。

1965 年，我仅 19 岁，也被"放逐"到海南儋州，在红岭农场务农。在读高中时，或多或少也读过苏东坡的文章诗词，知道他到过儋州，所以我到了儋州，就有一种奇怪的感觉——到了苏东坡生活过的地方，有一种亲切感，也总觉得似乎苏东坡在陪伴着我。

有了苏东坡的陪伴，心里踏实了许多，不再空泛泛的。林语堂说过，我们的心里，如果有一两个自己喜爱的诗人陪伴着，那就不枉了此生。当时大概就是这样的心境。

苏东坡曾慨叹到了儋州："食无肉，病无药，居无室，出无友……"其实我们当时的情形，比苏东坡也好不到哪里去，主要还是"食无肉"。

我在海南，就有过三次最极端的"食无肉"的经历。

一次是 1969 年初夏，团文宣队解散，我们"四条汉子"一起去八连开新点。团部开来一部小拖拉机，扔下一口大铁锅、一袋米和一包盐就开走了。这意味着我们四个人接下来的一段日子就只有靠这米和盐度过了。怎么办？好在潮汕人骨血里天生就有一种灵活机敏的基因，能够随遇而安、随缘而适，坚韧地求得生存。我们观察了一下，八连处在山林之中，时不时有黎族猎手经过，看他们猎枪上挂着的，不是山鸡就是鹧鸪，不由眼前一亮——拿山鸡或鹧鸪来煮粥，不是再好不过吗？于是跟猎手商定，每天送一次，不是山鸡就是鹧鸪，如是山鸡要两只，如是鹧鸪要四只。山鸡每只一元，鹧鸪每只五毛，统共每天都是两元，由四人"AA 制"（当然其时还没有这个名词），每人五毛。当时我们的工资每天也就五毛钱（一个月 15 元），这样就等于白干活了，但总算是保住了身体，度过了这段艰辛的日子。

还有一次是 1972 年，我已调到海口兵团宣传队。当时全省号召学屯昌，我与兵团政治处一位副处长一起到六师十团（乌石农场）三连蹲点，为期三个月。规定只能在食堂打饭菜，不能到职工家里吃饭。食堂整天就是"三瓜"（冬瓜、南瓜、木瓜），而且很少见到油花，这怎么受得了？于是我又在想"歪主意"。到三连不久的一天，晚饭后，我饥肠辘辘，独自一人蹓出三连，往乌石小镇走去（我打探好了，离三连步行不到半小时的路程就有一个小镇）。我想，有小镇就必定会有小餐馆。果不其然，刚到小镇，挨在路边的就是乌石饭店！而且更大的惊喜还在后面——餐馆里端菜送汤的居然是我的一位高中女同学陈乔奇！什么都不用说了，先来一碗粉条汤！我掏五毛钱，自然那碗可爱的粉条汤，搁满了肉丸和肉片，价钱远远不止五毛！我跟乔奇说，不客气了，以后就照此办理，她也欣然答应。我回连队后，把这好消息告诉副处长，但他还有点犹豫，怕犯纪律。我说怕什么？条文上并没有说不能到饭店吃饭，凡是没说能或不能的，我们做了，就没有事。他被我说动了，第二天晚饭后便跟我去了一趟。尝到了甜头后，我们就进入自由境界了，三个月也就这样熬过去了。

第三次是 1974 年 10 月，其时兵团刚刚改制为农垦总局，我和农垦文工团创作组的同事邝建人奉命到湛江的红湖农场体验生活，时间也是三个月。我们分配到的生产队很穷，是水库移民。每餐送饭的只有用盐腌制的萝卜缨和芋头梗——又一次严峻的考验！我们到职工家里串门，看有没有"可乘之机"。果然机会又来了！有位职工说他可以每个星期给我们杀两只鸭子，煮好让我们享用，每只两元。我们欣然答应。于是每个星期三晚上和星期六晚上，我们就可以享用到香喷喷的鸭肉，肚子总算又搪塞过去了。

除了"食无肉"，在海南我还有两次苏东坡不可能遇见的惊险经历。

大约是 1975 年夏天，有一天，我陪穆华团长到阳江农场（原六师七团）看望正在那里演出的农垦文工团。我们坐的是像电影《列宁在 1918》里面苏联红军那种小吉普车，穆团长坐在副驾驶位上，我坐在后面。快到阳江农场了，车子从黎母山脉一个比较陡的山坡上开下来，车速越来越快，突然，就在一秒钟之间，车子来了一个大旋转，停在了公路中间！司机和穆团长猛然受到撞击，惊瘫在座位上，我坐在后面，倒没受到伤害。我定了定神，打开车门一看——天哪！吉普车的右前轮整个掉了出来，正沿着山坡往山下滚动！令我更为后怕的是，吉普车右前轮掉出来的时候，吉普车的车头正好撞在了路边的一处沙土堆上（维修公路备用的），于是才转回到公路中间，不偏不倚，前后只差半米！就是说，如果车子往前半米或往后半米，掉下山坡的，就不只是一个轮子，而是整部车子了！真是千钧一发、惊险至极!

我至今都还在庆幸——为什么这么幸运?如若不然,就没有今天的我了。如果把这解释为苏东坡在天之灵暗中护佑我,可能不会太牵强吧?

还有一次,是在此之前,1967 年。那年夏天,一个晚上,从场部传来消息——造反派抢了武装部的枪!我一听立即觉得不妙——我们宣传队就在场部附近,万一造反派端着枪冲到宣传队来为非作歹,怎么办?特别是这里还有几个女青年。我叫大家马上熄灯,赶紧收拾收拾,然后由我们几个男的挑着行李,几个女的带着随身细软,一路悄无声息地离开红岭,摸黑走了 25 里(即 12.5 千米)山路,天亮前到了芙蓉田农场,在此拦车往海口而去。

就在这一次,我从海口坐船返回汕头,一住就是一年。到了 1968 年 8 月 24 日,才与一大批和我同样为了躲避武斗而回汕的知青一起,集体乘船返回海南。

在汕头的这一年,我每天都待在家里练写毛笔字。我请已在广州美术学院读书的陈国威同学教我,他教我临摹唐代欧阳询楷书《九成宫碑》和练写美术字,每写完一叠,就寄给他批改,类似今天的函授。感谢陈国威同学,一年后,我的毛笔字和美术字,都有模有样了,回到农场,立即付诸实践,开始书写标语和毛主席语录牌了。

我很奇怪当年我为什么那么有静气——外面斗得天翻地覆,我在家里岿然不动。回想起来,这大致也和我这一辈子的心境差不多,就是能静下心来做事,既不想当官,也不想发财,只是专心致志、一以贯之、从容不迫地从事自己所喜欢的艺术创作和相关研究。

我曾在一篇《试谈出世与入世》的文章中写道:

> ……我几乎从稍为懂事便开始背负一种无从逃脱的时代阴影,直到 1978 年我从海南回到汕头,这种阴影还没有消失(1980 年父亲才收到一份胡风错案的《平反通知书》)。可以说,从青少年时代开始,我就没有什么雄心壮志,只觉得能平平安安过一辈子,就是莫大的幸福。在人生的长河中,我时时记起苏东坡的两句诗"芒鞋不踏利名场,一叶轻舟寄渺茫"。我对这两句诗的理解是:在红尘中看破红尘,在名利中不逐名利,在生死中勘破生死,凡事贵自求不贵他求。我觉得只有这样,才能虽生活在浓重压抑的气氛下,却又能在内心平衡中求得精神的解脱,而这种解脱的终极目的,是顽强地把握自我,做自己该做的事,走自己该走的路。

> …………

> 超然物外的直接效应就是心境平静。唐宋士大夫所追求的人生精神境界是静虑修心,亦即中国式的佛教——禅,禅的直接指向也就是在尘世中求得宁静。我对佛学没有什么专门的研究,我只是取我所需,觉得在当今世界,能保持心灵上的宁静,是搞创作、做学问的人一种极其宝贵的修养。正如诸葛亮所言,学须静也,非静无以成学。在一定意义上说,学问、作品是做出来的,也是"坐"出来的。只有静下来,坐下来,才能做出学问,写出作品。

又是苏东坡！他在临离开儋州时写的《雨夜宿净行院》里的两句诗"芒鞋不踏利名场，一叶轻舟寄渺茫"成了我的座右铭。回汕后，我决意要写苏东坡，于是便有了《东坡三折》（由相对独立的三折戏组成，分别取苏东坡中、老年时，在黄州、惠州、儋州三次谪居的生活创作经历构思而成）。

我在《艺术就是真性情——历史歌剧〈东坡三折〉创作谈》中写道：

　　《东坡三折》是20世纪80年代初我在歌剧《蝴蝶兰》之后独立创作的一个三幕剧。我特别欣赏苏东坡这个历史人物，起因是由于当时苏东坡所贬的儋州和自己在海南岛当知青时是同一个地方，虽隔着数百年，却似乎有种莫名的类似遭遇。论才能和平生功绩，我自认为根本不能和伟人相比，但是在情感上，我的经历、我的感情，很多却能与苏东坡的作品取得精神上的契合。不管是数百年前的苏东坡还是数百年后的自己，我们的感情是共通的，因为艺术本身就是无所谓界限的，这就是灵魂上的一种际遇、一种契合。可以说，《东坡三折》是我的一部心灵之作，是真性情的产物。

《东坡三折》1985年获得上海戏剧学院与《新剧作》编辑部联合举办的"戏剧、电影、电视文学创作函授班"优秀作品一等奖；2000年获得"首届全国戏剧文化奖·大型剧本银奖"。

在我所有的艺术创作中，最愉悦的莫过于写苏东坡了，我沉迷于苏东坡月下泛舟那缥缥缈缈的黄州赤壁，我似乎与苏东坡一起，躺在海南那高高的桃椰树下，仰望那特别深特别蓝的夜空……

《东坡三折》是我十三年风雨天涯路最主要的创作收获。

（写于2017年10月18日）

湛江往事

我去湛江其实只有一次，时间也不长，有什么"往事"可谈呢？只是有一件事让我记忆深刻，总觉得应该把它写出来。

1974 年 10 月，其时海南生产建设兵团刚刚恢复农垦体制，我和农垦文工团创作组的同事邝建人奉命到湛江红湖农场体验生活，时间是三个月。我们分配到的生产队很穷，每餐送饭的只有用盐腌制的萝卜缨和芋头梗。

红湖农场位于廉江市鹤地水库东西两岸，是 1958 年修筑水库时为就地安置水库移民而兴办的国有农场；1969 年编为广州军区生产建设兵团第八师第七团，1974 年兵团撤销，改名为广东省国营红湖农场。查询网络，里面有这样一段文字："农场居民基本为 1958 年鹤地水库移民，在下乡知青的熏陶下，农场本地居民思想高尚，素质高，容易接受新事物。"

令我难忘的往事是这样的：

有一天，我来到附近的一个生产队，最先进入视线的是晒谷场旁一栋颇大的茅草房。茅草房三角形的屋顶上，铺盖着厚厚的茅草，屋檐低垂，离地面只有一米多，黄褐色的墙体粗糙凹凸，大的门和小的窗不规整地排列着。这栋大茅草房分隔成十几间小房，可能每个小房住一家子，是水库移民和"上山下乡"知青那些结婚生子的"老职工"的宿舍。在一家茅草房的门窗里，探出好几个小小的脑袋，看来这家的孩子不少，于是我走了进去。

时值中午，要吃饭了，我进屋时，看到一个很有意思的场面，有七个小男孩，一个个都长得虎头虎脑，挺可爱的，年龄估计都在 10 岁以下，已经很整齐地从高排到低，成为一列。我想，只有一年生一个，才会这般很有规律地整齐地斜下来。我看到了女主人，她很有礼貌地对我点点头，算是打了招呼；我也向她点点头，算是回礼，然后眼光又扫向那几个小男孩。我注意到，一张长板凳上，摆着七个从大到小的陶碗，连筷子也一样从大到小，就这样依次排列，碗里已盛了粥，大约只有七八成的样子，奇怪的是每碗粥上放着的也是均匀的从大到小的咸萝卜。我刚看完这一切，就听这位母亲喊了一句普通话："吃饭！"七个小男孩便应声奔向各自的陶碗面前，端碗拿起筷子喝起粥来。

我心里不禁一凛：这可能是一位知青！

但要说是知青嘛，从这七个小孩子的年龄来推算，似乎又不是——知青大规模到农场来，是 1968 年，时间对不上。那么她是什么人？我不由得很有分寸地打量起这位女主人来——

这位母亲的确不像本地人，眉目清秀，长相俊俏，身材高挑，尽管生了七个小男孩，但是一点也没有中年妇人的那种形态；并且她很有一番巧心思，把七个小孩管理得井井有条。看那小孩们身上穿的，也都是一般的土布，但都洗得很干净，穿在各自的身上也很得体。我看她这个样子和这般生活状态，与一般的女知青很不相同，反而不敢与之交谈，不知道这潭水到底有多深，只是伸出大拇指，表示夸奖。女主人羞涩地笑了笑，那笑容与这简陋粗劣的茅草房很不相称，就像是一朵盛放的玫瑰花开放在杂草丛生的小沟边，令人有点惋惜，但又不得不佩服她在那样艰苦的环境中，能有如此恬淡的心境，把生活安排得这般有滋有味。

时间过去四十多年了，我的脑海里始终挥不去当年看到的这一幕，我总觉得这位女主人很不简单，在那个年代，在那种环境中，她为什么有这般恬淡安逸的心境，来安排自己的生活呢？

我只能展开想象——

也许，她是更早来到农场的知青？

也许，她是一位大学生，随着丈夫来到农场。她不是知青，但是有知识，是位知识女性？

也许，她出生书香世家，因为家庭的某些变故来到农场？

也许，这是一位自身很不幸的女子，但她像苏东坡那样：生活是个结，解不开，就系成个花儿？

真正的智者，在生活的夹缝中总能活出摇曳生姿。想来想去，不管她是因为什么来到农场，她依然有这般恬淡安逸的心境来安排自己的生活，我只能把她的这种心境归结为现在我们常常说起的"优雅"二字。

"优雅"，其实并不是现在才有的，它体现为自古以来一种在岁月沧桑中从容自在的生活状态；它不分男女，优雅的人，都具有历经生命磨难却淡然自若的、成熟的韵味。"优雅"，不一定非琴棋书画不可，能像这位女主人一样对待生活，安排生活，也不失为一种优雅。我想，一个优雅的人，一定有着饱满的、恬淡而丰盈的灵魂，从而具有一种独特的魅力。在那个特殊的时代环境中，"优雅"，犹如一抹清风，可以让人心旷神怡。因为优雅的人，心中有阳光，不论在何时何地，都能呈现出清秀的容颜和迷人的风采。

还是得查资料，可知："进入21世纪以来，从地方到中央相继出台一系列改善民生的政策，为湛江农垦安居工程的全面推进创造了条件……红湖农场作为湛江农垦最大的移民农场，通过利用水库移民后扶政策，先后投入资金1.2亿多元，新建或改造高规格房屋1 500栋……放眼望去，红湖农场新建的三层楼、五层楼甚至八层楼拔地而起，掩映在青山绿水之间，在夕阳余晖的渲染中，就像一处人间仙境……2014年，红湖农场实现了1989年以来的首次扭亏为盈，那顶压在红湖农场头上25年的贫困帽子，正式退出历史舞台。"（参见傅学军：《红湖之歌——乡村振兴战略下的广东农垦"红湖样本"》，《中国农垦》，2018年第1期，第58－60页）

那位贤惠而优雅的母亲和那七个可爱的小弟弟，你们现在也都过上好日子了吗？

（写于2020年12月1日，载2020年12月18日《特区青年报》）

黑白之间悟人生

黑与白，是人生经历千回百转的象征性符号。

我这里要说的黑白是肌肤的黑白。只有经过海南炙热太阳蒸烤的人才会来写这个题目。

我就有三次这种黑与白的经历。

1965年9月我到了海南。9月，海南的太阳还相当厉害，农场的老职工告诉我们，劳动时要戴斗笠，穿长袖的衣服。我哪里听得进去？真正是"初生牛犊不怕虎"，头上什么都没戴，还赤膊上阵。——不到一个月，就晒成了"黑铁塔"。

不到一个月，我已晒成了"黑铁塔"（左二）

我劳动的项目是挑水浇木麻黄苗圃。红岭农场没有河流经过，只有贮存在大坑里的雨水可用，从坑里挑上来还要蹬七八级台阶。我给自己定下每天挑100担水的指标。好在我从小跟着父亲几次三番地回过家乡，农活对于我来说并不陌生，加上读高中时每天早上从小公园（国平路口《汕头日报》宿舍）跑到崎碌尾一中上学，体力方面还可以应付。就这样干了半年，整个人是黑黝黝的了，我管的那片木麻黄苗圃却绿葱葱的，长势旺盛，得到领导和大家的好评。

1966年3月，一队的会计要回梅州探亲，我被安排去顶替他的工作。6月，全国"文化大革命"开始，农场成立实验站，实际上是毛泽东思想文艺宣传队，调了六男六女共十二个知青入站，一个老贫农任站长，我是没有明确职务的实际负责人。实验站的主要任务是编排节目，宣传毛主席的最新指示。就这么几个月，我的皮肤便慢慢变白了。

1969年4月，广州军区生产建设兵团成立，农场转制，宣传队也解散了。我们"四条汉子"一起去八连开新点。待到将那些原始的灌木砍倒以后，我们又晒到火辣辣的太阳了。

晒太阳还在其次，这次的劳动是最艰辛的是——为基建搬石头。由于是新点，要建房子，就要打地基。外包工在一处花岗岩地带将石头炸开以后，就要我们将石头搬上汽车运回连队。这是全农场最重的活，让我摊上了。一块石头起码是一百多斤，就凭我们空手搬起"扔"上汽车后车厢。我当时身体还不错，力气也挺大，这样的重活难不倒我。搬完石头搬砖头，搬完砖头搬木头（桁条），总之是基建备料。就这样赤手空拳地干了两个月，料备足了，我被安排了当司务长。

当司务长干活是轻了，但经常要坐牛车到场部拉生活用品，一路还是晒太阳。从八连到场部有二十多里路，牛车要走两三个小时。这是一段相当长的空闲时间，我可以坐在牛车上悠然自得地看风景，漫无边际地想事情。

慢慢地，我发现海南的牛跟我们家乡的牛很不一样。海南的牛特别老实，所以我不但轻而易举地学会了犁地，而且，很快地又学会了驾牛车。驾牛车比犁地更惬意，坐在牛车上，只要牵着牛绳，往左轻轻一扯，它便往左；往右轻轻一拉，它便向右。它一步一步，不慌不忙地向前走着，不管山路多么崎岖，多么长，它都毫不在乎，一直往前……由此我对牛，加深了一层认识，也加深了一层感情。当时，刚好连队来了一位中专生，会打数来宝，于是，我就把这段经历和感受写成了一首数来宝《赶牛车》。

数来宝是北方流行的一种曲艺形式，其实就是两句一韵的快板书。"文化大革命"一开始，有些宣传队看中数来宝灵活多变、夹叙夹议、善于表达各种内容的长处，用它来配合政治宣传。

仲夏的一天中午，我正推着一辆单车，车上载着一大桶食油，吃力地沿着上坡的小路往八连走去。突然，身后传来宝烈喊我的声音，我停下车，回头一看，只见宝烈领着一位解放军叔叔，大步向我跑来，那位解放军叔叔二话不说，和宝烈联手，帮我将单车推上坡，然后才停下与我说话。解放军叔叔见我上身赤裸，皮肤晒得黝黑，又是满头大汗的样子，眼眶马上就红了，他大声地说："陈韩星！明天你就跟我上师部去！以后你就不用再干这个活了！"宝烈这才把事情的原委告诉我——原来，这位解放军叔叔是师部政治处的一位科长，姓阎，他是奉了政治处辛主任的指示，到红岭来找我，要把我借调到师部宣传队去写节目。我不禁诧异地说："辛主任？我可不认识辛主任，他怎么认识我的呀？"宝烈说："你不是写了一个数来宝《赶牛车》吗？刚好辛主任是写数来宝的高手，他一见这个节目，就连声夸好，我就趁机把你的情况跟他说了。"原来如此！

第二天我就离开红岭农场，到师部宣传队去，自然皮肤也就又一次变白了。

我所在的是四师文艺宣传队，因国庆期间要参加兵团文艺会演，所以急于找人写节目。经过几个月的奋战，我们终于在会演中取得好成绩。会演过后，从各师宣传队调人成立兵团宣传队。有一天，我接到通知，说兵团政治处处长叶知秋带了几个人到了四师红泉农场——兵团宣传队要成立创作组，叶处长亲自下来挑人，集中到红泉农场写节目。连我共四个人前往，将从中挑两个。

这显然就是一次创作考核。我赶到红泉农场，与他们会合，然后到四师先进单位农机修理所体验生活，时间限定半个月，每人写一个小歌剧。

半个月很快过去了，我写了一个小歌剧《钢花迎春》，说的是用化铁炉加木炭炼出纯钢造出拖拉机支重轮的故事。

我这里引录一小段剧本中的唱词，让大家领略一下当时的时代背景：

> 炉火映霞光，
> 日出火更旺。
> 七尺铁炉吐雾喷云，
> 千度高温化铁熔钢。
> 几天来蹈火穿焰，
> 战斗在翻砂炉旁；
> 困难中举旗抓纲，
> 更激起豪情满腔。
> 任凭那烈焰起伏瞬息万变，
> 春风吹热浪滚我斗志昂扬！

其时兵团刚成立，到处大兴土木。四师师部急需一批木料建房子，这任务派给了宣传队。按规定，创作组不用参加劳动。我刚回到宣传队，听到这个消息，马上要求跟随大家上山伐木。指导员劝我别去了，因为我也不是小伙子了。但我执意要去，指导员只好答应。

就这样，我跟随大队伍来到金波农场，大家搭帐篷住在一条小河边，白天就上山伐木。

伐木是个辛苦活，也是个危险活。因为你要是看不懂树的长势，斧头砍不对方向，树倒向你这一边，那就会被压到，我倒不至于那么笨。看着在自己斧头底下，一棵棵大树"喇喇喇"地向前倒下，还真有几分自豪感。但抬树下山就没那么惬意了，两个人，同左同右，一高一低，步子要统一，姿势要均衡，力气要用足，到了山下，往往累得坐在地上不想动弹。

在这段也是半个月的日子，人自然又晒黑了。

刚回到师部，就接到通知，说我被挑上了，立即到海口兵团宣传队报到。

当我在兵团宣传队的浴室，舒服地淋着莲蓬头喷射出来的自来水时，低头看着黝黑的身体，心里想着：这黝黑的皮肤啊，从此应该与我告别了……

经过海南烈日的炙烤，我对人生的体悟就是：不管你做什么工作，都要全力以赴地去做，而且力求做到最好，这样，你就不会觉得工作是一种负担，反而是一种愉悦；而历经了生活的千回百转，黑与白就一定能够得以转换，因为，只要真正地付出了努力和汗水，人生绝对不可能一条道走到黑。

（写于 2022 年 8 月 30 日，载 2022 年 11 月 26 日《汕头日报》"龙泉"副刊栏目）

想起那年卖甘蔗

作者离开四师十四团八连时摄

　　人生，不只是一种岁月，更是一种历练。一个人欲望太强，就会在各种诱惑面前迷失心智；一个人急功近利，势必缺乏长远目光、毅力和恒心。

——题记

　　1965 年 9 月 12 日，我作为汕头市第一批"上山下乡"知识青年，来到儋县国营红岭农场，被分配到跟场部挨在一起的第一生产队。

　　9 月已是秋季，是甘蔗收获的季节。我们最初的劳动，就是砍甘蔗。这活儿倒不错，在甘蔗林里，晒不到热辣辣的太阳，休息时，还能随意吃甘蔗（吃多少都行，就是不能带回宿舍）。我们砍的甘蔗是供榨糖用的，很高很粗很硬，所以说是随意吃，但也吃不了多少，首先牙齿就受不了。

　　这样干了不久，有一天，队长找到我，说队里的黄会计要回梅县探亲兼结婚，假期三个月，这段时间队里不能没有会计，想让我顶一顶。我略想了一下——虽说我根本不懂会计业务，但可以不用出去晒太阳，也挺不错的，于是就答应了。

　　我采取俗话说的"老姆算数"的方法，进出两笔账，据实记录。这对于我这个高中毕业生来说，本来是很简单的事，但因恰逢甘蔗榨季，就又多出了一件事——卖甘蔗。卖甘蔗其实也简单，但正因为卖甘蔗，它帮我渡过了人生的第一个坎。

事情的原委是这样的：原来，这个黄会计要探亲结婚是次要的，他主要的动机是想通过这个机会，把贪污公款一事诬赖于代理会计的人。

眨眼间，三个月很快就过去了，黄会计回来了。刚回来接过手没几天，他就吵吵说有几千元不见了！我一听，倒没有害怕，就是觉得奇怪——怎么会不见了几千块钱呢？我三个月前从黄会计那里接手时，就把他那些账本和钱什么的全都用牛皮纸包起来，妥妥地放进保险柜里，动都没动。我平心静气地与黄会计说，既然你发现钱不见了，那我们就把账本和现金都交给场部总会计师颜秀清审核吧？黄会计迟疑了一下，也没办法拒绝，就说好吧。经队长同意，账本和现金都交上去了。

大约过了半个月，颜总会计师叫我到场部会计室，对我说："韩星，你的账本我查过了，没什么问题，就是现金与账本对不上，多出来两百多元，这是怎么回事？"我说："多出来总比少了好呀！"颜总会计师笑笑说："是啊，但总得有个原因啊。"我想了想，说："是不是卖甘蔗多出来的？"颜总会计师点点头："我想也是，你没有把毛重扣除，全部按实称重量算钱了。"我说："就是，称多少斤就算多少钱。""有百分之十的毛重不用计钱的。""那怎么办？""这个好办，交给队里就行了。你没什么事，回去吧。"

要知道，当时我们每个月的工资才九块钱，这两百多元相当于我将近两年的工资，我要是贪心的话，拿了也没事。但一是我不懂要扣除毛重的钱，二是我不贪心。颜总会计师是老手，一看就知道我不是贪污的料。他仔细翻查了黄会计的账本，很快查出他贪污了四千多元，这在当时可是大数目，后来黄会计被捕劳改去了。

我还有第二个坎。

1969年4月广州军区生产建设兵团成立后不久，我们宣传队一夜之间突然宣布解散，我和另外三名队员奉命去干最苦最累的活——开发八连新点，砍木头、搬石头、搬建房子的梁木等。好在当时我有一个好身体——读高中时，没有单车，每天早晨从小公园跑到一中上学，整整三年，练到后来，都能参加环市跑了。

所以我说的第二个坎不是这个劳动强度的坎，是八连新点建成后，我当司务长，又奉命调到师部宣传队后发生的事。

那天师部政治部阎科长到八连找我，说要调我到师部宣传队当创作员，第二天一早就得走。当时是兵团建制，调令就是命令，没有商量余地。我把当司务长的那些账本、现金、粮票包成一大摞，交给同在八连的大妹敏华保存，第二天就匆匆离开了连队。

离开连队没几天，敏华就打电话告诉我，连里现在有传言——陈韩星带了几百斤粮票和几千块钱跑了。我说让他们说去，过十来天我把节目写完，就回连队把这事处理一下。

大约半个月后，我回到八连，花了几天工夫把账算清楚了，然后把结账表复写了几份，又找指导员说想给大家开个会，把账目公布一下，谁知指导员不同意。我马上意识到这里面有问题，应该来点硬的才行……

第二天就要离开八连了，傍晚时分，我估计大家都吃过饭了，就拿着一应物件，来到指导员家门口，高声喊着："指导员！指导员！"指导员不知道发生了什么事，从家里冲了出来："什么事？"我又高声说道："我要去师部了，跟你讲讲账务的事！"他一听急了：

"别嚷嚷，咱们好好说。"我又提高了调门："什么好好说？人家都说我贪污了，叫你开会你又不肯开，怎么说？"——就这么一嚷嚷，全连队的人都围上来了，我的目的达到了！

我站在停放在旁边的一辆牛车上，环顾四周，人基本到齐了，我微笑着说："大家好！我明天就要离开八连去师部宣传队了，今晚与大家告个别，感谢大家在八连组建的这些日子里对我的关心和照顾！"大家竟然都热情地鼓起掌来。我接着说："我当司务长半年多了，工作做得不好的地方，请大家谅解指正。我今天主要是要当着大家的面，公布一下账目，因为我听说有人说我把粮票和现金带走了，我现在就把情况向大家说明一下。"于是我把一本笔记本拿出来，这是最重要的证据，里面有八连　位借钱借粮票的梁副连长的签名，我按时间顺序一一念出这位梁副连长借钱借粮票的时间和数目，每念一次，就叫不同的人上来确认。这样有二十多分钟的样子，全部念完也确认完了，我就宣布："那些传言的粮票、现金的数目都在这里了，都是这位梁副连长借去的！明天我会把这个结账表贴在食堂，大家可以去看看。"于是大家释然，我一下子就把危机化解了，第二个坎就这样迈过去了。

事后有人对我说："看你文文静静的，怎么胆子这么大？敢这样与指导员和副连长斗法？"我笑笑说："我这个人其实是外柔内刚，像这样诬陷我的事，我能忍气吞声吗？再说我有证据在手，他们能把我怎么样？"

在八连建新点初期，有一次，场部一位认识我的技术员来八连丈量土地后，与我同站在运石头的嘎斯车上出山去，站了一会，他转过头问我："韩星，你以前干宣传队，现在干这个，想得通吗？"我望着前方崎岖的山路，轻轻地说："不要紧，只要还有宣传队，他们就会来找我。"

人生，不只是一种岁月，更是一种历练。只要是车，就一定会经历颠簸；只要是船，就一定会经历风浪；只要是人，就一定会经历艰险。人生，就是这样走过来的。

（写于 2021 年 8 月 25 日）

我想念的两棵胶树

我在"海南知青林"种下的两棵橡胶树

自 1978 年 2 月返回汕头，对于海南这个第二故乡，我一直念念不忘。忽然有一天，我收到一封来自海南省农垦总局的邀请函：

陈韩星 女士／先生：

　　您好！回首上世纪那段难忘的岁月，您和八万多名热血儿女，胸怀壮志，辞别亲人，从繁华的大都市，意气风发地踏上海南的荒山野岭垦荒植胶，用自己的青春和热血，在祖国的南疆谱写了一部波澜壮阔的中国橡胶事业创业史，也为偏僻落后的海南边陲城乡带来了人类文明。

　　…………

　　沧桑的是豆蔻年华，不变的是人间真情。千山万水隔不断我们的相思情。为用好知青资源，加深友谊，促进您的第二故乡——海南农垦的改革和发展，海南省农垦总局决定于 2006 年 5 月 15—21 日在海口市举办大型知青回访联谊活动，邀请部分知青代表参加（总局负责全程接待）。我们诚恳地邀请您在百忙中抽空光临，"回家"看看，与我们共叙难忘的知青岁月，为海南农垦"十一五"期间的改革与发展出谋划策，贡献力量。

海南农垦全体干部职工真诚地欢迎您的到来！

海南省农垦总局

2006 年 3 月 20 日

邀请函言辞恳切又郑重其事，令我荡气回肠，心潮澎湃！——将近三十年了，可以回第二故乡看看了，谁不激动啊！

5 月 18 日这天上午，在农垦总局机关大院，彩旗飘扬，鲜花灿烂，少先队仪仗队奏响《欢迎曲》，巨大的横幅"相约海南农垦，共创明日辉煌"写出了我们知青心中的期待。在主题报告会上，海南省省委常委、副省长于迅，海南省农垦总局局长吴亚荣先后都说："农垦不会忘记你们！"这句热乎乎的话，深深感动着与会的老知青，大家热烈鼓掌，掌声一阵高过一阵……

这次回访联谊活动有一个重要内容，就是种植"知青林"。在海南东线高速路距离海口 62 千米黄竹出口处，有一个万嘉果热带植物园，"海南省农垦知青回访纪念胶园"就设在这里。翌日上午，我和当年的"兵宣"战友们一起来到这里。我领了两张"种植卡"，认捐了 200 元。我种的两棵胶树，一棵在第 4 行 14 号，一棵在第 11 行 22 号。是日艳阳当空，惠风和畅，一片欢乐热腾景象。我小心翼翼地先后将两棵小胶苗的根系仔细地铺放在两个橡胶穴中，均匀地填上土，浇上水，在旁边流连了一会，才依依不舍地离开。从此，这两棵可爱的小胶苗就成为我魂牵梦萦的寄托。

作者陈韩星（中间穿白衣、戴眼镜者）与当年的广州军区
生产建设兵团政治部文艺宣传队队员们一起种植胶苗

　　时间过得飞快，转眼间，十五年过去了，两棵小胶苗应该早就长成参天大树了。我心想，现在是回不了海南了，但要想办法看到这两棵胶树啊！

　　办法总是可以想出来的，终于，我找到了万嘉果热带植物园的符墩才同志，我把我的愿望告诉他，他满口答应，立马就按照我说的位置到"知青林"去找这两棵宝贝胶树，很快就将照片传给了我。

　　两棵胶树都长得很好、很高，树干圆而直，不蔓不枝，拔地而起，直摩云空，气派凛然，这太令我高兴了！

　　虽然我种下的只是两棵胶树，但它们和其他胶树一起，组成了一片郁郁葱葱的知青橡胶林。橡胶林是激情如诗、绚烂如花的地方。在我曾经生活、劳动过的农场，橡胶林也是我曾经洒热血、流大汗的地方；是经历过艰苦、迷茫、快乐、憧憬，也有过收获的地方。回想着，那些年，踩着簌簌作响的落叶，听着沙沙的风声与落叶声，那丝丝的亲切感油然而生，挥之不去。这是久居都市生活的人无法体会到的情愫……

　　这两棵胶树，就这样引起我无限的遐思。

　　现在我看到的这两张照片，是我离开海南近三十年后，所见到的在第二故乡亲手栽种的胶树啊！这两棵胶树，已经成为我十三年知青生涯的纪念符号。

（写于 2021 年 12 月 25 日，载汕头《潮声》杂志 2023 年第 2 期）

一块美丽而奇妙的石头

陈朝行捡到的蛇形图案石头

　　早就听说我弟弟陈朝行的家里，珍藏着一块奇妙的石头，那是他本世纪初创业，在云南丽江建设玉龙雪山高尔夫球场时，在雪山脚下一处干涸的河床上捡到的。

　　那一次，我到朝行家里，他第一件事就是端出一个精致的小木盒，在我跟前小心打开。木盒里是一块椭圆形灰白色的石头，我拿起一看，石头上盘曲着的一圈天然赭色石纹，竟酷似一条黑白相间的银环蛇！这瞬间触发了我一个思绪——天地间竟然有这样神妙的巧合！

　　1969 年 7 月 28 日，在著名的"7·28 台风"正面袭击汕头牛田洋之时，作为知青，朝行乘着红卫轮刚好抵达海南八所港。他当时去的是兵团四师九团，也就是原农垦卫星农场。那时候我在四师十四团，因为同属一个师，3 个月后，我便把他调到了我所在的十四团八连。

　　只是，他刚来不久，我便抽调到师部石碌那边工作，又不在一起了，1 个月后我大妹敏华也来到八连。家中三个大的孩子都到了海南，而且在同一个连队，这在当时也是不多见的。

　　八连是新建连队，处于开发阶段，一切都很简陋，劳动也很艰苦和危险，其中采石头、炸树头是最危险的活儿。朝行刚到连队不久，当了机动班副班长，这危险的活儿就让他赶上了。

　　我早几年来到农场，所以我知道，在开荒的作业中，砍芭、烧芭之后，那些用锄镐无法挖出的大树头，必须先用炸药炸开它，然后才把那些树根搬走，以利于筑行、挖穴、开林段。

炸树头要先用半圆形的钢钎在树头下选好位置打炮眼，再小心翼翼地装上雷管，填好炸药，连接导火索。刚学爆破时，每次只能点四五炮，熟练后，可以一次连放十几二十炮。朝行说，他们后来干野了，排好顺序一次便点上四五十炮，往往点到一半，最先点的炮已经炸响了。他们躲着从天上不断砸下来的泥块、石块和树头，一边跑着，数着爆炸的响声，一边继续点炮。数响声最重要了，要是响的数量少了，那就是有哑炮了。排哑炮是最危险的，通常都由班长或副班长操作。判断哑炮必须准确，逐个进行排查，绝对不能有一丁点马虎，稍有不慎，必酿大祸。

而采石头是连队基建用的，机动班也负责给连队盖房子。

一次，到山里采石头，在石头上打炮眼，朝行在下面扶钢钎，另一位知青在上面打大锤。前一天晚上，连队放电影，是纪录片《红旗渠》。打锤的知青说，我们学一下人家，把大锤从身后抡起来打怎么样？

朝行说好啊，那位知青便把锤拖到身后，抡了个大圆打下来。咣当一声，锤一下子偏滑了，钢钎头钢屑冒着火花飞了出来，有一片正好打在朝行手肘上，血马上喷了出来。

抡锤的知青和其他人都吓呆了，朝行捏住喷血的伤口，对他们说，你们继续干活，我回连队找卫生员。

朝行举着滴血的手臂，走回连队，找到卫生员。卫生员是个女知青，朝行捏着伤口的手一松，血又喷了出来，卫生员见状叫了一声，突然晕倒在地，原来这个卫生员是晕血的。

大家都上工了，连队里没有其他人。好在有电话，朝行把电话筒夹在肩膀上，右手捏住伤口，用受伤的左手艰难地摇着电话，接通了隔着一个小山头的七连。然后，挨着墙，缓缓地滑坐在地上。

半个小时后，七连的卫生员赶到了，给朝行止住血，缝了针，包扎好，他才松了一口气。

因为怀疑钢片还留在手肘，朝行到石碌师部医院看了伤。给他看伤的医生惊呼：你好大命啊，你看，动脉都擦伤了，这钢片要是稍偏一点，打中动脉，早没命了！

那时候，我已离开师部，调到海口兵团宣传队创作组。朝行就这样在连队埋头苦干，度过了在机动班那些艰险的日子。4 年后，他调到了场部报道组，和我一样，开始靠笔吃饭。再后来，朝行凭着自己的努力，走上了一条光明大道——1974 年，他被中山大学中文系录取了。

朝行要离开红岭农场了，我特地回到农场送他。离开的前一天晚上，大约 11 点多，月光皎洁，山野清朗，我俩沿着山路漫步。突然，前方三四米处，从小路的左边爬出一条黑白相间、拳头大小的银环蛇，缓缓穿过小路，向着右侧的草丛钻了进去，我和朝行不约而同地停住了脚步，看着没动静了才走过去。

——回想起来，冥冥之中，人生的一切似乎都有因果，大千世界，也是有轮回感应的。

朝行大学毕业后，分配到韶关钢铁厂。想象着，他刚离开海南炙热的太阳，又钻进炉火熊熊的车间，不知道又吃了多少苦。最终，他凭着在那几年业余创作获得省奖的小说和一堆作品，在 1985 年初自荐进了深圳市政府办公厅工作，后来又当了一位副市长的秘书。再后来，进入了高尔夫行业，创造了国内这个行业的多项纪录，自己打拼出了一片傲人的天地。

陈朝行在玉龙雪山球场工地

曾与朝行聊过人生感悟，他说，天助自助者。又说，他的一切，都拜文学所赐。我了解我这个弟弟，他的文笔出众，若不从政从商，会是一个优秀的文学家。

玉龙雪山高尔夫球场是朝行创业后建设的第一个球场，从农场知青到高尔夫球场建设者，朝行这一辈子离不开山野，离不开大自然。

在丽江纳西族人的传说中，蛇是龙族，龙的纳西语音译是"署"。"署"在纳西文化中代表自然，纳西人对"署"不仅敬畏，而且心怀感恩，每年都有隆重的祭署活动。

纳西象形文字"署"，像极了朝行捡到的这块石头上的图案。苍天大地用这样一块神妙的石头馈赠于他，是与前缘的巧合，也蕴含深意。

（写于 2024 年 5 月 15 日，载 2024 年 6 月 21 日《汕头日报》"龙泉"副刊栏目）

有梦时代　诗意盎然

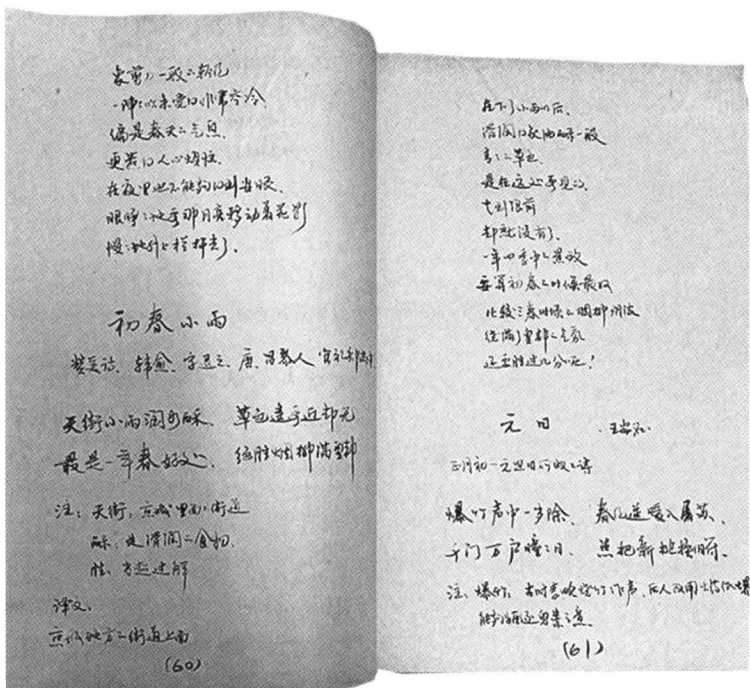

作者抄录的《唐诗三百首》

　　唐代诗人给我们展示的不仅是一个时代的实际景象，还是一个时代梦想的情绪。一个时代和一个民族应该永远有梦想，这就是为什么唐诗能给我们那么多的诱惑。

——题记

　　上海戏剧学院戏剧文学系教授朱国庆 2017 年在给我的微信消息中曾说："你的作品有两点是别人没有的，即人格精神和古诗传统，这就是我理解的独树一帜。"朱国庆教授与我同龄，但他是我 1997 年在上海戏剧学院编剧高级研修班学习时的老师，结业后一直有联系，彼此都比较了解。

　　"人格精神"就融在剧作的人物和情节中，这我没有刻意去追求；倒是"古诗传统"，则是我有意为之。

1978 年，我刚从海南回到家乡，分配在汕头市歌舞团当编剧。在海南当了 13 年知青，没读什么书，脑子里就只有高中三年读的那点东西，空空如也。怎么办？我想到了在六中读初中时教导我的徐凌英老师。印象中徐老师上课时喜欢给我们念古诗词，满肚子文墨的样子，于是上门拜候。徐老师倒还记得我，问我想学点什么。我说："在海南我写了大量的对口词、战鼓词、数来宝、诗朗诵之类的作品，但总觉得没您当年在课堂上念的诗词那样动人。"徐老师笑着说："我给你们念的那些是唐诗宋词啊！那是中华文化的瑰宝，鲁迅先生都说，好诗在唐朝时就写完了。"我说："那我们就不用写什么诗词了？"徐老师说："写是可以写，但首先要熟读唐诗宋词，作为一种文学修养，这个课是一定要补上的。"我说："那上哪去找这唐诗宋词呢？"徐老师叹了口气说："这些年这些书都很难找到了，我这里有一本《千家诗》和一本《唐诗三百首》，这十多年来我不时拿出来看，还作了一些评注和译文，你可以先拿去看看。"说着拿出两本已经很残破的书来，上面空隙处写满了密密麻麻的铅笔字，字写得很工整，看得出是很用心写的。我高兴地接过两本书，说："徐老师，谢谢您！我看完一定还给您。"徐老师欣慰地说："你可是我这两本评注本的第一位读者啊！"

当时我第一个念头就是要把它抄下来！我要一笔一画地把这么珍贵的《千家诗》和《唐诗三百首》整本都抄下来。我对徐老师说："徐老师，我想把这两本诗集都抄下来，好吗？"徐老师说："当然好啊！抄书本来就是读书人应该经常做的事情，抄书可以加深印象，还可以收心练字。"说到练字，我进一步想，我不是在学毛笔字吗？干脆就用毛笔抄，虽然要花更大功夫，但可达到双倍的功效啊。

正在我浮想联翩之际，徐老师又说："诗词可以背，应该背；可以抄，应该抄。师的话让我倍感温暖，倍受启发。

感谢徐老师，通过抄、读《千家诗》和《唐诗三百首》，我体悟到——在唐代，诗歌和生活是水乳交融的，诗人们优游于山野田间，出入于闹市酒肆；长河落日的壮阔，渭城朝雨的悱恻，千年的行吟不绝，使得诗歌中的景观和盛唐的风采相得益彰，它们的互相照映让人们的生活倍添风流，并体现了一种普遍的艺术素养。而且，唐代诗人给我们展示的最重要的不是一个时代的实际景象，而是一个时代梦想的情绪。那是一个有梦的时代。一个时代和一个民族应该永远有梦想，这就是为什么唐诗能给我们那么多的诱惑。

现在我们吟诵唐诗宋词，在很大程度上是在回忆我们祖先的情感世界，我要尝试用戏剧的形式，重现这个世界。我决定写古代诗人歌剧系列，苏东坡、韩愈、柳宗元、贾岛、王维、李商隐等先后走进了我的视野。

我认为，真正的戏剧作品必须写出个体的人内心的情感——艺术就是真性情。朱国庆教授同意我的说法："我们通常所说的真性情，不是一般教科书所讲的文学艺术要表现感情，而是有特定的限制的，那就是属于个体的人、个体人格的一种最深刻、最迷人的情感。我国古代诗人经常说的情性、性情、性灵，虽然没有在理论上严格区分一般的情感和个体人格的真性情，但他们的大量的诗作告诉了我们真性情实际上是一种诗的激情、美的激情，而诗与美都来源于个体的灵魂深处。"

李商隐是我的古代诗人歌剧系列写的最后一位诗人。我认为，李商隐的诗是另一文学体裁上的《红楼梦》，那忧郁的情调、浓郁的诗意、凄婉空寂的悲剧美，千百年来让无数人为之反复咀嚼，苦苦思索。我创作了五场历史歌剧《巴山夜雨》，在该剧尾声，"李商隐"对好友"温庭筠"说："美好的人生境界，不是荣华富贵，而是遇到了难得的知己，沉湎于一种温馨氤氲的情感、置身于一片融通亲和的气息之间……每一个人的人生和感情都注定是千疮百孔的，所以，以大境界来看人生，所有的荣华富贵、是非纷争都是毫无意义的，最重要的是你有没有一个快乐的人生，有没有一位灵犀相通的知己……即使我最终没有遇见柳枝，她也始终是我心头的一丝温馨……"

2012 年，《巴山夜雨》继《大漠孤烟》之后，获得第八届"全国戏剧文化奖·大型剧本金奖"。这是对歌剧里的古诗传统的最高褒奖。

（写于 2021 年 12 月 8 日，载 2022 年 1 月 15 日《汕头日报》"韩江水"副刊栏目）

飘香的小镇

苏东坡与王朝云　蔡宝烈/图

　　走进增城小镇时，隐隐闻到一阵阵的荔枝香味。天渐渐暗下来了，夜灯初上。我坐在丁字路口一个小排档靠窗的位置上，看着外面陌生而温馨的街景，店家在忙碌着。我是专程从汕头去惠州，途中坐过站，才偶然来到增城的。

　　这大约是 1983 年五六月间的事，那时我萌动了写歌剧《东坡三折》的念头。"三折"既指的是戏剧体裁中三个"折子戏"的概念，又特指苏东坡人生中具有非凡意义的三次挫折——"问汝平生功业，黄州惠州儋州"（苏东坡《自题金山画像》）。儋州是不用再回去采风的了，1965 年"上山下乡"我就在那里生活了几年；黄州则是 1982 年秋，趁在武汉开会之机，请假两天，专程去过了；三个州就只剩下惠州从未去过。

　　那天坐在长途汽车上，一直在等着下车。以前到广州路经惠州，是要下车坐轮船过渡的，类似那时从国道到汕头，一定要过礐石渡口一样。但坐了很久，凭以往经验，应该到了呀，怎么一直没听到司机喊下车呢？于是我忍不住大声问了一句："司机同志！惠州快到了吗？"谁知一车人"轰"地笑了起来，一位年轻小伙带着笑意用广州话说："广州都快到了！去广州啦！"我知道不妙，急忙让司机停车增城车站。

　　原来，那几年惠州建了一座大桥，汽车不用再过轮渡了。我就这样，不经意间，在增城过了一夜。那时的增城县城看起来就像是一个小镇，但它是全国著名的荔枝之乡。在我入住的小旅馆里，我看到了一本当地印行的小杂志，从上面的文章里，我第一次知道增城有一株名震京城的荔枝树，名为"绿罗衣"。

我与"绿罗衣"这美丽的邂逅，有点像我在厦门广播电台见到那篇关于吴凤的稿子一样，后来我在剧本中把绿罗衣"移种"到惠州，于是它便成了我写苏东坡在惠州这折戏的主要内容——

林　　婆　（盛情地）苏大人，请您稍待，我去取些荔子给您尝尝鲜。

苏东坡　（拦）婆婆，听说此处有一株名闻京城的古荔绿罗衣，是吗？

林　　婆　是的。

王朝云　传说八仙中的何仙姑，曾经坐在这棵荔树上绣过花，离开时遗下一串绿色丝线挂在树梢，到荔枝结果时，每颗荔果就有一圈绿线环绕果壳，"绿罗衣"因而得名，是吗？

林　　婆　（笑着点点头）娘子有心，传说确实如此。来，我带你们看看去！

苏东坡　（微笑）不是看看，是想尝尝。

林　　婆　（为难地）这……

苏东坡　这有何难？

林　　婆　苏大人——
　　　　　（唱）绿罗衣，果壳一圈绿，
　　　　　　　　果肉白如玉，
　　　　　　　　果汁甜如蜜，
　　　　　　　　果味爽如梨……

苏东坡　啊！如此妙品！色、香、味三绝！

林　　婆　绿罗衣——
　　　　　（接唱）名达于上京，
　　　　　　　　　见重于当世，
　　　　　　　　　岁贡献鲜，
　　　　　　　　　年年如是。

苏东坡　哪就尝不得？

林　　婆　尝不得。

苏东坡　我就尝它几颗。

林　　婆　不说几颗，一颗也尝不得。

苏东坡　一颗也尝不得？

林　　婆　这绿罗衣每年结果，都由官府点数上册，一颗也少不得，刚才……

苏东坡　我就吃它几颗，再从别的树上摘几颗大的凑数，不就成了？

林　　婆　（一怔，感怀往事，潸然泪下）……

苏东坡　婆婆却为何伤心了？

林　　婆　（只是啜泣，低头不语）……

王朝云　（对东坡）先生，不要为难婆婆了。

苏东坡　既是婆婆如此为难，那就不吃了。不过婆婆却也不必下泪呀！

林　婆　此事与大人无关，老妇只因感怀往事，不觉下泪。

苏东坡　（关切地）难道婆婆另有隐衷？

林　婆　苏大人啊——

　　　　（唱）绿荫红荔有人问，

　　　　　　　少寡独居谁知情？

苏东坡　（同情地）啊！

　　　　（唱）婆婆拭泪勿叹息，

　　　　　　　独鹤有声叙平生。

林　婆　（唱）东江逝水知我恨，

　　　　　　　昔年荔花曾断魂……

　　　　当年，亡夫人称东江钓叟，受官府之命，以船运荔出岭，不慎江水泡烂几颗荔子，他用随身所带荔子补足，不意竟成欺君之罪，被活活打死了……

苏东坡　（愤慨，唱）

　　　　啊……

　　　　惊尘溅血，

　　　　生离死别！

　　　　祸国殃民，

　　　　为恶作虐！

　　　　…………

　　　　回首当年心欲裂，

　　　　忠君报国宏愿灭。

　　　　心广志壮知何用，

　　　　弊政乱世消磨了几多豪杰！

林　婆　苏大人，不必为我伤了雅兴……

苏东坡　（感慨万千）不，你我灾祸同源啊！……

　　　　〔林婆默然入内，东坡意兴大减，枯立呆望荔枝林。

苏东坡　（吟）人生到处知何似，

　　　　　　　应似飞鸿踏雪泥。

　　　　　　　泥上偶然留指爪，

　　　　　　　鸿飞那复计东西。

王朝云　先生宽怀——

　　　　（唱）千般往事一场梦，

　　　　　　　勘破忧患心自通。

　　　　　　　劝君舍却少年志，

　　　　　　　老归山林求善终……

苏东坡　（微微摇头，唱）

　　　　落日孤烟自朦胧，

　　　　老归山林亦善终。

只是东坡非草木，

孰能无情弃前功？

独善其身非我愿，

兼济天下心犹雄。

叹只叹，

身不由己，流徙他方，

力不从心，怅望苍穹……

（举残酒，一饮而尽）

［林婆用竹盘盛了荔果出来，放于桌上。

林　婆　苏大人，请尝荔子。

苏东坡　这不是绿罗衣吧？

林　婆　不是，大人尽管吃吧！

苏东坡　（一改神态）不！我今日就是非绿罗衣不吃！

林　婆　（惊愕）啊！

苏东坡　宫中美人吃得，为何我却吃不得！

王朝云　先生莫非醉了？

苏东坡　我就吃它几颗，谁奈我何？我已被贬到此，大不了再贬天涯海角！难道为了几颗绿罗衣，还会杀我的头不成？吃！

林　婆　大人三思……

苏东坡　三思？（狂笑）哈哈哈！我这辈子吃亏就在于这个"思"字！不思无罪，思之有罪！今日我就来个不思而行！婆婆，你尽管摘来，一切由我担当！

林　婆　（犹豫）这……

苏东坡　（命令地）快去！

［林婆蹒跚入内。

苏东坡　（仰天长叹，唱）

且把万念归一梦，

但将地狱作天宫！

…………

创作是件快乐的事情，一座飘香的小镇，一次美丽的邂逅，是留给有准备的人的，正如俄国画家列宾所说："灵感是对艰苦劳动的奖赏。"后来，《东坡三折》1985 年获上海戏剧学院与《新剧作》编辑部联合举办的"戏剧、电影、电视文学创作函授班"优秀作品一等奖；《荔枝叹》作为独幕歌剧，由李水泉作曲，吴峰导演，黄永华、舒文、汪多莉分别饰演剧中苏东坡、王朝云、林婆角色，1998 年 5 月 20 日晚在汕头大学大礼堂作为纪念毛泽东同志《在延安文艺座谈会上的讲话》发表 56 周年歌剧晚会的主要剧目上演。

（写于 2020 年 4 月 6 日，载 2020 年 5 月 17 日《汕头日报》

"龙泉"副刊栏目、潮州《韩江》杂志 2020 年第 4 期）

阳关的魅力

　　1996 年的一次西域之旅，我来到著名的阳关。王维一首缠绵淡雅的《渭城曲》，那"劝君更尽一杯酒，西出阳关无故人"的对友人的淳厚之情，早已使阳关那坡峰上荒落的土墩，成为千百年来人们心中向往的圣地。今天我千里迢迢，穿过无边的戈壁荒漠到这里来，可以说完全是受了王维《渭城曲》的诱惑，是王维让阳关成了镌刻山河、雕镂人心的名胜古迹，阳关的魅力，来自诗的魔力、文人的魔力。

　　阳关是汉武帝开河西四郡时建立的两座关口之一，位于甘肃省敦煌市西南，是交通枢纽，更是军事要塞。但现在的所谓"阳关"，只有无边的黄沙、苍茫的大漠。历史，早已被千年的岁月掩盖；繁华，也已被无边的黄沙掩埋。我们今天所能看到的，只有一座尚未完全坍塌的土墩。

　　这座土墩，当然不能代表"阳关"的全部，它可能只是当年的一个烽火台、一个瞭望哨，但它确实可以给我们一种悠久的怀古的感觉。更确切地说，如今到阳关来，更多的是激起人们的想象力，让我们怀念那曾经的岁月和繁华。

　　阳关之内，尚为故土；阳关之外，便是异域。灞桥是进出长安的东大门，折柳寄寓离情别意在唐朝蔚然成风，成为临行前的一种仪式。

　　遥想当年，大约是唐天宝四年春，长安城郊，渭水桥头，客舍酒肆，轻柳新雨。王维伴着友人元二，吟唱着"渔舟逐水过江村，两岸垂柳绕古城。行看绿树不知远，薰风吹送别故人"这类诗句，伤感地来到这人人皆知的伤心离别的地方……

　　二人步入酒肆，歌伎翩翩起舞。王维听着俗不可耐的送酒歌，禁不住即席赋诗，徐徐吟诵："渭城朝雨浥轻尘，客舍青青柳色新。劝君更尽一杯酒，西出阳关无故人。"并说道："诗题就是——《送元二使安西》！"元二赞叹不已："真是好诗、好诗啊，此诗一出，余诗尽废！最妙在'西出阳关无故人'，真是阳关迢迢歌不尽，只为叠叠离别情啊！"片刻，送酒歌重新响起——

渭城朝雨浥轻尘，
客舍青青柳色新。
劝君更尽一杯酒，
西出阳关无故人！

　　王维、元二伴歌轻舞，歌舞三叠，意浓情酣……

　　王维的这首《送元二使安西》自盛唐入乐歌唱，又名为《渭城曲》，至中晚唐成为流行歌曲。宋代"阳关曲"更加盛行，成为离筵的经典骊歌、文人的集体记忆、离别诗词中的常用意象。金元时期，其流行的程度虽不及两宋，但依然有人传唱。明清两代，《阳关三叠》衍变为器乐曲，"阳关曲"虽偶有人唱，但其风头已让位于《阳关三叠》器乐曲。《阳关三叠》琴曲更是常被演奏的经典曲目。

一首无意中写下的送别诗，就这样流传千古，也使阳关自此拥有了永久的魅力。

这样的创作，看似寻常轻易，其实是诗人高洁精神和灵魂的自然流露。而我们读一首好诗，或欣赏一台好戏，重要的便是寻找、关注诗人和剧作家的精神和灵魂。

王维的一生多灾多难，王维的内心充满了矛盾和痛苦。但王维终归是大诗人，他始终坦诚、执着、自识，远离了贪婪、附庸、嫉妒种种人类恶习，永葆自身人品、诗品顽强的生命力，并非世俗所谓的"百年诗酒风流客，一个乾坤浪荡人"。他自我解脱，不变心性，不因宠辱得失而抛却自在，不因风霜雨雪而易移萎缩，所以他的诗才有了千年的阅历、万年的长久，他也才有了诗人的神韵和学者的品性。王维正是有了果敢的放弃，才有了他"息阴无恶木，饮水必清源"的高洁情怀，也才有了他金石般的千古名篇。"明月松间照"，照一片娴静淡泊寄寓他无所栖息的灵魂；"清泉石上流"，流一江春水细浪淘洗他劳累庸碌的身躯。王维拥有精神上的明月清泉和不朽而独特的灵魂。

从王维的这首诗，不只可以读懂他的精神和灵魂，还可以悟出艺术创造的某些规律和启迪——

艺术的过去，只可依稀推测，无法精确感知；艺术创造是人类精神劳动中随意性和自由度最大的一种劳动。诗家写出这一句，剧作家写出那一台戏，都没有什么必然性。只有在写出来、演出来之后，才成为事实。在整个艺术领域里，哪个艺术家与哪种题材、哪种方法产生了偶然的冲撞，既不可预知，也无法追索。哪个艺术家什么时候产生了什么灵感，更是神不知鬼不觉的千古秘事。

艺术的道路只有出现在艺术走过之后，所以，走别人铺设的轨道的艺术家，不是真正的艺术家。

（写于 2024 年·甲辰中秋）

创作歌剧《巴山夜雨》二三事

剧本创作真是一件很奇妙的事情。回想当年写歌剧《巴山夜雨》的二三事，就很有意思。

2012年"五一"假期前几天，广东文艺职业学院院长陈学希交代我说，哪里都不要去了，一起回汕头吧。到了"五一"，他突然说要开会，回不了汕头了。我一下子不知道这个假期（共4天）一个人在学院怎么过，于是想到，要不干脆写一个李商隐的歌剧吧。因为我很喜欢"巴山夜雨"那个意境，第一天上午就用李商隐那首诗写了"序幕"。

写了"序幕"，但后面该写什么，心里一点底都没有，更不用说怎么安排结尾和高潮了，只能是顺着李商隐的心情写。好在此前我写过一篇相关的论文《李商隐诗歌的悲剧美》，对于李商隐的诗歌，还有点熟悉，就这样写下去了，四天共写了七场（都不长，序幕、尾声各算一场）。写后就给曾在我们1997年上海戏剧学院编剧高级研修班任课的朱国庆老师寄去，朱老师看后给予充分肯定，并写了一篇剧评，结果我的剧本和朱老师的剧评双双获得当年第八届全国戏剧文化奖·大型剧本金奖和论文金奖。

朱老师剧评的题目是：《山与水的缠绵——陈韩星歌剧新作〈巴山夜雨〉赏析》。他这样写道：

> 十几年前，陈韩星君发愿要写一个"古代诗人歌剧系列"，他没有食言，这些年来，他先后写了苏东坡、韩愈、柳宗元、贾岛、王维，直到今年这部以李商隐为主人公的歌剧《巴山夜雨》，真是大有"春蚕到死丝方尽"之势。
>
> "古代诗人歌剧系列"是一个精心创作的系列，每一部写得都不一样，无论从艺术观念上，还是风格样式上都是一部一个变法，例如在写王维的《大漠孤烟》中，韩星君淡化了"安史之乱"的历史背景，突出了王维与安禄山在人格上的冲突，我把这种写法称为"清空"；而今天这部《巴山夜雨》，则是彻底地把历史背景虚化了，戏中只剩下温（庭筠）、李（商隐）和柳枝、若拙两位道姑，成了一部名副其实的纯艺术作品了。
>
> 这部歌剧，除序幕、尾声外，共有五场戏。第一场，李（商隐）、温（庭筠）相遇，互论诗文，引出柳枝；第二场，玉阳山柳枝当道姑；第三场，长安平安里，李、温寻柳枝；第四场，清都观柳枝读李诗；第五场，玉阳山李、温访柳枝不遇。全剧情节并不复杂，人物也很简单（这是很适宜歌剧演出的），但是我们从这出戏中可以品尝出来的感觉却是五味杂陈的。
>
> 《巴山夜雨》全剧序幕十分简洁，只是交代了李商隐36岁时，一人在巴山驿馆，驿馆外，大雨瓢泼，诗人思念着曾秉烛夜谈的友人、知己，一边剪去烛花，

一边轻声吟哦出"君问归期未有期，巴山夜雨涨秋池。何当共剪西窗烛，却话巴山夜雨时"一首七绝。

接着便是第一场长安酒肆，李、温二人相遇。二人齐名，风格相似，也几乎同龄，所以两人是密友，无话不谈。李商隐见到温庭筠，动情地问温："你知道我是怎么想你的吗？"说着便拿出诗笺给温，温庭筠低吟："君问归期未有期……"这一场戏没有情节更没有冲突，恐怕不太符合文学教授规定的戏剧定义。但是如果有一点诗歌爱好的观众，一定会感到韵味十足，因为在这里温、李共同解读《夜雨寄北》这首七言绝句，十分有趣，令人耳目一新：

温庭筠："君问归期未有期"——你怎么一下子又说到"巴山夜雨涨秋池"呢？这与你的归期又有什么关系呢？这不是顾左右而言他吗？

李商隐：顾左右而言他，不正说明我满怀心事吗？

温庭筠：哦，那是说，当朋友问你什么时候回来时，你有一点难过，有一点感伤，你满怀的心事，就像被夜雨涨满了的池水一样，都要溢出来了……嗯，好，好！

在这里笔者要插一句，关于"夜雨涨池"一句，一般解释都是从字面上作大自然环境描写解释，温庭筠在这里的解释（当然也就是剧作家本人的解释）不仅是全新的，而且是充满想象和诗意的，顾左右而言他正是一个满怀心事的人常有的状态，而"夜雨涨池"说满怀的思念感伤像涨满了的池水一样，都要溢出来了，解释得巧妙，入情入理，令人信服，令人感怀万千。接着温庭筠又解释下去：

温庭筠：那下面两句我便懂了——"何当共剪西窗烛，却话巴山夜雨时"，你同样是顾左右而言他，缠缠绵绵，绕来绕去……

李商隐：（停顿了一会，竟潸然落泪）是啊，绕啊绕啊，缠缠绵绵就是绕、绕、绕，任何一种深情到了最后，都是缠缠绵绵，在舍得又舍不得之间，一种迷迷离离的状态……

将"何当共剪西窗烛"两句解释为一种缠缠绵绵迷迷离离的状态，这又是韩星君自己独到的体验。在我印象中，韩星君是个剧作家兼理论家，俨然一个教授形象，没想到他身上还有这样一种强烈的诗人气质。读者在下面可以读到韩星君确实是把这部歌剧当诗来写的，让人感觉到是与传统戏剧完全不合，不妨说是"不按常规出牌"。读者如果能够把这个本子当诗来读，那就对路了。

朱国庆老师是戏剧文学系教授、文艺理论家、硕士研究生导师，著有部级教材《艺术原理》、专著《艺术新解》《吾心即艺术》等。他与我既是师生，也是同龄人。我们有十分相似的曲折经历，有着共同的人生况味，艺术观也十分相近。"写人的玄学状态"，这个命题是当年我们一起经常讨论的话题。朱老师认为诗本质上属于玄学（哲学、宗教、艺术），诗人本质上是一个玄学家。玄学是非功利的，是一种不用之用，是用来解决人最深刻的灵魂问题的。我在1997年以后的戏剧创作，就是在朱老师的这种理论指导下进行的。

当时还有一个问题，就是用谁来与李商隐配戏？想来想去，想到了温庭筠。正如朱老师所言，李、温二人齐名，风格相似，年纪也几乎同龄，所以两人是密友，无话不谈。温庭筠性格外向，文采粲然，他四处走穴，成人之美，却不只为图财，真是匪夷所思的一个人。唐代饱满的元气里，气象万千，这也才能包容他的此等姿态。传说中他才思敏捷，每逢有试，辄押险韵，闭目吟哦，双手叉在袖笼中八次，八句律诗便汩汩流出来，因此，人送雅号"温八叉"。

"没有金刚钻，别揽瓷器活"，所以温庭筠还是个金牌"枪手"，且乐此不疲。他未必爱财，只是才情横溢却屡试不第，终身进不了进士，自然惨然不乐，如此不乐，以致剑走偏锋，用另类的方式宣泄炫耀。以这样的对立性格来与李商隐配戏，自然是再好不过。

朱老师接着兴趣益然地解读了全剧，但感到仍有很多话要说：

> 对于这样一部无情节、无冲突，就像一首诗，甚至也不是叙事诗而是抒情诗、哲理诗般的作品，一般人恐怕很难一下子接受。我开始读第一遍时，也感到它的另类，但是不知是一种什么力量，让我读了第二遍、第三遍，并决定了要为它写读后感。现在全剧赏析完了，我终于明白了，我之所以喜欢这个本子，与其说是一种文学、戏剧的爱好，不如说是一种哲学的热情，是对韩星君笔下的李商隐的缠绵哲学的迷恋。我和韩星君一样，从骨子里服膺的是李商隐的爱情诗和他的"山与水的缠绵"这一种哲学。正由于如此，我想韩星君也许只有用这种抒情诗交织着哲理诗式的方式，才能真正将这样伟大的一位诗人和这样一种深刻的哲学表现出来。

> 人们为什么喜欢缠绵呢？尤其是那一些有高尚心胸和高贵气质的人，他们热爱缠绵胜于对物质生活的追求。原因就在于山与水的缠绵远较对钱与欲的渴求更能使人感到人生在无限地丰富，使人感到度过了最真实的生命。正如剧中李商隐所说："其实，人生，说到底，都是山与水的缠绵。"而诗歌、文学、艺术就有责任去满足人们的这种缠绵癖、感伤癖。

西方一位著名的哲学家说：

> "唯有通过折磨，才能显得出爱情；只有在忧患之中，爱情才能日益深厚。常常由于为误解所伤，爱情才变得分外缠绵……照黑格尔说，这恰恰就是意识的完满之处。"

> 李商隐当然不是误解，而是可望而不可即的爱情给他带来的折磨与忧患，才使他的爱情更加缠绵，日益深厚，这种缠绵与深厚，黑格尔称之为意识的完满，用现在的话讲就是人性的丰富与扩大，所以缠绵不是坏事，而是一种把人变得更加细腻、更加丰满的必经之路。所以托尔斯泰的《天国在你心中》中表达了这样一种思想："任何一种痛苦，对于他们生命的幸福都是永远需要的。"缠绵就是其中一种痛苦，它把人引向幸福，而不是引向深渊。这就是为什么李商隐写缠绵的爱情诗而乐此不疲，这也就是为什么千年以来，人们一代又一代地酷爱李商隐的缠绵名句，到了今天，韩星兄又为什么用剧本来表现李商隐的缠绵的原因。这就是缠绵哲学的全部真谛，也正是历史歌剧《巴山夜雨》的真正的审美价值所在。

创作歌剧《巴山夜雨》已经过去十多年了，当年的情景仍历历在目。让我们高兴的，不只是剧本和论文获得这两个奖项的最高奖，而且是多年来我们所主张和坚持的创作理念与艺术理论，得到了中国戏剧最高层专家评委们的认同，这意味着中国戏剧艺术将回归到本体，将恢复她本来应该拥有的充满迷人魅力的面目。

中央戏剧学院戏剧文学系主任张先教授在一篇题为《剧本创作应面对人生精神的苦难》的文章中指出："只关注人的生存状态，没有关注人的精神世界。这种创作观念是与戏剧艺术的本质规律相违背的。""优秀的艺术家的创作都是以展示个体人的精神世界为基础的。"真是无独有偶，一南一北两位戏剧文学系教授，都提出了同样的问题，并坚持同样的理论观点，真是人同此心，心同此理，艺术源头的溪流总是按照固有的河道前行，尽管千回百转，最终还是会在具有平常心的艺术理论家的心田上涓涓流过；而了解伟大文化人乃至一切描写对象的精神世界，思索他们各自的独特的灵魂，这是剧作家真正应该干的事。

朱国庆：上海戏剧学院戏剧文学系教授、文艺理论家、硕士研究生导师。著有部级教材《艺术原理》、专著《艺术新解》《吾心即艺术》等

（写于 2024 年 4 月 5 日，载汕头市文化馆主办《文化汕头》2024 年第 1 期"创作园地"栏目）

当审美意象融入潮剧中

潮剧传统剧目《荔镜记》演出图

（广东潮剧团演出。黄五娘——姚璇秋饰；益春——萧南英饰。引自汕
头大学出版社：《潮剧志》）

1993 年 2 月 1 日，潮剧艺术表演史上从未有过的盛会——首届国际潮剧节在汕头市举办，当时我参与潮剧节特刊的编辑工作。"把我们传统的潮剧唱出手足情深的歌声，带给故乡深切的问候与诚挚的祝福。"——这镌印在美国洛杉矶玄武山福德善堂潮剧团《代表团名册》上的两句话，让我印象深刻，至今难忘。它道出了 1 000 万海外潮人对家乡的一片深情，也使我们这些身在故土的家乡人深切地了解到，潮剧，是如何在海内外潮人心中永远地占据着一片芬芳之地的。

我总在想，传统的潮剧到底有什么魅力，能让我们这些海内外潮人都魂牵梦萦呢？

简单地说，潮剧的魅力，在于其承继了南戏的传统，表演精彩纷呈，尤其是"丑"行当，分工细密，表演程式丰富，乡土特色浓郁。

更进一步想，这些魅力又是如何凝结形成的呢？新中国成立后，潮剧遵循"百花齐放，推陈出新"的方针，对旧剧目加以清理，使优秀的传统剧目重放光彩。先后整理了100 多个传统锦出戏，其中达到一定水平的有 20 多个。《扫窗会》《辩十本》《闹钗》《芦林会》《刺梁骥》《闹开封》《活捉孙富》《赵宠写状》八个剧目在北京、上海各地演出及本省会演中，都被评为比较优秀的剧目。我认为，这些优秀的传统剧目之所以具有永恒的艺术魅力和艺术生命，就在于潮剧与其他戏曲剧种一样，首先是一种意象化的艺术。

这里所说的"意象"，是客观物象经过创作主体的情感活动而创作出来的一种艺术形象，重点在"意余于象"，即戏剧人物的思想感情、心理活动、生活语言等超越了剧作提供的画面和表象，可以引发"象外之象"或"象外之境"。

以姚璇秋饰演《扫窗会》中的王金真和《荔镜记》中的黄五娘为例。

《扫窗会》是姚璇秋得到最多荣誉、最高评价的一个戏，也是她花最多心血、流汗最多的一个剧目。这折戏的重要关目是夫妻见面那一段。受尽折磨的王金真，历尽千辛万苦，终于在悲凉的秋夜，来到书房扫窗，得与高文举相会。这一次夫妻相会，多么地来之不易，它交织着多少爱与恨，浸透着多少眼泪与辛酸。这见面，可以处理成夫妻抱头痛哭，也可以让满腹怨气的王金真对高文举痛责一番。但姚璇秋并没有这样表演。舞台上，高文举对门外的王金真一番盘问，证明了门外的人正是自己的妻子，他把房门打开，让王金真进去。这时候，进了书房的王金真，在烛光下，瞥了高文举一眼，见到眼前的人正是她丈夫，却煞地把头发甩下，遮住半个脸，不再理会他。这个动作，是她对高文举既信又不信，等待他的反应。因为王金真已接到丈夫的休书（休书是温氏伪造的），半信半疑，这才千里寻夫，要弄个明白，这时候虽然见到高文举，但高文举对自己态度如何，还不得而知，因此，"煞地把头发甩下"，是符合人物的行动逻辑的。接下来的戏，是没有忘恩负义的高文举，见到王金真受到如此折磨，内心受到谴责，"哎呀"一声，把头上的纱帽一甩，上前扶住王金真，唱出了"一见娇妻肠肝裂，形容瘦损珠泪滴，是何人引你入府内，妻你忍了悲，住了啼，一桩桩，一件件，从头说与你夫知机。"至此，王金真已明白了高文举的态度，所以，才负气反问一声："你是何人？"这样轻轻的一句话，已经清楚地表明了王金真此时又恼又嗔的情绪，观众心中也放下了一块大石头。姚璇秋正是这样进入了人物的内心世界，迸发出了真实的思想感情。——这是人物思想感情的意象化。

《荔镜记》是姚璇秋演得最久、影响最大的一个剧目。姚璇秋成功地创造了《荔镜记》中黄五娘的艺术形象，也是经过一番艰难曲折的。观众熟知的"留伞"场中一个区位动作的产生，可看出姚璇秋为创造人物形象是付出了怎样的辛苦的。

这一段戏的台词是这样的：

> 益春：阿娘，你看那柳枝，随风摇摆，是何道理？
> 五娘：只因柳枝无力，随风摇曳。
> 益春：柳枝无力，就随风摇摆，人若无主意，就由人排比！阿娘若再无主意，那就要亏呀——
> 五娘：亏什么？
> 益春：亏那三兄！
> 五娘：你又在乱说！
> 益春：话不可乱说，当初荔枝就不可乱掷！
> 五娘：（一怔）益春——

益春：阿娘——

就这样，由益春提出问题，五娘给予回答，如此反复深入，益春穷追不舍，五娘要回避但又摆脱不了，当被追问得不耐烦、无言以对时，姚璇秋双手拍腿，用力往下一甩，说："这些我都知道了，你不要再说下去！"这个动作就这样在经过无数次设计之后，不经意间水到渠成地产生了！郑一标导演喜出望外，立即予以放大、美化，配上曲乐。这是姚璇秋创造角色的一个尽人皆知的例子，根据人物的心理活动来产生动作。——这是人物心理活动的意象化。

《苏六娘》中洪妙那句著名的"问你爹便知！"更是典型的"意余于象"。——这是人物生活语言的意象化。传统潮剧中类似的语言不说俯拾皆是，却也随处可见。潮剧观众就是喜欢这样的人物、这样的语言、这样的潮剧。潮剧的人物刻画是细腻而深情的，忌讳表面化的唱做念打；潮剧的表演在于轻婉轻松，有戏可看，有曲可听，根本不在乎大场面、大制作。梁卫群看了《闹钗》，说了这样一段话："可以想见，此事过后，胡连该花天酒地依然去，该戏弄小英照旧是，生活很快恢复常态，他不会记恨谁，他甚至不会觉得丢脸。说实在，胡连不难相处。而作者塑造这样一个人物，并不怀着恶意。这很好。"潮剧其实就是这个样子，承载不了太多的思想，也不会站在道德高地上说教。

历史上不见经传的艺术家们以娴静潇洒的心境，自如流畅地书写、演绎出那么多优秀的传统潮剧，他们将自己感受到的审美意象融入作品中，在其中留下了萧散恬淡的精神情怀和内心体验，这些美好的创作历程值得今天的潮剧艺术创作者们细细品味和借鉴。

（写于 2024 年 7 月 8 日，载 2024 年 7 月 21 日《汕头日报》"文化"栏目）

闲和平实　气韵生动

《韩愈品茗夜读图》　卢中见作

《东坡啖荔晨读图》　卢中见作

冠首联（韩公遗风留史笔，星际有云踏芒鞋）　于秀溪作

（夹注云：仰慕韩愈而得斯名，且恪守芒鞋不踏名利场；韩山韩水育韩星，史笔诗心写戏经、展才情；唱罢《东坡三折》，又演《热血韩愈》，从《蝴蝶兰》至《莲花峰》，美哉壮哉！）

我不是画家，但有几位画家朋友，卢中见就是其中一位。我的书房里就挂着中见送我的两幅画，一是《韩愈品茗夜读图》，一是《东坡啖荔晨读图》。两位大文豪都在吃吃喝喝，但也都不忘记看书，既有生活情趣，又不失文化品位。我想，这正是卢中见绘画艺术的特色。

卢中见亦真亦幻的绘画艺术，主要体现在他的人物画上，正所谓"古怪奇特而不失闲和平实"。他的人物造型变形、夸张，力求人物个性的逼真传神而气韵生动。他送给我的这两幅画，正具有这样的艺术特质。

艺术是相通的。"闲和平实，气韵生动"也可见于书法作品。当代作家、诗人、书法家于秀溪先生的这副"冠首联"，书法瘦俊，行书带隶意，其总体风貌也具有以上所说的艺术特质。那是 2002 年元宵节前夕，我应邀入住潮阳宾馆，为潮阳市举办的"情系民心"捐赠文艺晚会撰写主持词。一大早，有人敲门，门一打开，是于秀溪先生！只见他手拿一卷纸，兴冲冲地说："韩星！送你一副对联！"我接过展开一看，大喜过望！我昨天晚上才认识于先生，他是偕同夫人专程从北京来潮阳作书画义捐的。我送他一本剧作选，他一宿未眠，全看完了，有感而发写了这副对联。我与于先生算是有缘偶遇。流年似水，因水而结缘。"生命中的每一次相遇，都绝无仅有。"今借报纸一角，顺表感念仰慕之意。

（载 2021 年 12 月 4 日《汕头日报》"艺苑"副刊栏目）

得画小记（六题）

（一）红岭秋韵（蔡宝烈画作）

《红岭秋韵》

我和宝烈是汕头市第一中学 1965 届的高中毕业生，我在（1）班，他在（3）班。临近高考，我填的第一志愿是上海的复旦大学新闻系，宝烈填的是广州美术学院。但在高考前，我们的档案材料都被盖上"该生不宜录取"字样（这是许多年后我们才知道的）。原因自然是那个年代特别重视的"家庭出身"。

同年 9 月 12 日，我和宝烈作为汕头市第一批上山下乡知识青年坐上油轮离开汕头，来到儋县红岭农场。宝烈送给我的这幅《红岭秋韵》画的就是我们在场部附近住的茅草房，也就是我们"实验站"的站址。

1966 年 6 月，"文化大革命"开始了，农场成立"实验站"（实际上就是"毛泽东思想宣传队"），我和宝烈等 12 个男女知青成为首批队员，我是没有明确职务的负责人（有一位老贫农当站长）。在生产上，我组织大家一起种菜、种玉米、种果蔗，一起捡牛粪。记得当时为了让大家甘心情愿捡牛粪，还编了"积肥的十大意义"来"忽悠"他们（现在是怎么也想不起那"十大意义"来了）。至于宣传，就是编些节目配合政治形势到各个生产队演出。

宝烈的作品"既具体而微，又虚幻而远"，而且"不再只是具象的山与水，而是充满了想象与张力"。这里说的大约就是"空灵"的意思吧？按照我的理解，艺术作品的"空灵"，应该就是一种玄学状态，并不具体描绘生活实境，而是着重于表现作者的内心情感，从而创造出一种心灵交融的情境。

宝烈的画作，有点像晚唐诗人司空图在《二十四诗品·雄浑》中所说的那样："超以象外，得其环中。"这是一种取自具象之外，略去万物形态，追寻生命本源的艺术表现形式，具有光感、量感、体积感和新的形式感；是一种"得意忘形"的，既具有中国传统水墨艺术特色，又具有西方抽象艺术特色的创作范式。

对于我而言，《红岭秋韵》给我的印象，更多的是对过往知青生活的追念。这两栋小茅房是我人生的起点，1966年夏天，当我在海南岛西部这个僻远农场的茅屋里写下第一行文字时，完全没有意识到这就是我艺术创作生涯的开始。

（二）明珠璀璨（林毛根画作）

《明珠璀璨》

1985年初夏，在汕头市文联举办的一次画展上，林毛根先生送给我一幅画，画的是他最擅长的紫藤和小鸡，题词是"明珠璀璨"，落款处还写着"是日风和日丽"，看来毛根先生画这画的时候心情不错，只是这"明珠璀璨"令我不安，我不记得当时做了什么事或有了什么成绩，毛根先生会这样鼓励我。

1978年2月，我作为知识青年，在海南生活了十三年之后，被汕头市劳动局以国营指标招工回汕，因我有在海南农垦文工团当编剧的经历，便被市文化局要了去，直接分配到了汕头市歌舞团创作组，当时的组长就是林毛根先生。

但我一直未能跟毛根先生见面，听说当时他尚未"解放"，又患有肺气肿，正在家里休养。于是我找了个时间，问明了他的住址，直接上门去拜访他。他的家人引我走进一间斗室，毛根先生斜躺在睡床上，见到我马上坐了起来。我忙上前扶他躺下，端了个凳子坐在他床前。他说已经听团长介绍了我的情况，欢迎我来到歌舞团，有幸成为同事……我见他这么客气，心中反而过意不去，连忙说我初来乍到，一切都有待组长的支持帮助，等等。毛根先生笑了笑，说我们都是文化人，彼此都不要再说客气话了。一句话，顿时让我宽松了许多，心下觉得我是遇到好人了。

没过几天，毛根先生竟然抱着病体，带着我走访了几位老文化人，所到之处，温情融融，令我如沐春风。

转眼过去了七年多，毛根先生送我这样一幅画，我感觉他是接受我了，这使我深感荣幸。

我细细欣赏眼前这幅情趣盎然的水墨画——

烂漫的紫色笼罩了整个画面，融融曳曳一团娇，那逶迤的紫藤舒展攀缘，飘扬的叶子浅笑嫣然，藤也酣畅，叶也俏丽，气韵流淌，空蒙灵动，一派天真自然；而画小鸡毛根先生更是擅长，简单的几笔，就把小鸡可爱的形态画出来了，似乎可以看到小鸡的眼睛圆圆的，嘴巴尖尖的，羽毛黄黄的，身子毛茸茸的，画中的这两只小鸡，真是谁见了都喜欢。

凡优秀作品都是性情之作，无半点功利色彩，在过往凄苦的环境中，毛根先生就是用这样的笔墨情趣来化解人生忧患，而他笔下追求的仍是笔调的高妙与笔意的清远。

（三）雨洒娟娟静（黄翼画作）

1989年仲秋，黄翼先生托人送我一幅竹画，上面题了两句诗："雨洒娟娟静，风吹细细香。"我知道黄翼先生除了是一位著名的潮剧编剧之外，还是一位很不错的画家，在"当代著名书画家"中占有一席之地，所以收到这幅画后，很是欣喜，便细细观赏起来。黄老的竹画笔墨雄浑，大气蔚然，让我这个不懂画的人也能感受到画中所蕴含的士人劲节；而他的题画诗却又柔婉清丽，似乎与此不大协调，再一看，又有蹊跷——这两句诗是引自杜甫写的"雨洗娟娟净，风吹细细香"，本来应写的是"娟娟净"，怎么变成了"娟娟静"呢？以黄老的学养（他是汕头市岭海诗社副社长，曾出版诗集《见山楼吟草》），总不至于写别字了吧？

碍于自己是晚辈，我一直不敢问他。后来我想，也许这不能算是别字，应该是黄老"别有用心"，他这一改，意境也挺不错，而且更好，黄老是希望我能够"静"下心来，多做些学问吧？

《雨洒娟娟静》

"夫学须静也，才须学也；非学无以广才，非志无以成学。"这是诸葛亮给儿子的一封信里的话。这几句话的关键就是个"静"字。我理解，这里所说的"静"，指的不只是要有安静的环境，更要有静下来的心情。唐宋士大夫所追求的人生精神境界是静虑修心，亦即中国式的佛教——禅，禅的直接指向也就是在尘世中求得宁静，即所谓"宁静以致远"。在当今世界，能保持心灵上的宁静，是搞创作、做学问的人一种极其宝贵的修养。只有静下来，坐下来，才能做出学问，写出作品。

黄翼先生是我从海南岛回汕后，在市歌舞团创作组时，组长林毛根先生带我拜访的第一位文化人。我相信黄老先生的这个"静"字，一定是对我这个晚辈的一种期许，决不是笔误。

2008年，我在广东省潮剧发展与改革基金会工作时，曾主编《潮剧艺术论著丛书·潮剧剧作丛书》，其中有一册就是《黄翼剧作选》。在附录的评论文章中我了解到，黄老的竹画深为人们所称赏，其题竹诗也不乏佳句："故园十里竹临溪，水面萧萧翠竹齐。闻道海西春更好，石边斜出佛云枝。""临风无俗韵，瘦干自亭亭。长与深宵月，伴人只独醒。"从中我们可以了解到黄翼先生的美学情趣——

竹，常常是孤独的，只因梅在冬岁，兰在春时，菊在秋节，而竹，便任何时候都在等待，日日年年，无数个朝露、晨昏，无数个相聚、别离，无数个长歌、短笛，笑看泪眼，未曾凄迷，长宵伴月，伊人独醒；竹，不仅是物，更是境，是意境、梦境、幻境；竹，不染凡尘，不会在红尘滚滚的市井当中喧嚣蒙垢，也不会害怕日晒雨淋、风蚀霜侵，可以坚守千年万年而依然如故……

黄老似竹，竹似黄老。

（四）古代诗人国画系列（卢中见画作）

古代诗人国画系列

大约从20世纪90年代起，我计划写一个"古代诗人歌剧系列"，韩愈、苏东坡自然就是其中两位，接下来，我陆续写了王维、李商隐、柳宗元等几位，卢中见知道后，就给我画了这组古代诗人国画系列。

这是一组"似有形而无形、似像而非像"的艺术化的古代诗人的生活图像，涉及"实"与"虚"的亦真亦幻的中国古代美学，而这正是卢中见绘画的艺术特质。

卢中见亦真亦幻的绘画艺术，主要体现在他的人物画上，正所谓"古怪奇特而不失闲和平实"。他的人物造型变形、夸张，正如作家王在文先生所描述的："……开始时，战士们说他画什么像什么，活灵活现，栩栩如生；慢慢地有些画不大像了，但更有味道了，体现了一种内在气质的美。"也就是说，进入更高层次的卢中见，他所追求的，已经不是形似而是神似，他的人物画，力求人物个性的逼真传神、气韵生动。

如今我的歌剧系列已经由暨南大学出版社结集出版，卢中见的这幅画也已收入书中作为彩页插图。感谢小卢！致敬小卢！

（五）天马（刘启本画作）

《天马》

　　2018 年岁末，刘启本先生托他女儿刘文华送我一幅《天马》画，我一看就十分喜欢，对文华说："这马有点像我的外表，沉沉实实、稳稳当当的。"文华说："天马行空任纵横。"我说："对啊，一进入创作领域，就天马行空。"文华又说："心无挂碍东成西就。"文华承其父业，她的画也十分了得（这次也送了我一幅《鱼乐图》），而且文学也很有造诣——一个画家，当了《汕头日报》"韩江水"文学副刊栏目的文学责编，这是很少见的。

　　刘启本先生这幅画，笔触轻松，线条、墨团富有动感和张力，马的造型特别概括简练，显得灵动而洒脱。在这幅画上，刘老题写了杜甫的几句诗：

南使宜天马，由来万匹强。
浮云连阵没，秋草遍山长。
闻说真龙种，仍残老骕骦。
哀鸣思战斗，迥立向苍苍。

杜甫笔下的老骍骝独立于广漠之上，昂首向天，萧萧长鸣，渴望参加战斗，建立功业。老杜的诗意早已体现在徐悲鸿的笔下——马是徐悲鸿绘画的标志性题材，他笔下的马千姿百态，充满着激情和活力，极少备鞍勒缰；刘启本先生的马则正好与之相反，同样是引用杜甫的这首诗，眼前的"天马"却神力内敛，蓄势待发，引人想象——一旦奔赴疆场，它同样会扬鬃奋蹄、驰骋嘶鸣！

我喜欢这幅《天马》，原因正在于此。做人要沉沉实实，创作却要"天马行空"。莫言说："创作者要有天马行空的狂气和雄风。无论在创作思想上，还是在艺术风格上，都应该有点邪劲儿。……也可以超脱时空，至大无外，至小无内；也可以去描绘'碧云天，黄花地，北雁南飞'；也可以去勾勒'风声紧，雨意浓，天低云暗'；泼墨大写意，留白题小诗；画一个朗朗乾坤、花花世界给人看。——有了这样的本事不愁进不了文学的小屋。"诚哉斯言！

（六）榕荫清夏（杜应强画作）

每当盛夏，看到火辣辣的太阳毫不留情地炙烤着大地上的一切，我都会特别想念曾经的那片绿荫。

那是 1969 年，距今正好 50 年。初夏时分，红岭农场宣传队解散，我们"四条汉子"被派驻到红岭山中的七连，负责到不远处开发新点八连。那时的七连，有一株气根飘拂，树冠葱茏蓊郁、遮天蔽日的大榕树。

这株大榕树下，自然就是一个清凉世界。那时候的知青们，和老职工一样，是没有什么午睡的习惯和午睡的福分的。中午收工回来，草草吃过午饭，就都挤到这株大榕树下，让微风吹去一身的汗珠和劳作的疲惫。在那段艰辛的日子里，就是这棵大榕树，为我们知青的心灵撑起了一片绿荫——只有在那样的生活里，人属于自然，才能触摸到生命的真谛，找回自己，返璞归真，看淡人生的一切。

凡大榕树自然都是古老的，代表着一种沧桑的岁月。那时我们是不会去追寻这棵大榕树的树龄的，不知道它从什么时候开始就静静地屹立在那里，只知道它是我们心中一片长驻的绿荫，一片永远值得怀想的绿荫。

2006 年 5 月，应海南省农垦总局邀请，我作为知青代表，参加了在海口市举办的大型知青回访联谊活动。在参加完所有的活动之后，我专程回到红岭农场，也专门到了七连，想看看那株大榕树。令我大失所望的是——那株大榕树竟然不见了！原地空荡荡的，那片令我魂牵梦萦的绿荫永远地消失了！

听老职工说是有一次台风，把大榕树吹倒了。想来一定是平时没人想到如何养护它，它被虫咬蚁蛀，树干掏空了，才遭此厄运。我呆呆地在大榕树的原地站了很久很久，回想起当年它带给我们的种种便利，回想起令人无限舒适和眷恋的那一片绿荫，眼中溢满泪水，心中充满惆怅。

大榕树给人类带来那么多的好处，人类应该充分地尊重它、细心地保护它。众所周知，杜应强先生就是这样一位知榕爱榕画榕的大画家，他笔下的古榕已经成为他独有的艺术符号。不久前我有幸得到杜老师赠送的一幅古榕水墨画《榕荫清夏》，而且是他那标志性的独到的水线技巧画，这使我欣喜万分！画面上盘根错节、枝叶繁茂的榕树占着主体位置，榕树枝干体面之间的边线由淡墨映现出来，墨色在柔和的调子中有微妙变化；与榕树形成对比的是边线轮廓较为清晰、墨色较浓和黑白对比较为强烈的水牛。这参天的古榕，古榕下漫步憩息的水牛，这一片宁静清凉的世界——我心中的那片绿荫终于有了一个最理想的归依了。

《榕荫清夏》

（写于 2019 年 9 月 13 日·己亥中秋。载潮州《韩江》杂志 2019 年第 2 期、2020 年 8 月 2 日《汕头日报》"艺苑"副刊栏目、2020 年 9 月 5 日《汕头日报》"韩江水"副刊栏目）

孙女雯雯

我退休的第二年，就当了爷爷，那是 2007 年。

孙女还没从汕头市妇幼保健院回家，我就琢磨着给她起名字。最开始想到的是"依文"，意思很清楚，就是希望她能依附文化，将来像爷爷一样，做个文化人。

家里人觉得这个意思不错，但经过商议，觉得"钰雯"字面上好看些，而且也有"依文"的谐音，名字就这样定下来了。在日常生活中，我们都叫她"雯雯"。

儿子和儿媳都在深圳工作，孙女一口母乳都没吃，全由奶奶喂奶粉，奶粉是我专程去香港买的。雯雯就这样在家人的细心关爱呵护下慢慢长大了。四五岁时，她到深圳读幼儿园大班，户口也迁到深圳，奶奶随雯雯去到深圳，继续帮带。那时我正好应聘广东文艺职业学院学报《广东文艺研究》的执行主编一职，也在深圳帮一位老先生写自传体小说《历劫奋飞》三部曲，经常来往于广州、深圳之间，雯雯在幼儿园和读小学时，我也常去接她。那是一段快乐温馨的时光。

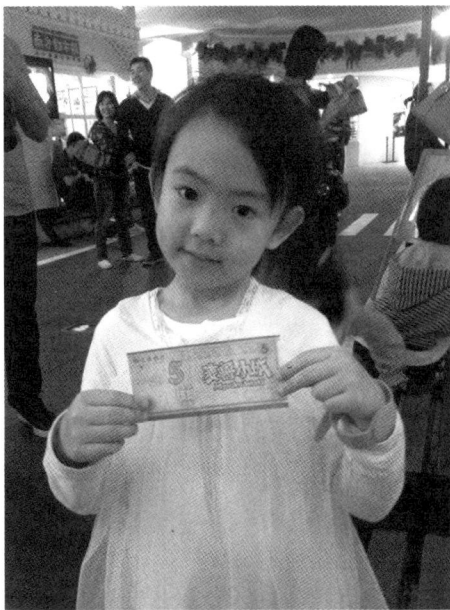

小钰雯摄于幼儿园

雯雯在深圳景莲小学读四年级时，班主任兼语文老师写了这样一段期末评语：

> 小钰雯开朗活泼，机灵可爱，一对亮晶晶的小眼睛扑闪扑闪，颇有灵气。这不，你的作文行文流畅，语言丰富，具体生动，经常成为同学们学习的范文。活泼可爱的你能动能静，学习的时候专注认真，还有这一颗积极进取、不甘人后的心。加油！孩子，你一定能行！

2015 年 12 月，就在接近学期期末的时候，雯雯读三年级时写的一篇童话作文《老鼠舞会》获得文化部全国公共文化发展中心、中共深圳市委宣传部、深圳市教育局等八单位联合主办的 2015 中国童话节童话故事创作大赛优秀作品奖：

老鼠舞会

太阳刚落到西边的山后面，一群老鼠就全面占领了主人的房子。

它们咬破桌子，咬破椅子，甚至咬破了所有的东西。客厅里，一群老鼠在争抢食物——有的在抢水果，吧唧吧唧地吃着，还有的在抢零食。老鼠们争来争去，都想拥有自己心爱的食物。

主人家里的音响也被老鼠打开了，热闹的客厅又多了一首曲子，那就是：《小狗圆舞曲》。老鼠们被这动听的音乐迷倒了，它们拉起手，不由自主地跳了起来——"啦啦啦啦啦啦啦！"清亮的歌声飘了过来，美丽的舞蹈跳了起来。

这时，主人格丽特回来了，看见老鼠在跳舞，显得格外热闹。

格丽特生气极了，拿起一把木棍子，猛地向老鼠们打去。老鼠们吓坏了，连忙逃避，可是，有一些老鼠还是被木棍打死了。

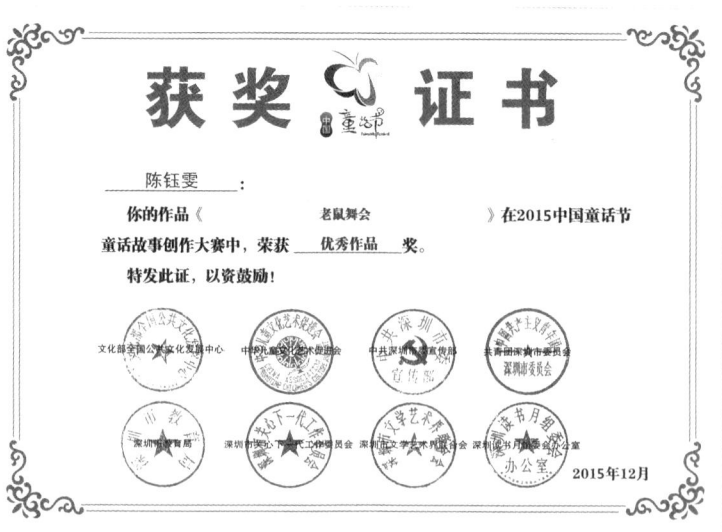

陈钰雯获奖证书

　　我是等到奖状拿回家时才看到这篇参赛作文，通篇文字流畅，充满童真童趣，其中最关键之处，是"主人家里的音响也被老鼠打开了"，这才有了"老鼠舞会"。

　　孙女获得这样的大奖，作为搞了一辈子创作的爷爷，当然是最为高兴的。时近春节，我为小钰雯写了这样一幅小条幅：

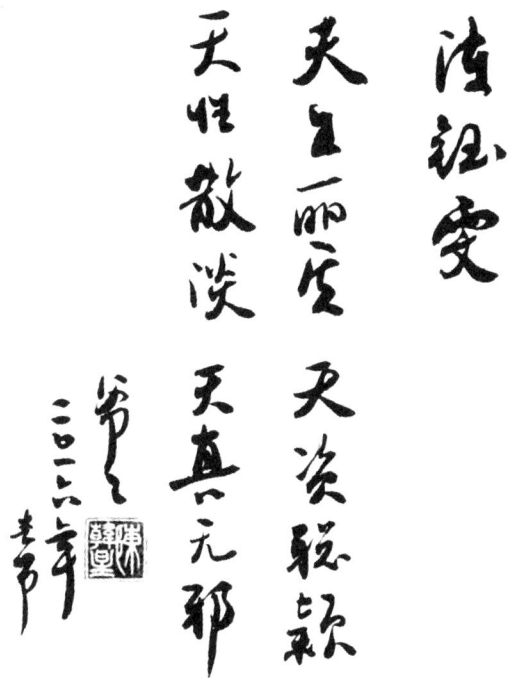

给孙女雯雯题写的字幅

　　殷殷期望，默默等待。雯雯，期待你成长成才！

（写于雯雯中考前夕，2022 年 6 月 15 日）

在家乡的日子

我的家乡在普宁市占陇镇占梨村，也叫梨园，一个很好听又容易引人遐思的村名，因为梨园是唐玄宗训练歌舞艺人的地方，旧时用来泛指有关戏曲方面的事物，如把戏班称为梨园，把演员称为梨园子弟，等等。

我一共回家乡住过三次，第一次是1948年底由组织安排从泰国回到家乡，直至解放初期迁到潮州、汕头，那时我才三四岁，什么都不记得了。

第二次是1955年深秋，父亲因"胡风问题"被开除出队，我陪父亲回到家乡。那时我已十岁了，一切都记得很清楚——

> 薄暮的黄昏，一个身体孱弱的少年独倚在残旧的房门前，栖在枯树上的乌鸦声声哀号，秋风卷扫着满地的落叶，少年的心被莫名的悲哀和忧愁紧紧地攫住，泪水汹涌而出，止也止不住，打湿了发黄干枯的岁月……
>
> ——庄园《陈韩星的艺术世界》

一切都改变了，我从一个无忧无虑的少年，一下子进入人生最苦痛的年代。好在我们是回到家乡，不管怎么说，回到家乡，命就不会绝，生活还能过下去。

首先是有亲戚。当我"独倚在残旧的房门前"时，堂兄陈晓民（时任占陇中学校长）正忙前忙后，安置刚刚抵达老家的父亲躺下休息。其后的安顿照顾就更不用说了。那是个缺衣少食的年代，我在家里，每顿只有一碗稀稀的稀饭，一粒乌橄榄还要掰成两半，分两顿送饭。于是我常常刚从家里吃完，就跑到隔壁亲戚家里，她们就会拿一两个热腾腾的番薯、芋头、玉米什么的给我吃。我那时正读小学三年级，堂兄帮我转到村里小学续读。课室就在祠堂里，没有电灯，白天也昏昏然，但总算是有书读，不至于荒废学业。

其次是有土地。我曾跟着邻居放牛的小孩在田垄上割草，用满筐的青草换回几斤番薯；我曾跟在夏收后翻地的牛犁后面，捉那被翻了出来的泥鳅，带回家给父亲煮了吃——父亲有肺病，太缺营养了……我也曾拿着小锄头和小粪箕，等待在别人家的地头，等他们挖完番薯或马铃薯走了，再到他们的地里深挖，挖出几个还藏得很深的番薯、马铃薯……

再次是有小伙伴。小伙伴主要是陪我玩。我那时候还是个孩子，除了读书，家务事也插不上手，闲时小伙伴阿才和阿辉便陪我到处转，也一起到小水沟里摸田螺、抓小螃蟹。那时候没污染，水清得很，潺潺地流着，那是最快乐的时光。最记得的是他们请我吃炒粉，瞒着我，说只是去走走，一走走了十多里路，就是为了去吃一顿炒粉……吃炒粉是有原因的，那时我们绝渡逢舟——吴南生同志知道了父亲的情况，亲自下令将父亲调回汕头，小伙伴们这是为了送别啊！

第三次回乡是 1958 年，说是国民党要反攻大陆，有政治问题的人员要疏散，父亲那时还留有一条"尾巴"，自然就又回家乡来了。

这时我已经十三岁了，可以帮忙干一些家务事了。那时候村里有一条小河，全村人用水靠的就是这条河。我可以用比较小的桶，帮着从河里挑水回家。我还参与一些农活，比如有一次夏收，我帮着割稻子，从开镰到结束，一共十一天，我全程参与，得到乡亲们的夸奖。记得那天下午完工后，我高兴地下到那条小河里洗澡，一不小心，从桥墩的水泥断面滑了下去，不会游泳的我慌乱地挣扎，幸得旁边的一位乡亲一手叉住我左手的腋窝，把我托了上来。第二天一早，父亲带着我，包了一小包红糖和几根红丝线，上门答谢这位大叔的救命之恩。

在家乡的日子不长也不短，但从我记事起，家乡的一切便都牢牢地记在脑海里，每个细节都不曾忘记。

家乡虽然平淡无奇，但她有一种特殊的气息和气象。这种气息也许来自田野上那悄无声息的和风，也许来自每家每户屋顶上那袅袅盘桓的炊烟，也许来自家乡小河上那薄薄环绕的晨雾；这种气象也许来自空旷乡间不时飞过的啁啾叫着的小鸟，也许来自茂密草丛间不时蹦出的小蚱蜢，也许来自不高不低悬浮在半空中的小蜻蜓……这种气息和气象使人感受到的那种温馨不是随处都有的，只有家乡才有。

我想，"家乡"与"故乡"虽属同义词，所指是同一个地方，但也有小小的不同："家乡"更显得亲切、贴心些，家乡一定是自己出生或生活过的地方，是与自己生命息息相关的地方，是一个你生了病或受了伤，可以治病或疗伤的地方，是一个当你走投无路时，还唯一可以归去的地方；而"故乡"更多的是一种精神上的慰藉和向往，经常用在大而泛的艺术领域。

在我所有的文章和剧本里，我更爱用的是"家乡"。

（写于 2021 年 9 月 5 日，载潮州《韩江》杂志 2022 年第 1 期）

笔架山麓沐儒风

笔架山下的韩山师范学院（韩山师范学院供图）

车窗外，下着淅淅沥沥的小雨，这小雨，如同我此刻的心情，连连绵绵的，丝丝挂挂的。这辆客车，本来是应该往北开的，现在却一直往东、往东……

1984 年，我参加全国成人高考，得了 277 分，在汕头市文化局算是最高分，但离原来文化局给我报的华南师范大学中文系的录取分数线还差 3 分。潮州韩山师范专科学校（现韩山师范学院）来录取干部专修科学员的杨秀通老师看到我的成绩，比他们 260 分的录取分数线还高出 17 分，于是就把我录进了这个班。

这天是 9 月 10 日，是我到韩山师专报到的日子。虽然我对潮州并不陌生，中华人民共和国成立初期还随父亲在潮州住过两三年，但对韩山师专却几乎一无所知。特别是要就读的政治专业，更是与我原来熟悉的文学戏剧相去甚远，我不知道这两年大专的学习生活该怎么度过。

随着车轮的快速转动，思绪也在飞快地转动着，倏忽间，我突然想到了韩愈——潮州不是有韩愈吗？未来，我也许会与韩愈之间发生点什么？

天空渐渐放出光亮，进入潮州，雨已经完全停了。

到韩山师专就读以后，我发现，我竟然于无意间掉进一个大宝盆中！

2003 年 8 月 8 日，韩山师范学院 100 周年校庆前夕，我写了一篇感怀文章：

1984 年 9 月，我进韩师读干部专修科。短短的两年过去后，我取得大专文凭，在校加入中国共产党，并于 1985 年被共青团广东省委员会、广东省教育厅、广东省高教局授予"创造性学习活动积极分子"的称号。我的毕业论文《韩愈诗歌的谐谑风格》被评为优秀论文，选送参加我国首届韩愈学术讨论会并收入广东人民出版社的《韩愈研究论文集》；在校期间，我自费参加上海戏剧学院和《新剧作》编辑部联合举办的戏剧、电影、电视创作函授班，我写的三幕历史歌剧《东坡三折》获优秀作品一等奖……所有这些，都是韩师馈赠于我的。似乎我进入韩师以后，特别有"灵气"，也特别"走运"。毕业以后，我几次三番回母校，虽来去匆匆，我也总要在校园里随便一隅伫立片刻，静静地环视这宁谧安详的学府——我总在想，韩师为何如此独具"魔力"呢？

潮州是一座国家级历史文化名城。"笔架东列，葫芦西卧，金山北峙，韩水绕廓南流。"也许，韩师依傍的就是这样一座磊落出俗的笔架山，它俯临江岸，与金山、葫芦山绕廓鼎峙，互争天胜。那耸立的三峰，似乎早就准备为莘莘学子承载如椽巨笔了。记得我曾在一首韩师学报的配画诗中写道："是天造地设，还是不意巧合？笔架山麓，便是雅静的学舍。文峰如此钟灵毓秀，能不孕育百代佼佼学者？"——韩师的独具"魔力"，是因为她独得地理之利吧！也许，与韩师毗邻的，是一座古老而巍巍然的韩文公祠。韩愈既"以文名于四方"，他贬潮以后，文气南来，自然使得潮人"皆笃于文行"；更兼韩愈曾于笔架山上手植会开红白二色花的橡木，使潮人望花攻读而登科及第，由是芳草萌生，繁华滋茂——韩师的独具"魔力"，不正在于她独处人文祥和之地吗？也许，韩师承露于南天之下，涛风潮讯，使她早早地便与大洋世界息息相通。1903 年（清光绪廿九年），韩山书院更名为惠潮嘉师范学堂，成为我国近代第一批仿效资本主义教育制度的培养师资的新学堂。韩师延聘时贤硕彦以育英才，翁辉东、李芳柏、詹安泰、王显诏、杨金书诸先生皆曾设席课士，以新思潮新学识滋润学子心田——韩师的独具"魔力"，许是她独占天时之光了。

是呵，韩师既吮吸着韩山钟灵之气，沐浴着韩愈的翰墨惠风，建校 100 年来，又身历着时代的汹激大潮，这怎不令她成为闻名遐迩的"三州人士育才之地"呢？但地理与历史所造成的特定的文化氛围，到了我们这一辈，也只能产生一种心灵上的静态感应，那活生生的触目可见、伸手可及而又于我感念殊深的"魔力"，该是什么呢？是老师！是韩师的可尊敬的老师！在我所接触的老师中，任课的或不任课的，他们都显得那么儒雅谦谦，那么宽博刚正。于是，或耳濡，或目染，潜移默化，老师们的品格和学力，便融汇、凝聚成一股促人奋发、启人心智的强大的"魔力"！

…………

这篇文章获得本次校庆征文一等奖。此时，距离我到韩山师专报到的时间已经过去了整整二十年！

二十年间，我一共写了三篇研究韩愈的论文和三部关于韩愈的文艺作品，做了许多关于这位唐宋八大家之首、中国文化史上重要人物的理论研究和艺术创作。三篇研究韩愈的论文均在《韩愈研究》等正式出版物发表；写于 1994 年的电视连续剧《热血韩愈》在

1997 年由汕头市文化局、汕头丽影影视广告制作中心策划，由香港通发实业有限公司、汕头丽影影视广告制作中心、广东电视台联合投资，由广东电视台改编，更名为《韩愈传奇》后搬上荧屏。全剧当年曾于潮州市、汕头市播映。当地媒体称之为"本地题材、本地作者编著、本地策划投资"，"首次将唐宋八大家之首韩愈的形象搬上荧屏"，这在当时也算潮汕文化界的一件盛事。

有一部是四幕历史歌剧《驱鳄记》。2019 年，为纪念韩愈治潮 1 200 周年，我与郑儒雄合作，将其改编为同名潮剧，由普宁市潮剧团排演，在第五届（汕头）国际潮剧节演出。

还有一部是潮乐合唱诗剧《儒风开海峤》。2022 年由汕头市艺术研究室主持策划，林英苹、王培瑜、郑伊洋作曲，汕头市爱乐合唱团排演，在省级公共文化服务体系示范项目"爱乐市民音乐会"演出，于 2023 年元宵节后在汕头市龙湖区文化馆翰苑剧场亮相……

当年望着车窗外的小雨，蓦然间想到的"未来，我也许会与韩愈之间发生点什么"的那点思绪，就这样变成了现实，只不过时间已经过去四十年了。

由此我信奉的格言是"顺其自然，随遇而安"。淡然从容，笑纳风雨；失之东隅，收之桑榆。我的人生之旅就是这样走过来的。

（写于 2022 年 7 月 28 日，载 2023 年 2 月 25 日《汕头日报》"龙泉"副刊栏目、孟州市韩愈研究会主办《韩愈文化》2023 年 6 月第 31 期"走近韩愈"栏目）

武夷山的茶

武夷山，这是个耳熟能详的名字；而我可以说是喝了大半辈子武夷山大红袍了，总觉得应该为武夷山写点什么。

直到前几天，偶然间见到才女记者晓鞏在朋友圈写的几句话，触动我写了这篇文章。晓鞏这样说：

> 不得不佩服武夷山的人有文化，不像潮汕人，好好的茶，起啥名字"鸭屎香""雷打柴"，什么鬼？"枞味遇见"，吸引我的不仅仅是这个美丽的名字，喝了就知道确实茶如其名，像我这种只知道牛饮的粗人，一杯下去仿佛立马都文雅了许多，只能借用张爱玲的话来形容自己的感觉——于千万年之中，时间无涯的荒野里，没有早一步，也没有迟一步，遇上了也只能轻轻地说一句："哦，你也在这里吗？"

"鸭屎香""雷打柴"这是凤凰山单丛茶的名字，至于为什么起这样的名，也许里面有些故事，尚未考究，不能简单地否定，晓鞏的本意也只是调侃。武夷山栽种的茶树品种繁多，但武夷山那些茶的名字起得确实好，这是公认的。比如，大家最熟识的"四大名枞"：大红袍、铁罗汉、白鸡冠、水金龟，名字雅俗共赏；此外还有以茶树生长环境命名的：不见天、金锁匙；以茶树叶形命名的：瓜子金、金钱、竹丝、金柳条、倒叶柳等。武夷山多岩石，茶树生长在岩缝中，因而称为"岩茶"，"岩茶"便各以"岩"的名字来命名，如牛栏坑岩茶、马头岩岩茶等。可见武夷山的人是有文化的。

武夷山的山山水水养出了一壶好茶。我没有去过武夷山，但心向往之，有关武夷山的资料，收集了不少。我知道，大红袍是茶叶之首，天心村的产量较多。数株大红袍让天心村有了得天独厚的岩茶品牌象征。大自然恩赐的"三坑两涧"，即慧苑坑、牛栏坑、大坑口、流香涧和悟源涧，它们独特的环境十分适合岩茶的生长，所以天心村的岩茶质量无可匹敌。

茶者，上草下木，中间为人。人与草木同居并存，便是融汇入这浩瀚无际的大自然之中了。

正如韩静霆写的那篇《纯情山水》：

> 溪水从上游一万里群山之中冲波逆折而来，似乎就为我作此大山世界之游？这段水路不长，不足三十里。没见过比这里的溪水更痴情的，逢山便缠绵缱绻一番，一路下来竟成九曲之溪。九曲回肠多少情意？山和水浅斟低唱，水和山耳鬓

厮磨。九曲溪诗九叠情歌，只因为武夷山水没有被现代工业污染，没有被那些将古建筑整旧如新的行家整治，隐居在此，保持了纯真和纯情，亘古的情歌才能唱到而今。唱的都是海誓山盟，地久天长。

这段描写与茶似乎并没有多大关系，但武夷山的茶不正是由这溪水与青山缠绵缱绻、耳鬓厮磨而成的吗？而这不也诠释了"茶"的要义了吗？

庞秀卿的《大红袍》则这样写道：

> 那日，下着渐渐沥沥的小雨。蒙蒙细雨中，撑一把伞，呼吸着山间氤氲的湿气，听着脚下叮当作响的山泉，欣赏着两壁石崖上或楷或隶或行或草的书法，心情顿觉舒畅了许多。到武夷山这样山清水秀的地方嗅一嗅南方的气息，也让自己冰窖里的心暂时得到一些温暖。

> ……然而到达大红袍茶树面前时，顿感失望至极。这里哪有想象中高耸入云的断崖危壁，哪有独立于山巅、傲视群雄的擎天枝干？看到的只是光秃秃的半壁腰中有那么一簇稀松平常的灌木。

> 百无聊赖中看到旁边有块细瘦的石碑立在石崖前，上边有新刻的碑文："……茶树饮露沐风，日晒雾浸，枝干粗拙，叶形蛾眉，芽色紫红，这就是大红袍母树。在此已经数百年了，本是平常之物，坚持得久了，使岩骨花香成为神灵。今母树高在石台如同佛龛，六株分列坐若圣贤……"

> 我似有所悟，原来我竟是以貌取人，忽略了大红袍的神韵：茶树中的"圣贤"不仅仅是因为其药用价值、商业价值，更是因为它有一份独有的文化内涵。它本是平常物，只是由于经受住了长年累月的日晒、雨淋、雾扰，又能在恶劣的环境中吸收日光、雨水、雾气的精华，自身拥有了岩骨花香的神灵。同时，又耐得住寂寞，不羡慕外边世界的大红大紫，任几百年来红衰翠减，依然坚持着自身朴实的本色，坚持久了也便慢慢成了茶树中的"圣贤"。

> 世人大都喜欢在丰功伟绩中寻找圣贤，却不知普通日常中圣贤最不易得。

所以说，喝茶，不但从一开始就归入艺术的范畴，而且，还进入了哲学的领域。

但对于我们这般俗人来说，归根到底，还是以茶叶的好坏为根，以入口是否香醇为本，追求的只是齿颊留韵、舌底留香。自然，有点文化的人，也会这样想——端起茶杯，就是涵纳一片云水情怀，就是穿越一个世纪的历史时空。百年的山川灵韵、日月精华，化作杯中一滴琼露，进入我们平庸的人生，超度我们世俗的灵魂，让我们能更和谐地呼应大地和宇宙的生命潮汐。时间是无形的，但在此刻却被物化了，百载岁月沧桑就在我的舌尖轻轻滑过，我们品的不仅是茶，还是历史的云烟、大自然的玄妙之道……

虽然茶叶主要产于福建安溪和武夷山，但泡茶在潮汕已被提升为一门相当精致的技艺，对于水源、茶器、沏法、心境、环境、品饮、礼仪等方面都甚为讲究，成为一种人人称道的"工夫茶"，但依我想，"工夫"遑论高低，最重要的还是要有好的茶叶。正岩大红袍，轻抿一口，浓郁、醇厚、绵密、细滑的感觉涌上舌尖，馥郁的芳香在舌尖慢慢绽开，渐弱、渐弱，直到若有若无，唯留舌间的甘爽、愉悦告诉你，你曾感受过它，却在最后回马一枪，回甘显现快速，韵味久久淹留——这就是所谓的"岩韵"，也就是武夷山独具的"岩骨花香"。

因此，有这样好茶的日子，心灵就不会灰暗，兴趣就不会索然。有了好茶，便可以在安静的角落读书，坐在寂寞的窗前，助兴赏景，缓解滚滚红尘带来的疲惫，卸下工作带来的烦冗。有了好茶，就可趁着夜色写作，在寂静的夜色中思索，让岁月驾着梦想的马车，在人生的旷野纵横驰骋，把所有的日子都串成美丽的珍珠。诚如鲁迅所言："有好茶喝，会喝好茶，是一种'清福'。"

记得潮汕另一位才女赵澄襄多年前写过的一篇小文章《生活中的小高兴》：

> 人的一生，金榜题名、洞房花烛固然是大高兴，但这样的大高兴不会很多，更多的是一些小高兴。如今，能得到一二两顶级的正岩大红袍，自然就是生活中的小高兴，也是大高兴了。

（写于 2021 年 1 月 12 日，载 2021 年 1 月 21 日《特区青年报》）

从铅字到激光照排

在文章的开头，我认为应该先隆重地介绍两位科学家的名字，那就是王码汉字键盘输入发明者王永民和第四代激光照排系统的发明者王选，就是他们俩，给汉字电脑化和印刷业带来了一场历史性的重大变革，给我们的学习、工作和生活带来了极大的便利。

回想1991年，当时我刚担任汕头市艺术研究室主任，决定创办《潮剧年鉴》丛刊。那时候还是铅字时代，为了省钱，我和王声河老师跑到饶平黄冈印刷厂去排版印刷。每次校对，都要排字师傅从架子上拿下整版铅字，然后指着某一个字让师傅用镊子拣出来，换上正确的，常常弄得身上到处是黑油墨。

其实在20世纪80年代中后期，慢慢地就有了电脑排字，但还不是很普及，我们也还不了解。到了1993年，那时文化局让我参与《汕头市文化艺术志》的编写工作，排字不再用铅字了，但又要跑到普宁流沙去，说是那里可以用电脑排字打印出来校对，又是一番来来回回，但比去饶平黄冈好多了。意想不到的是，这个电脑排字让我吃了一个大大的苦头！

那是1995年春节前两天，我们艺术研究室和潮剧院几位老师合编的《潮剧志》已进入第四校，我担任这部"广东地方剧种志丛书"首卷的副主编兼责任编辑，全书校对是我的责任。我高高兴兴地到排印部去，想着最后简单消红校完就可以过春节了。谁知道一进排印部，那位排字的姑娘正在抹眼泪，两眼已哭得汪汪的、红红的，见我来了，立即站起来，哭着说："陈主任，对不起！电脑没有备份，昨晚进了病毒，现在全部回到一校……""啊！这样啊！"我顿时跌坐到椅子上，心情变得无比沮丧，看着小姑娘已哭成泪人儿，又不忍再责备她，只是静静地坐着……良久，我缓缓回过神来，轻轻地对小姑娘说："不要紧，你不要哭了，这不是你的错，是电脑病毒，我们也没想到。这样吧，现在先不做了，春节后再说，先过好春节吧。"小姑娘这才止住眼泪，缓缓坐了下来。我那时候已经想好了——学习司马迁的精神，从头再来！

就这样，浑浑噩噩过了一个没滋没味的春节。春节后，一切重新开始。32万字啊，我咬着牙，比以往更认真地校正文稿，苦战三个月，同年五月，终于，《潮剧志》由汕头大学出版社出版发行。而且，我的努力也得到了回报——1999年是中华人民共和国成立50周年，那年文化部举办中华人民共和国成立以来首届文化艺术科学优秀成果奖评选，我们把《潮剧志》送了上去，没想到竟然评了个三等奖！全省总共才有两部作品得奖，另一部是省艺术研究所郭秉箴老师写的《粤剧艺术论》。我觉得奇怪：整整五十年才评一次，全省那么多的优秀成果，比我们水平高的不知道有多少，我们小小的汕头，小小的《潮剧志》，怎么能评得上？后来一打听，原来是这样——全省最后评出12部，各有各的优点，争执不下，但名额只有两部，领导小组只好采用一招：12部书中，评审组专家每人从每部书随便翻出三页，只要有一个错别字就拿开淘汰，结果，《潮剧志》顺利地通过了最严苛的文字审查，最终胜出！

这真是我在使用电脑排字技术过程中的大悲大喜啊！

尽管出现了一次大的失误，但电脑的好处还是不言而喻的。我从1977年开始学习电脑五笔打字法，连续三次在汕头市老年大学参加电脑学习班，慢慢地就学会了电脑打字。自从基本上学会了电脑，学习、工作可以说是"如虎添翼"，虽然我并不是"老虎"，但只有用这个成语才能比较贴切地表达出那种感觉。

学会用电脑，无疑大大加快了写作、编辑的速度。而电脑更新换代也很快，激光照排系统也越来越先进，对于文字工作者来说，这都是利益攸关的莫大福音。电脑字体丰富，变形灵活，即打即现；激光照排版面格式随意，使人们印刷、上网便利……就这样，我们在不知不觉中逐渐地告别了铅字，愉快地进入了电脑时代、激光照排时代。

2003年，我接到汕头市潮汕历史文化研究中心的一个任务——组织编写该中心组织策划的"近现代潮汕文学艺术简史丛书"之一的《近现代潮汕戏剧》，并担任主编。从接受任务的第二天我就召集了有关研究人员布置任务，然后集中到我这里统稿。由于没有耽误一天时间，加上有电脑操作、激光照排，三年便完成任务。该书于2005年6月由中国戏剧出版社出版发行，是这套丛书的首卷。

2015年我被汕头市文化馆邀请担任艺术顾问，2017年将原《文化走廊》升格为《文化汕头》，并担任执行主编，一直干到现在，六年了。六年来，只要上班，我很早就去文化馆，第一件事就是将多年来积累的剪报，选择出精彩部分在电脑上打字编辑成《读报小札·新谈艺录》，每天两三百字，这也是一种快乐和享受。几年下来，大概有十八九万字了。这些内容在省里的"一壁残阳"公众号连载，竟然获得好多人赞赏。中山大学的吴国钦教授说："这些全是关于人生、艺术、读书、审美、书法等嘉言雅语的辑编，读后无论是谁都会大有裨益的。"

从铅字到激光照排，这个过程我都领会了。再次衷心感谢王永民和王选两位伟大的科学家！

（写于2021年9月21日）

一次难忘的回忆：给大学生讲课

作者在给大学生讲课

　　我从没讲过课，但有一次，竟然为了"救场"，给两个班级的大学生讲了整整一个学期的课，这究竟是怎么回事呢？

　　2011 年，当时我在广东文艺职业学院学报编辑部当主任，负责编辑学报《广东文艺研究》，也就是执行主编。9 月初，学院刚开学，星期一上午八点半，我正踏入编辑部，就听到办公桌上的电话铃声响了，我急忙拿起话筒，没想到电话那头的声音比我的动作还急——"陈主任啊，我们这边教编剧的老师辞职了，我一时半刻去哪里找老师啊？你来帮帮我吧！"我一愣：这是我帮得了的事吗？但我尽量口气平缓地对她说："你慢慢说，我慢慢想。""慢不了啊，这个星期五就有课，两个班级的学生在那儿等着呢！"

　　这个电话是学院影视戏剧系主任林奋打来的，当时是 2011—2012 学年上学期，有两班影视传媒与编导专业的学生，需要上编剧写作常规课，每星期五上午有三节课。原来的老师走了，谁能顶上去呢？林奋主任想来想去，想到了我："因为你是国家一级编剧，有上课的资格，再说你自己就是编剧，还能现身说法，而原来的那位老师只是懂些编剧理论，本身还不是编剧……"林奋主任把能说动我的话都说完了，实际上是"夸"了我一通，就是希望我能答应这件事。在她说话的时间里，我的脑子也在快速转动——"我能行吗？要不要答应她？"到了最后，我居然很痛快地说了一句："行吧！我来！"林奋主任高兴坏了："谢谢你！谢谢你！"

我为什么敢答应呢? 因为我觉得, 我肚子里有东西, 又不怯场, 只要把肚子里的东西有条理地说出来就行了, 于是我开始准备教材。

所谓"肚子里有东西", 其实并不是保存在肚子里, 而是保存在电脑中。我从20世纪90年代中期就开始学电脑, 又很注重保存资料, 所以有关编剧的各种资料可以说是一应俱全。我的短板是不会编"课件"。有一位经常到我们编辑部帮忙的学生叫曾婷, 我请她根据我提供的资料帮我编课件, 到了第一次课的星期五上午, 我就胸有成竹地走上讲台了。

2010级这两个班一共有43个学生, 编剧课是合并起来上的。我上的第一课是"舒展艺术想象的翅膀":

> 对一个国家和社会而言, 教育的最终目的是提高人的创造力。
>
> 拥有充裕的具有创造力的人才, 一个民族才有前行的动力, 一个社会才更加富有活力, 一个国家才会在全球化的经济发展中立于不败之地。
>
> 创造力离不开想象力。
>
> [德] 黑格尔 (生于1770年): "如果谈到本领, 最杰出的本领就是想象。"
>
> [美] 爱因斯坦 (生于1879年): "想象力比知识更重要, 因为知识是有限的, 而想象力概括着世界的一切, 推动着进步, 并且是知识进化的源泉。"
>
> [法] 雨果 (生于1802年): "诗人有两只眼睛, 一只叫作观察, 一只称为想象。"
>
> [德] 马克思 (生于1818年): "想象, 这一作用于人类发展如此之大的功能, 开始于此时产生神话、传奇和传说等未记载的文学, 而且已给人类以强有力的影响。"
>
> [西晋] 陆机 (生于261年): "精骛八极, 心游万仞。"(《文赋》)
>
> [南北朝] 刘勰 (生于465年): "故寂然凝虑, 思接千载; 悄焉动容, 视通万里。"(《文心雕龙》)

我给同学们强调说, 作为编剧, 一定要有丰富的想象力, 换句话说, 丰富的想象力是编剧的前提条件。

我布置的作业即考核方式是: 每位学生创作一个小戏或小品, 要求有基本的故事情节, 小戏能较深入地刻画人物的内心情感, 小品能有一定的谐趣笑谑的喜剧效果。

一个学期很快也就愉快地过去了, 到学期末, 共收到同学们交来的42份作业, 大都是小戏或小品, 另有两位同学交了两篇《红楼梦》读后感、一位同学交了一篇《西游记》读后感, 有一位同学没有交作业。这些作业大体都达到我的要求, 总体是中上水平, 有14位同学分数在90分以上, 22位同学分数在86~89分, 只有6位同学在最低分数线85分。

对这42份作业, 我都在电脑上将其文字和格式给予梳理校正, 并在每份作业后面写上400~500字的点评意见。其中获得最高分95分的作业的点评意见如下:

[点评作品:《孽》(小戏) 2010级编导1班 谢诗曼 (95分)]

诗曼同学：

　　你好！

　　剧本已阅。该剧作为小戏而不是小品，主要在于作者着意于人物之间的思想冲突和性格冲突，而不是只满足于表面化的矛盾与争吵，也不去追求场面上的热闹，而是着力于人物内心矛盾的深刻袒露。由于莫国豪屡次为了公司的业务而不惜让梁海梅去陪客，梁海梅对于莫国豪的那种怨恨和不满已经刻骨铭心——这不是一种日常意义上的夫妻争吵，这已经在根子上动摇了夫妻的感情基础。所以梁海梅的那种态度、那种语言，虽然并不剑拔弩张，但比一般的夫妻争吵更锥人心肺，更冷若冰霜，甚至更冷酷无情，直至最后即使莫国豪被误刺受伤倒地，她也视而不见。小戏中对于这个人物的描写是十分成功的，如果由两个功力较好的演员来演，在语言和动作上加以丰富，这个小戏一定会很感人。

　　我注意到，你学习很认真，每节课必到，你能写出这个比较有内涵、比较不一般化的小戏，与你认真刻苦的学习态度是有直接关系的。我也看出你的文字基础也比较好，你的本子写得比较通畅，格式也比较规范，这是很可喜的，希望你继续坚持下去，将来会有成就的。

陈老师

2011 年 12 月 17 日

最后一节课是在一个有着冬日暖阳的上午，期末小结的主题是"桐花万里丹山路　雏凤清于老凤声"。我对学生们的寄语是：

　　热爱生活，始终对事业保持饱满的热情、对生活和事业有着执着的追求，这就是想象力和创造力的不竭源泉；对生活充满无限激情，艺术思维才能像不断涌出的汩汩清泉，汇成江河，最终成为波涛巨浪，融入大洋。

　　剧作家首先应该是一个艺术家。学编剧不仅仅是个技巧问题，而且应全面提高艺术修养，扩大知识面，开阔眼界。作为编剧，没有一种知识是与编剧无关的。每一个编剧身上都有艺术创造的空间。新年的钟声即将敲响，温暖的朝阳洒满我们学习、工作的大路，飘一路欢歌，留一串笑语，播一路温馨——以愉悦的心情生活，以感悟的心态学习，以想象的心境创造。让我们以主动积极的姿态，去创造人生美好的生活，去创造生命永恒的价值。

一位微信号叫作"阿牛"的同学在课后与我（微信号"逸尘"）有一段微信对话：

　　阿牛：老师，谢谢您这个学期以来的教导！

　　逸尘：谢谢同学们的支持！

　　阿牛：很喜欢老师您的课，您执着认真的精神感动了我，您给人感觉像个爷爷。您的课不仅仅是讲书本里的知识，还教导我们应该怎么样做人，应该有哪些品质，等等。这个是我喜欢的！

逸尘：那是我应该做的，"教书育人"啊。

阿牛：所以就谢谢老师！

…………

（写于2021年立春，载2021年11月21日《汕头日报》"龙泉"副刊栏目）

大南山——我生命的摇篮

大南山，潮汕闻名遐迩的革命摇篮。每次读到这个名字，心中立即涌起一种神奇的想象和神圣的憧憬。大南山，你源自逶逶迤迤的莲花山脉，上接闽赣，下奔南海；一路踊跃奔腾，起伏顿迭，一座座山峰形似含苞莲花，气象万千；比及南海，则悄然回聚，这便形成了这样一座与众不同的滨海奇华。

大窝村位于大南山腹地，在樟树坪村西面，望天石的西北侧，三面是峻岭老林，一面是深坑，只有一条小道从山下通往村里，进村须登 1 800 多级石阶。1945 年 3 月 9 日，中国共产党领导的潮汕人民抗日游击队在白暮洋村正式宣告成立，3 月 11 日晚，游击队离开白暮洋村，开赴大南山的锡坑村等地，在地势十分险要的大窝村设立司令部。3 月 13 日，游击队公开发布了《潮汕人民抗日游击队成立宣言》（下文简称《宣言》），阐明了游击队驱逐日军、光复家乡的任务，团结一切抗日力量、一切不愿做奴隶的人们共同对敌的方针。《宣言》引起了社会各界的强烈反响。值得一提的是，司令部设有出版组，我父亲陈志华任组长，这份《宣言》，就是他刻的蜡版，我母亲文晓原油印的。而我的生命，也就是在此后不久开始孕育的。

出版组由方东平政委领导，在此期间，还翻印了毛泽东的《论联合政府》、朱德的《论解放区战场》等论著和出版了《军中文艺》等宣传品。1945 年 6 月 15 日，父亲由方东平政委介绍，加入了中国共产党。

1945 年抗战胜利后，国共合作失败，国民党调转枪头对付中国共产党，中共潮汕特委根据党中央"保存力量，分散隐蔽"指示精神，将抗日游击队成员分批撤移香港、泰国。父母亲由组织安排去了香港，我就在母亲腹中跟着去了香港。次年 3 月，我在香港出生。

我出生的地方叫学士台。20 世纪 40 年代前后，这里是香港一处文人墨客雅集之所。那时，沿着西环半山的薄扶林道走下一段段台阶，就会看到一个个建有老式房子的平台，每个平台就是一条小街，依次是学士台、桃李台、青莲台、羲皇台和太白台，这些平台背山面海，是风景绝佳的地方，其名字借用的都是李太白的典故，更添风雅。聚居在学士台的，都是中国著名的文化人，包括画家、诗人、作家、记者、编辑，他们中的许多名字，日后都被写入了中国文学史和绘画史，比如戴望舒、施蛰存、叶灵凤、穆时英、杜衡、路易士、鸥外鸥、徐迟、冯亦代、袁水拍、郁风、叶浅予、张光宇、张正宇、鲁少飞、丁聪等。那段时间，大体上是 1938 年至 1941 年 12 月香港沦陷之前。

1941 年，正当中国人民抗日战争进入艰苦奋战的关键时刻，当时八路军香港办事处主任廖承志，受命建立面向海外的文化宣传阵地，申请注册出版《华商报》。该报于 1941 年至 1949 年之间，云集了当时中国数百位优秀社会活动家、文化界精英，面向海内外，进行种种抗日救亡宣传活动。我的父母亲到香港后，就由组织安排在《华商报》工作。

1946 年底，我家按照组织安排，又迁徙到泰国。至 1948 年底，全家才回国。我们先住在普宁老家，那时候我父亲正生病，所以组织安排他回家乡养病。到 1950 年病情初愈，他被安排在潮汕文联工作，后来到《汕头日报》工作。

说起来，我似乎应该算是大南山的人，但说到底，我对大南山又一无所知。我与大南山的再次相遇，是在 34 年后。

1979 年，为了落实父亲的党籍问题，我陪着父亲进了一次大南山。父亲的党籍在去泰国之后中断了，要恢复党籍，需要 19 份证明，而第一份证明，就是关于当年从大窝村撤退时，当晚住在山下一位中医家里，现在就需这位老中医来证明这件事。

老中医的家坐落在大南山下偏东南一带，往上望去，山势险峻，林海茫茫，但近处是山清水秀，风光旖旎，有数条溪涧从山间跃落，有的似玉珠散落，有的似银河直下，声如鼓槌。经过一段小路，在一个山口拐进一条小道，就到了老中医门口。

父亲进屋办事去了，我趁此难得的机会，欣赏着大南山绮丽的山景。这是一个山谷，树荫遮天，藤萝蔓延，一股郁香扑入鼻腔。这里是大南山深处，四周青翠的山峰，榕荫竹影之中，露几处屋宇村舍，炊烟缭绕，云纱袅娜；我看到了那崎岖而墨绿的山峦、漫山遍野的树木和辽阔的蓝天，几缕缥缈的云彩构成了一幅优美的淡墨山水画——好一个深山桃源啊！

回来的路上，我从远处再看一眼大南山，我看到起伏的山峰，像一个个强壮的人，肩并肩，手拉手，似一个坚定的集体。它的山峰是绿色和锯齿状的，太阳照耀着它们，发出金色的光芒，就像一块用玉和黄金雕刻的屏风。

可以说，大南山既孕育了我的生命，又遗传给了我一点红色的基因。

1985 年，在就读韩山师专干部专修科期间，我成为一名光荣的中国共产党党员。

我们国家选择了中国共产党是对的，我的父母亲当年选择走上大南山也是对的。

（写于 2021 年 6 月 20 日父亲节，载 2021 年 10 月 24 日《汕头日报》）

小溪·激流·大海

——中国共产党成立 100 周年感言

祖国壮丽的山河（图源：《汕头日报》）

中国共产党的成长历程，就像一条大河，从源头潺潺的小溪，逐渐汇聚成湍急的激流、奔腾的巨浪，而后又以平稳的波涛，汇入大海汪洋。

小溪是拼搏的起点，体现的是革命的初心和坚强的意志；河流是苦战的阵地，体现的是对理想的追求和奋斗；海洋是理想价值最终的归宿，体现的是历尽磨难后的胜利。小溪、激流及海洋，就如同中国共产党三段奋斗的历程。

我们汕头就像源头那条潺潺的小溪，逐渐汇聚进中国革命那湍急的激流、奔腾的巨浪和壮阔的大海之中。

1927 年，国民党右派先后发动"四一二"和"七一五"政变，轰轰烈烈的大革命落入低谷。中国共产党先后发动"南昌起义"和"秋收起义"，由此拉开了武装反抗国民党反动政权的序幕。几年时间内，遍及大江南北的革命根据地纷纷建立。中共中央认识到建立全国性秘密交通线的重要性，决定设立中央交通局，在周恩来同志亲自指导下，建立了我党经上海、汕头到中央苏区之间的一条秘密交通线，它就是人们称颂的"红色交通线"。这条通向中央苏区的秘密交通线，活跃于国民党统治区，战斗在白色恐怖之中，却自始至终不受破坏，成为摧不垮、打不掉的地下航线。

据相关文章披露，这是一条由上海—香港—汕头—大埔—青溪—永定进入苏区的交通线，蜿蜒曲折长达数千里路。这条"红色交通线"的建立，保证了党中央和苏区的联系，它的任务主要有三个：一是传送党中央和苏区之间来往的文件，保证上情下达和下情上达。二是运送苏区急需的物资和党的经费。当时，中央苏区的物资极端缺乏，"红色交通线"为苏区运送了数以千吨计的药品、枪械、无线电器材、纸张和食盐等物，支援苏区的革命战争。三是担负着护送党的领导干部的任务。从1930年到1933年，党中央领导机关转移期间，共有200多位领导干部经"红色交通线"进入中央苏区。当时"红色交通线"在汕头设有两个秘密交接点，一个位于镇邦街7号，另一个位于今海平路97号。汕头绝密交通站坚持长达4年多，从没有出过重大差错，成为当时通往中央苏区的一条牢不可破的秘密通道，肩负了我党重大的历史使命。

从1930年到1934年10月中央红军长征前，汕头"红色交通线"护送干部到中央苏区规模比较大的行动共有三次。第一次是在1930年年末，南方各省在毛泽东同志关于"工农武装割据"的思想指引下，先后建立了革命根据地和红军，为巩固发展苏区，党中央决定抽调一批干部到苏区加强领导力量，项英、任弼时、邓发，以及到苏联、欧洲学习的刘伯承、萧劲光、伍修权等先后经"红色交通线"进入苏区。第二次是在1931年4月，顾顺章叛变之后，为保证中央直属机关和同志们的安全，周恩来同志指挥部分同志经"红色交通线"转移到苏区，如李克农、钱壮飞、吴德峰。第三次是在1933年1月初，国民党反动派加大对革命根据地和白区打压力度，制造"白色恐怖"，党中央在上海难以开展工作。这段时期，包括陈云、博古和共产国际驻中央军事顾问李德在内的，我党200多名高级干部经"红色交通线"全部转移到中央苏区。其中周恩来同志由汕头进入中央苏区时还发生了两个机警脱险的小插曲。可以说，"红色交通线"在我党的伟大事业中做出了重大贡献，汕头也因此留下浓墨重彩的一页。

汕头就是从这条"红色交通线"的小溪出发，渐渐汇入中国革命的大江大河。江河，见证着两岸无数的生命坎坷；江河，演绎着一路无数的喜怒哀乐。一路上，河水折射着腥风血雨中灰色调的社会悲剧；一路上，河水拨动着对光明、幸福的无限向往和追索。民族的渊薮、民族的血统，这一切生命的基因都融化在清澈的河水中；勤劳刻苦、顽强拼搏，这一切生命的底色都沉淀在坚实的河床里；不忘初心、牢记使命，这一切生命的动能都倾注在奔涌的湍流间……

如今，汕头与全国人民一道，用自己的努力和贡献，自豪而喜悦地迎来中国共产党成立100周年华诞。

2018年11月5日，国家主席习近平在首届中国国际进口博览会开幕式上的主旨演讲中说：

中国经济是一片大海，而不是一个小池塘。大海有风平浪静之时，也有风狂雨骤之时。没有风狂雨骤，那就不是大海了。狂风骤雨可以掀翻小池塘，但不能掀翻大海。经历了无数次狂风骤雨，大海依旧在那儿！经历了5000多年的艰难困苦，中国依旧在这儿！面向未来，中国将永远在这儿！

这是一段掷地有声，令国人无比振奋、无比骄傲的世纪宣言！不管什么时候，大海永远在这儿！祖国永远在这儿！中国共产党永远在这儿！是啊，祖国，中国共产党，您就是一片大海！不管是谁，我们都已汇入这片大海，融入这片大海。我们一切的悲欢离合、一切的沧海桑田与斗转星移，都与这一片大海有关，都离不开大海的孕育与包容，离不开大海的恩赐与陶冶，离不开大海的磨砺与雕琢，正是这片大海，造就了我们中华民族独立于世界民族之林的非凡的气度、气质和气象！

（写于 2021 年元旦，载 2021 年 3 月 20 日《汕头日报》）

一名共产党人桃李春风的一生

——深切悼念敬爱的陈仲豪老校长

《陈仲豪教育文选》书影

2 月 14 日上午 7 时 45 分，陈仲豪老校长在汕头逝世，享年 98 岁，按虚岁算，已达期颐之年。

在陈校长的告别会上，陈校长的长子、现任汕头市潮汕历史文化研究中心理事长陈荆淮先生在悼词中说，父亲一生主要做了两件事：一是参加中国共产党，闹革命；二是从事教育工作，教书育人。

今年是中国共产党成立 100 周年。我曾在一首朗诵诗《中国的选择——献给中国共产党百年华诞》中写道：

和风，从很远很远的时间隧道缓缓地吹来，

带来了千年文明古国历史老人娓娓的诉说；

太阳，从很高很高的天空放射永恒的热力，

抚育着千年文明古国历史花园绚丽的花朵。

在古国千年沧桑的历史丰碑上，

有一个血与火的光辉日子被永久镌刻。

1921 年 7 月——

伟大的中国共产党诞生了！

从此——

千年古国历史翻开了新的一页；

从此——

千年华夏伟躯有了新的脉搏！

…………

一代代中华民族最硬的脊梁，

成为抵御民族危难逆流的中流砥柱；

一代代共产主义的热血青年，

牵引着民族救亡的战船渡过了一处处急流旋涡！

一次次的胜利，证明了中国共产党人——

他们是中华民族杰出的代表，

他们是中华民族不灭的魂魄！

在他们的身上，流淌着中华民族奔腾不息的热力，

在他们的身上，体现着中华民族自强不息的拼搏！

显然，年轻时候的陈仲豪正是这样的热血青年。陈荆淮的悼词讲述：陈仲豪读大学时正值烽火连天的抗日战争时期，在左翼思潮的推动下，他加入了周恩来领导的中共南方局外围组织——《中国学生导报》，撰写编辑抗日救亡文章。抗战胜利后，已经成为一名中国共产党党员的陈仲豪应命潜伏台湾，从事地下党工作，曾主编中共台湾省工委机关报《光明报》。《光明报》被蒋介石严令封杀时，陈仲豪在组织掩护下及时撤退回大陆，死里逃生。

除了这段经历，陈仲豪大学毕业后就一直从事教育事业，先后任职于台湾基隆中学、汕头华侨中学、汕头市聿怀中学、汕头市第一中学以及汕头市教育局、汕头大学，当过老师，但更多时候是做教育行政工作。其中有两段经历值得一提，一是他当汕头市第一中学校长的十多年，正是汕头市第一中学办学最辉煌的时期；二是汕头大学最初筹办时，他是筹备小组组长，是名副其实的"开荒牛"。教育是陈仲豪毕生热爱的事业，离休后他仍带头组织成立汕头市陶行知研究会，时时关心青少年教育工作。

有幸的是，我高中三年在汕头市第一中学学习期间，刚好是陈仲豪担任校长。校长是一所学校的灵魂，那时陈校长着力培养良好的教风、学风和校风，逐步将"三风"凝聚成

学校精神和学校传统，教学相长，促进学生德智体美劳全面发展。我们不仅学到了许多知识，而且更重要的是学会了做人和做事，在做事中学会独立思考和开拓创造。以至于我们这一届高中毕业生，如今几十年过去了，没听说有哪一个学生出了问题或惹了什么事，个顶个地都成为对社会有益、有担当、有贡献的人。

从我认识陈校长开始，我就感觉到，在他的身上，始终流淌着一位共产党员那种不忘初心的奔腾不息的热力，始终体现着一位共产党员为了教育事业奋斗不息的精神。

近些年，承蒙老校长信任，我先后参与了《教育人生五十年》《桃李春风是此生》《陈仲豪教育文选》的编校工作。这期间，我感触良多，也更清楚陈校长对教育那种深沉挚爱的情感从何而来。

教育于陈校长是永恒的人生主题。这三部书中的每篇文字都抒发着陈校长的真思想和真感情，是他对于教育人生的真实的体验和感悟，我们可以从中看到陈校长那颗为教育而跳动不息的心。

这三部书中所展示的浩瀚的人生历程和精神境界，我这里就无须再作引述和介绍了。我只强调一点，就是陈校长一直推崇陶行知的师德学说和师表精神，以及陶行知创立的生活教育理论。陈校长在《当代教育沉思录》一文中写道："陶行知生活教育之所以具有一股强大的生命力，是因为它产生于现代教育潮流之中，川流不息，与时俱进，学了做了就能获得实效和时代价值。"

陈校长在有关文论和座谈会上反复指出：

陶行知是中国创造教育理论和实践的奠基人，创造教育是他的教育思想的精髓和灵魂。

陶学的本真是人学，把学生看作活生生的人，以育人为本，立德树人。陶行知推行生活教育运动，旨在顺应全球的教育创新，建立教育的人文价值。

全面实施素质教育是社会发展的必然趋势。基础教育从应试教育转上素质教育的轨道，是实现教育现代化的必由之路。

要突出学习和弘扬陶行知在教育理论和实践上的创造精神。陶研工作贵在求真、实践与创造。实践的最高境界就是创造。没有创造就没有进步，没有发展。

千万不要教学生埋头背书，做考试和分数的奴隶；千万不要磨灭学生的个性和创造潜能，以致造成新一代人在素质结构上难以补偿的缺陷。

陈校长的《论生活教育与素质教育：弘扬行知思想，拓宽素质教育的道路》，发表于1995年第1期陶行知研究会会刊《行知研究》，而后收编于成都科技大学出版社的《素质与教育》一书。是时全国教育界正在学习贯彻国务院颁布的《中国教育改革和发展纲要》，大家对"素质教育"的含义一知半解，如何执行更是趑趄难行。当时的教育部长形容在应试教育大环境、大气候中实施素质教育，是戴着镣铐跳舞。就在这一时候，陈校长以逾万字的长文，论述陶行知生活教育与素质教育在教育思想、办学模式、课程结构、教学方法和实践效果五个方面的一致性，而生活教育与应试教育则是根本对立。文章联系实际，立论正确，观点鲜明，说服力很强。

以我的简单理解，生活教育与素质教育归结到两点，就是创造性地教、创造性地学。这样的学校教育出来的学生，是具有开拓性、创造性的人才，经得起生活的磨难，同时在事业上具有实践能力和创造能力，能服务社会，造福人民。

当年我因父亲1955年被定为"胡风分子"而无缘进入大学，1965年9月12日，由陈校长带队，我们各中学305位初、高中毕业生组成的第一批"上山下乡"知识青年，坐上市人民政府为我们送行的专车离开汕头，前往海南岛各个农场。陈校长在儋县红岭农场住了几天，临离开农场的前天晚上，他把我从小茅屋叫了出来，跟我说："韩星，这是一个你完全陌生的环境，很艰苦，但是，你要坚强，要坚持，人生道路千万条，要靠自己摸索和开拓，一个人的命运主要还得靠自己安排……"我含着泪听了校长的临别嘱咐，紧紧握住校长的手，就这样默默地与校长作别。

经过海南岛风风雨雨的十三年，我终于走回汕头，走到了今天。我从切身经历中感受到，正是就读汕头市第一中学的那三年，正是陈校长所倡导和坚持的德智体美劳全面发展的教育方针在汕头市第一中学的贯彻落实，我们这些莘莘学子才得以成为社会的有用之人。

桐花万里丹山路，桃李春风是此生。年近百岁的陈校长体现着一段非凡的岁月，他历经生命的种种并呈现出一种独特的魅力——一位忠诚的老党员和一位执着于教书育人的老教育工作者的那种丰盈的、坚强而博大的灵魂。这样的灵魂并非与生俱来的，它是心灵、智慧和阅历的完美结合，它来自对生命的领悟、对生命的追求和人生的沉淀与积累，这是无数学子时时仰望和怀念的不朽的灵魂。

（写于2021年2月21日，载2021年2月28日《汕头日报》）

在潮剧基金会工作的日子

2019 年，潮剧基金会开始建造潮金大厦（林雯丽摄）

2007 年春节后的一天上午，我从潮汕历史文化研究中心大楼出来，刚拐过金环路，迎面就碰上骑着自行车的潮剧院副院长管善裕。管善裕一见到我，马上下了车，友好地打招呼道："韩星！你从上海回来了？"我连忙回答说："管院长你好！是的，我回来了！""回来好啊！都等着你呢！""等着我？什么事啊？"我疑惑地问道。

原来，管善裕他们是想请我到广东省潮剧发展与改革基金会帮帮忙，给我安排的职位是艺术工作委员会副主任，管善裕是主任。我很快就去上班了。

在广东省委原副书记蔡东士的倡导和大力支持下，潮剧基金会于 2006 年 11 月 5 日成立，理事长是马介璋①。办公地点设在汕头市中山东路协华大厦 9 楼。

进到基金会工作，我才知道这差事毫不轻松，来的人基本上都是已经退休的干部，但每天的工作量比在原单位时还多。2008 年 12 月，我执笔起草了《广东省潮剧发展与改革基金会第一届理事会工作报告》，里面写道：

> 基金会的宗旨是弘扬中华民族优秀文化，振兴潮剧艺术，资助潮剧文化发展事业，推动潮剧艺术的传承、改革、创新和发展，促进潮剧优秀剧目的创作，培养和扶植潮剧艺术文化优秀人才，促进文化交流，推动潮剧事业的繁荣发展。

---

① 马介璋，第九、十、十一届全国政协委员，佳宁娜集团名誉主席兼创始人。

两年多来，基金会第一届理事会紧紧依靠潮汕地区各市党政领导，充分发挥理事会成员的积极作用，与各市文化行政主管部门密切配合，相互支持，站在建设广东文化大省、服务大潮汕的高度，积极进取，大胆探索，迎难而上，扎实工作，团结协作，无私奉献，在推动潮剧（含正字戏、白字戏、西秦戏，下同）文化事业的发展和改革中，发挥着不可替代的作用，受到广泛的好评。

潮剧基金会得到各级党政部门的关心和支持。潮汕四市均有一名常委或副市长负责协调潮剧基金会在各市开展的各项活动，各市文广新局以及各有关单位、团体、部门的主要领导都担负了潮剧基金会的常务理事或理事职责。基金会成立艺术工作委员会，聘请一批潮剧专家担任委员和顾问；设置秘书处处理日常事务。每月工作都有详细的计划和实施方案，重大事情都由集体讨论作出决定。潮剧基金会各项工作已走上了正常、高效的轨道。

此时我在基金会工作将近两年，这两年，潮剧基金会做了大量的工作，难以一一描述，这里只能择要说个大概。

2008年，为庆祝改革开放30周年，首次根据《广东省潮剧发展与改革基金会纪念改革开放30周年奖励条例》开展评奖活动，最终评出307人（项）的获奖者。其中获终身成就奖62人，获艺术突出贡献奖31人，获艺术贡献奖214人。这是新中国成立以来，第一次在这么广泛的范围内，这么高规格地专门为潮剧和正字戏、白字戏、西秦戏开展评奖和授奖活动。

为鼓励剧本创作，潮剧基金会开展全国性的剧本征集和评奖工作。2007年，以潮剧基金会的名义发表征文启事，在全国范围内征集潮剧剧本，共收到94位作者投寄的剧本135个，其中大戏94个，小戏41个。基金会邀请北京、上海、广州等地的专家，组成评委会，从入围的作品中评选出大戏银奖5名、铜奖6名、入围奖12名，小戏银奖2名、铜奖3名、入围奖3名以及荣誉奖7名。

潮剧基金会于2007年年底致函中共汕头市委和汕头市人民政府，提出举办第三届（汕头）国际潮剧节的建议，得到汕头市委、市政府的高度重视，决定2008年11月在汕头市举办首届粤东侨博会期间，同时举办第三届（汕头）国际潮剧节，并成立了筹委会。本届国际潮剧节有来自美国、法国、新加坡、泰国、马来西亚以及潮汕地区的潮剧、正字戏、白字戏、西秦戏、皮影戏共46个表演团体参加，演出一批新编剧目和传统剧目，促成一次戏曲艺术的大交流，增进了海内外潮人的亲和力和凝聚力。

2008年11月12日，广东省潮剧发展与改革基金会举行"潮剧艺术论著丛书·潮剧剧作丛书"（10卷本）首发式，作为向第三届国际潮剧节的隆重献礼。同时，基金会编辑出版《潮韵》会刊，发送海内外，受到有关领导和广大潮剧爱好者普遍的关注和肯定。至2008年底已出版8期。

2009年年初，潮剧基金会会址迁往广州，我也就离开基金会，到广东文艺职业学院协助编学报去了。

这些年来，我仍然牵挂着潮剧基金会。从基金会现任副秘书长林雯丽处得知，基金会宗旨不变，依然积极运作、筹集资金和接受社会社团组织、企事业单位和社会各界人士对广东潮剧事业的捐赠及专项资助，对基金进行管理，通过各种投资形式对基金进行保值和增值；资助具有示范性、导向性、学术性、经典性的潮剧文化项目；资助潮剧非物质文化遗产的保护；资助创作人员创作一批潮剧艺术的精品佳作；扶植潮剧艺术人才，资助潮剧艺术新人的教育培养、艺术人才的引进；资助有助于提升潮剧文化总体水平和扩大潮剧文化影响的文化交流项目；资助或筹建公益性潮剧文化设施；资助全省性或国际性潮剧比赛等。2023 年，由我担任主编的《潮汕戏剧大观》和我多年的研究成果《观潮探海——潮剧潮乐研究文论集》均获得潮剧基金会资助，由暨南大学出版社出版发行。

2019 年开始，基金会全力建造潮金大厦，大厦于 2022 年年底竣工。潮金大厦将建设潮剧历史文化和潮剧艺术展览馆、潮剧非物质文化遗产艺术保护传承基地、潮剧文化艺术研究交流中心、潮剧专业剧场、潮剧艺术展示接待基地等，该物业的经营收入可以更好地支持潮剧事业，助推潮剧事业繁荣发展。

基金会于 2022 年 11 月进行换届，现第四届理事会理事长为陈才雄。广东省潮剧发展与改革基金会将深入学习贯彻习近平总书记在文化传承发展座谈会上的重要讲话精神，更好担负起新的文化使命，在新的起点上，助力汕头走好"工业立市、产业强市"之路，推动潮汕文化远播海内外，增强潮剧的对外影响力和美誉度，并根据中共汕头市委书记温湛滨提出的要求，积极开展"潮剧播种计划"和举办"全球潮剧票友汇"等交流活动。

我深深地祝福广东省潮剧发展与改革基金会为弘扬潮汕文化作出新的贡献，抒写潮剧发展与改革新篇章！

（写于 2023 年 12 月 31 日）

一次国际性学术盛会

1986 年 11 月在汕头市举办的韩愈国际学术研讨会留影（左一张清华，左二卞孝萱）

　　1986 年 11 月 30 日至 12 月 8 日，由汕头大学、韩山师专、潮州韩愈研究会联合举办的我国首次韩愈学术研讨会在汕头市召开。参加这次会议的代表共 73 人，其中来自美国、法国、日本、新加坡和中国香港地区的代表 15 人，来自内地高等院校、文化、科研单位的代表 58 人。这是一次国际性的学术盛会。其中，一个引人注目的焦点就是来自韩愈故里孟州（孟县）的尚振明先生，他所作的《韩愈籍贯考察报告》在与会者中引起了广泛共鸣，我也因此对孟州心生热切向往。

　　会议以韩愈在中国文学史和学术史上的地位和作用为中心议题，收到论文 60 多篇，代表们从韩愈的生平事迹、政治思想、哲学思想、文学成就、文艺思想等各个方面，展开了热烈的讨论，对韩愈研究中引人注目的课题，如韩愈与佛学的关系、韩诗的风格、韩愈的文学思想、韩愈倡导古文运动的意义，以及韩愈的思想学说对中华民族心理的影响等许多问题，都提出了新颖的见解，促进了韩愈研究的进一步深入。在会议论文的基础上，经过遴选、删订、编辑，1988 年 10 月，由广东人民出版社出版了国内第一部正式的具权威性的《韩愈研究论文集》。

　　参加这次盛会对我来说至关重要，因为我是一个刚刚回城的海南知青，什么也不懂，对于学者、学术研究等，非常陌生，几乎是一片空白。这次有幸忝列《韩愈研究论文集》

的论文《韩愈诗歌的谐谑风格》，是我涉足学术研究的第一篇论文。

1984年，我在韩山师专读干部专修科期间，参加了潮州韩愈研究会。1985年，要写毕业论文了，当时任教的黄挺老师同意我不写政治方面的论文，可以写文化艺术方面的。我请教了当时潮州韩愈研究会会长曾楚楠先生，他指导我说，你可以写《韩愈诗歌的谐谑风格》这个题目，因为这个题目没有人写过，可以试一试。为了写好这篇论文，当年整个暑假，我一个人回校住在那栋坐西朝东的宿舍楼里，没有风扇，更没有空调，就这样熬过了酷暑。我看了所有能借到的有关韩愈的研究资料，边学习边写，到开学时，论文终于写出来了，当年还获得了潮州韩愈研究会第一次举办的研韩论文评选的优秀论文奖。

由于有了这篇论文，我受邀参加了上面所说的这个国际性学术盛会，由此也有幸结识了许多著名的学者。

与会的著名学者有香港中文大学的饶宗颐、中国社会科学院的任继愈、南京大学的卞孝萱、北京大学的季镇淮、河南省社会科学院的张清华、汕头大学的隗芾等。

张清华教授是中国唐代文学研究会韩愈研究会会长，是这次汕头国际韩愈学术研讨会的主要策划者，隗芾教授是这次研讨会的主要筹划者。在此之前，我与隗芾教授已经认识并成为好朋友，所以在会议的筹办过程中，我免不了在联络沟通等小事情上帮点小忙，一来二去，与张清华教授也熟悉了起来。

张清华教授是一个真正的学者，刻苦扎实，朴素无华，虽有从政的优越条件，但无意从政，愿坐冷板凳，读书写作。傅璇琮先生给予他"超然于仕途，沉潜于书斋"的十字概括。我与张清华教授相识相知到今天，受到极大的熏陶，可以说是他引导了我的一生。

"做人如水，做事如山"这八字箴言在张清华教授身上，我是真正地体味到了。世间大多数人不过都是重复同一条道路，那就是世俗的道路。世俗的道路拥挤不堪，而且充满了形形色色的热闹与诱惑。在这样的旋涡中，写作者也会跟着区分显形。但我要说，最后留下的，必然是闪光的异数，是黄金中的黄金——那些灵魂纯粹的大师们，我们只能从一次次的仰望中汲取对抗和向上的力量。

这也就是我参加学术研讨会和结识著名学者的目的和收获。

（写于2023年2月6日）

法源寺的丁香花

丁香花是一种色泽淡雅、气味芬芳的小花，它的寓意丰富而深远，象征着纯真无邪，还蕴含着忧愁思念。它的淡雅高洁深受古代文人的喜爱，但现代人更多是从戴望舒的《雨巷》中才第一次认识了它。

法源寺是北京最古老的一座佛教庙宇，也是一座千年名花之寺，最美的丁香花就在每年四月盛开，既惊艳了千年时光，也温柔着漫长岁月。

远在汕头的我，为什么突然说起了北京的法源寺？

1987 年 9 月，我受广东省艺术研究所委派，参加了由北京市艺术研究所主办的全国戏剧评论研修班，研修班的地址就设在北京法源寺一侧的宣武区工人文化宫。

说是参加戏剧评论研修班，其实在我心中还有一个更重要的任务，那就是写一篇研韩论文——《论韩愈与僧侣的交往》，这个题目又是曾楚楠先生指导我写的，他说，"游山灵运常携客，辟佛昌黎亦爱僧"，这是一种很奇特的社会现象。对于韩愈这种自相矛盾的表现，历代论家多有评议，迄今未有定论，他让我不妨写篇论文，也作为一家之言。

刚开课的那天傍晚，我独自一人走出文化宫，在周边散步，突然一抬头，就看到了法源寺！

那时候我根本不知道这座寺庙有"一座法源寺，半部中国史"的分量，只是偶然间触动了我的写作灵感——要写关于韩愈与佛僧关系的论文，眼前的这座寺庙，不就是最好的资料库吗？于是我不管天色已晚，敲门走了进去。

接待我的方丈很客气，知道我的来意和看了广东省艺术研究所给我开的参加研修班的介绍信后，便满口答应；而且我了解到，我想当然的"资料库"，竟然是一座成立于 1980 年的中国佛教图书文物馆，这真让我大喜过望！我们研修班下午都是自习，从第二天下午开始，我就准时到这座文物馆查阅有关的佛学典籍。就这样，整整一个月，一天也没落下，我不但抄录了大量资料，连一万两千多字的论文也在那里完成了！

说起来，这真是一个千载难逢的好机会。那时候，我刚刚在韩山师专完成《韩愈诗歌的谐谑风格》这篇论文，对如何写论文，已经不陌生了，再加上法源寺这里取之不尽的资料，我自认为这篇论文，应该是论之有据的了。

论文后来编入由 1998 年中国唐代文学学会韩愈研究会与广东省汕头市文化局合编、广东高等教育出版社出版的《韩愈研究：第二辑》。我在文章中写道：

> 佛教是一种宗教，它与基督教、伊斯兰教及中国土生土长的道教一样，都是对现实世界的一种反映。
>
> 但佛教与其他宗教又有所不同，佛教是以人道而不是以神道设教的，它尊重

的是人格而不是神格。佛教的创始人释迦牟尼是公元前六世纪出生于现尼泊尔国内的"人"，而不是"神"。"佛"的原义是"已经觉悟的人"，它的核心是主张行善、普度众生。这些都是"佛"的本来面目，与后来受人为扭曲所造成的形象不同，因此，不加辨别地笼统地反佛，是缺乏科学的态度的。

释迦牟尼是一个出身于贵族的王子，但他舍弃了世俗的富贵尊荣，为人说教。他所讲的故事，"洋溢着他所倡导的几种基本道理，最主要的是和平、牺牲、慈爱、诚信、平等、无私、克制贪欲、禁戒残暴等"。鲁迅早已注意到了佛经故事的价值，曾施资六十元委托南京金陵刻经处刻印佛教文学作品《百喻经》，后又极力赞助王晶青校点，以《痴华鬘》为名由上海北新书局出版，并为之作"序"，文中说："常闻天竺寓言之富，如大林深泉，他国艺文，往往蒙其影响，即翻为华言之佛经中，亦随在可见。"他在看了大量的佛教书籍如《瑜伽师地论》《翻译名义集》《阅藏知津》后对好友许寿裳说："释迦牟尼真是大哲，我平时对人生有许多难以解决的问题，而他居然大部分早已明白启示了，真是大哲。"另外，据学者考证，"马、恩批判一切宗教，独不及佛"。

在《马克思恩格斯全集》的索引本中，我们看到"佛教"并没有归纳到被批评的"宗教"项下，而是另立条目；恩格斯1859年在《新美国百科全书》中发表的《缅甸》一文，称佛教为泛神论，提到缅甸的僧人"比较遵守'清贫'（无私产）和'独身'的戒行"。这些大概可作以上观点的佐证。

佛教已有两千五百多年的历史，它能够流传到今天，说明它本身具有活力。佛教中有许多艰深的学问，如哲学、历史、逻辑、文学、艺术、天文、地理、数学等，它曾为人类文明作出宝贵的贡献。对于中国来说，"伴随着佛教的传播，推进了我国与邻国的文化交流，加深了与邻国的友谊与了解"；而且，佛教已成为我国古代文化一个重要的组成部分，"当我们研究我国古代文化史时，无论是哲学史、文学史、艺术史、宗教史，还是政治史、经济史，乃至于建筑史、印刷史等，都可以看到佛教思想的影响"。因此，佛教是具有某些进步的因素的。

这些观点，毫无疑问，是来自法源寺的图书文物馆。

在论文的最后，我总结道：

韩愈与僧侣的交往是受到佛学进步因素的吸引，它不是一种偶然的孤立的社会现象，在其交往过程中受影响的主要不是僧侣而是韩愈，这就是本文所试图表述的观点。如果要对韩愈与僧侣交往本身作出或褒或贬的评价，我想这已经不是一件困难的事情，倘若我们将这一社会现象作一个纵向的比较，例如从宋代欧阳修、苏轼、程颐、黄庭坚与僧侣的拳拳之情，从明代汤显祖、董其昌、唐元徵、袁宗道结社交禅的逸逸之心，从清代曹雪芹体现在《红楼梦》中的他对禅学的研习，直至现代鲁迅先生与杉本法师、内山完造居士的至交，老舍先生与宗月大师、大虚法师的过从等此类脉脉相续的士僧交往来看，也许我们就不能对韩愈予以过多的贬责，也不能把他与僧侣的交往看作是为了"减少斗争中的阻力"，或认为这是他反佛的一种策略，我们甚至还可以这样认为，韩愈在某些方面顺应潮流，对僧侣不存成见，对佛家学说表现出闳通汲纳的态度，这正是他之所以成为一代宗师的重要原因之一，而韩愈的这种虚心向学的精神，对于我们也是有砥砺警策的意义的。

1987 年 9 月底，曹禺先生到北京宣武区工人文化宫看望由北京市艺术研究所主办的全国戏剧评论研修班学员。那时候大家合影完了，曹禺先生还坐着不动，有关领导示意大家可以上前与曹禺先生单独合影，我刚好站在旁边，在有两人与曹禺先生合影之后，我也大胆走过去了。下图即是我与曹禺先生的合影。

我与曹禺先生的合影

我在宣武区工人文化宫和法源寺的这一个月，是又一次美丽的邂逅。虽然我没有看到四月盛开的丁香花，但从另一种意义上说，这次美丽的邂逅，又何尝不是盛开在我心头的丁香花呢？

（写于 2024 年 4 月 27 日）

开元寺的菩提树

小时候，我随父母住在潮州，因为那时潮汕文联就设在这里。解放初期的潮州，景点没有现在这么多，一般亲戚朋友来访，经常就由我带着到开元寺去。

记得那时的开元寺，规模还是挺大的，一进到里面，就是宽敞的庭庑，对面一眼就可看到大雄宝殿。但引人注目的是入门左右两侧那两株不算很高的菩提树，满树葱茏，浓荫匝地，那呈三角状的叶子绿得可爱，听说是刚从厦门移种过来的。我充满好奇心，大人们都忙着他们该忙的事去了，我就一直徜徉在这两棵菩提树下，不愿离去。

这样过了几年，我仍不时到开元寺去，眼看着菩提树慢慢长高了，有时还开着一朵朵的小白花或一粒粒的小白果，叶子则始终是绿的，不管什么时候去，总是一片绿荫，令人心情格外舒畅。

但这样的好日子很快就结束了。1955年底，父亲被查出是胡风分子，受到开除出队的最严厉的处分。记得在一个春雨初降的早上，父亲领着我，来到那时仍是十八条梭船连结而成的湘子桥头，父亲默默地流着泪，在那尊昂首向天的铁牛旁，久久地伫立着……就在那一天，父亲带着我，离开潮州，回到了普宁家乡。

及年事渐长，我从一些资料中，了解到开元寺是在佛教盛行的唐代兴建的，而在开元寺建成五十多年后，出生于潮阳的陈宝通（即大颠和尚），也在潮阳建了一座灵山寺，后经朝廷承认，定名为"灵山护国禅寺"，由此才有了后来韩愈与大颠相识相知的佳话。而为什么建寺那么久的开元寺，反而要从福建厦门移种两棵菩提树呢？原来，开元寺本是有两株年代久远的菩提树的，但中华人民共和国成立初期，因开元寺要改建为市场，就把它们砍掉了。我猜测后来移种的这两棵，应该是来自厦门的南普陀寺，南普陀寺我去过，也是一座著名的佛寺。

对佛学我没有专门的研究，但这些年为了写韩愈与大颠交往的文章和剧本，也看了一些有关佛学的书。我不可能去穷究佛理，我只汲取精华，取我所需。

比如对于出世与入世的认识，就与佛学有关。出世入世，简单地说，出世就是超脱尘世，入世就是投身社会，都属精神意识。如果做点区分，出世属佛道，入世归儒家，超脱尘世与积极用世，本身是一对矛盾，以出世的精神做入世的事业，即在矛盾对立中求得统一。

以我的经历和有限学历，不可能对这个课题有什么高深的认识，只是觉得有一点这方面的粗浅体会，有助于指导我的人生实践。我对出世的体会，可以归结为两点，一是正如一首流行歌曲《真心真意过一生》中所唱的那样："是非恩怨随风付诸一笑"，二是始终保持一种平静的心境。

我几乎从稍为懂事时便开始背负一种无从逃脱的时代阴影，直到1978年我从海南回到汕头，这种阴影还没有消失（1980 年父亲才收到一份胡风冤案的平反通知书）。可以说，从青少年时代开始，我就没有什么雄心壮志，只觉得能平平安安过一辈子，就是莫大的幸福。在人生的长河中，我时时记起苏东坡的两句诗"芒鞋不踏利名场，一叶轻舟寄渺茫"。我对这两句诗的理解是：在红尘中看破红尘，在名利中不逐名利，在生死中勘破生死，凡事贵自求不贵他求。我觉得只有这样，才能虽生活在浓重压抑的政治气氛下，却又能在内心平衡中求得精神的解脱，而这种解脱的终极目的，是顽强地把握自我，做自己该做的事，走自己该走的路。我坚信，只要把握了自我，就是把握了世界。这种"自性自度"，正是超然物外，亦即"出世"。既然一切都在于自我，世界都算不了什么，名利都算不了什么，是非恩怨又何足挂齿？即如父亲 25 年冤案的是非恩怨及对家人的株连，又要与谁计较去？由是，不只让它"随风"而去，而且还要"付诸一笑"，这样才是真正的洒脱，真正的出世。

超然物外的直接效应就是心境平静。唐宋士大夫所追求的人生精神境界是静虑修心，亦即中国式的佛教——禅，禅的直接指向也就是在尘世中求得宁静。我觉得在当今世界，能保持心灵上的宁静，是搞创作、做学问的人的一种极其宝贵的修养。正如诸葛亮所言，学须静也，非静无以成学。在一定意义上说，学问、作品是做出来的，也是"坐"出来的。只有静下来，坐下来，才能做出学问，写出作品。我曾经把自己的这种想法概括为一句成语，叫做"守株待兔"。"守株待兔"的守株人，历来被作为消极的典型，我却觉得守株的人至少有两点质素值得肯定，一是自信，二是耐心。没有自信，他不会一直守在株下待兔；没有耐心，他也不会等到兔子撞上来的那一刻。而且，这"守株待兔"，还反映了两种精神追求，"守株"是安于寂寞，"待兔"是不安于清贫。"守株"是手段，"待兔"是目的，以安于寂寞的手段，去追求有所作为、有所成就的目的。如果再追寻下去，"守株待兔"的"待"字，还有文章可做。"待"是"等待"，"等"与"待"都含有一个"寺"字，"寺"是什么？"寺"就是山寺、古寺、佛寺。试想，在菩提树绿荫掩映的山寺之间安坐，让清风和浓荫安抚心境，那不正是人生一大快事吗？由此推想开去，这种"等待"，绝非青灯古佛下的枯坐，在"等待"中，你可以驰骋想象，遨游于学术领域、艺术境地，完全可以有精神上、学问上的收获，与现实生活中的物质性的"待兔"完全不同。可以说，等待并不是一种消极行为，而是积聚力量、不断完善、不断调整、走向成熟的过程，是一种积极的奋斗方式。学会等待，就是为进一步增加成功的可能性和有效性打基础。记得有一位科学家说过："字典里最重要的三个词，就是意志、工作、等待。"纵观人类历史，其实人类的许多希望，都深含在"等待"这个词里。

卧薪尝胆者善于等，闻鸡起舞者更善于等，心中有定见，日日保持活力锐气，即使在颠沛困顿中，认清路径，不放弃沉渊上跃的态势，练就功夫，做好准备，耐心几十年，等成气候，等成好汉。

最懂得等待的人，明白"待时如死，乘时如矢"的要诀，耐心等待，等待得像死寂一般，一点不烦躁，直到正确的时机到来。时机的"机"字指每件事都有决定性的重要一分钟，届时一切都已准备好，如放箭射动靶似的，刹那不差，一矢中的。

人在年轻时，有的是时间，但不耐烦等。到了晚年，时间不多了，反而学会了耐心等，因为晚年阅历多了，就像累积了历史文化在身上，历史文化教人受益最深处便是一个

"等"字，"塞翁失马"教人耐心去等，"沧海桑田"更教人无穷无尽地等，多少戏剧故事里，侥幸得势者的荣华如同昙花一现，受冤屈者迟来的平反与胜利总喜剧般地来到久等者的面前。读历史也好，看戏剧也好，自己做命运主角也好，迷人的地方，就在善于等。

话说回来，总而言之，只有心境平静的人才有可能耐心等待。出世固然心境宁静，但如果一个人活着，仅仅是为了出世，那是一点意思也没有的。

一般来说，企望出世的大体有两类人，一类是和尚（包括居士），另一类是古代文人。和尚是整个身心都要出世的人，文人是精神意识要出世，而身体、行为仍碌碌于尘世的人，一句话，古代文人大多追求的是以出世精神做入世事业的那种既独善其身又兼济天下的人生境界。

很明显，许多有为文人的出世，是为了更好地入世。古代文人的这种精神状态，是与中国历朝统治者对文人并不予以重视甚至加以迫害的做法息息相关的。古代文人受迫害的例子不胜枚举，就连名列唐宋八大家的韩愈、苏东坡也不能幸免。苏、韩二位的经历大家均耳熟能详，这里就不多说了。

我对出世与入世的理解，只是停留在感性阶段，远谈不上有什么理论层次，对于韩愈的认识也一样，只有一点肤浅的感受。我认为，对于像苏、韩这样的大文学家，他们在历史上的地位，并不依据我们个人的喜好而定。身为我辈者，位卑言贱，根本不可能对某个历史人物作出具有轰动效应的评价，我们顶多只是在社会公评的基础上，依据个人的喜好，对某个历史人物表现出某种感情色彩，对苏东坡是如此，对韩愈也是如此。我喜欢苏、韩，主要是欣赏他们的生活态度，欣赏他们对社会人生的关注，说到底，还是喜欢他们在出世与入世问题上的正确选择，为什么？因为这与我的经历有关，我喜欢苏、韩，的确带有很强烈的个人感情色彩。就以韩愈而言，我从他的诗文中，看到了韩愈作为一代大散文家、大诗人的人生风采，我看到他的激愤与忧患、成功与挫折、苦闷与追求，看到他对朝廷的忠诚、对故乡的眷恋、对亲朋的热爱、对后辈的关怀，看到他纵横的议论、雄壮的歌唱。我是一个戏剧编剧，不是一个学者，更不是一个理论家，我关注的是人的感情世界，我所追求的艺术境界是写出人物的感情和命运。

如同理想和实践构成人类活动的两面，出世与入世也构成文人心态的两面。在更多时候，它们往往相互交织在一起，由此构成了文人的复杂性格和意绪，这样，在他们留下浩如烟海的文字典籍的同时，也演绎了一幕幕人生悲喜剧。对于文人来说，出世与入世，悲剧与喜剧，这一切都可以在对立中求得统一，因为，归根到底，出世的目的在于入世，悲剧的终极是喜剧，"自古圣贤仙佛皆死，唯文字可不死"。作为文人，虽有许多的不幸、挫折，但总归可以无怨无悔。

韶关南华寺六祖慧能禅师开悟时写下一首偈语，其开头两句是："菩提本无树，明镜亦非台"，"菩提"其实就是一种觉悟——把这个世界看空。想不到童年时代在潮州开元寺菩提树下的一次次徜徉徘徊，竟然冥冥中就这样影响了我的一生。

（写于 2024 年国庆节）

竞渡龙舟意气雄，虹桥跨练揽天风

汕头市和平练江下宫天后古庙龙舟赛（摄影：马东涛）

今年端午节的龙舟赛，似乎比往年又多了一些。真正是太平盛世，国泰民安，百舸争流，龙行神州。听说停了三十多年的江西九江龙舟赛，今年又有了。赛龙舟是真正展示速度与激情的壮观场景——随着一阵响亮的敲鼓声，像是航空母舰上的舰载机突然启动，一条条打着鲜艳旗帜、色彩斑斓的龙舟乘风破浪，迅猛前进，仿佛一条条真龙在水面上雄赳赳、气昂昂地游行……

汕头今年的龙舟赛也很多，最出名的是沟南龙舟赛，都登上《汕头日报》了，一细看，这还是首届乡村龙舟文化系列活动，3 天共迎客 10 万人次！

竞渡龙舟意气雄，虹桥跨练揽天风。我是在手机上看这些龙舟赛的，其中和平练江的下宫天后古庙妈祖龙舟赛视频还配上了激荡人心的经典歌曲《男儿当自强》。这首歌过去也听过，但像这样配上龙舟在水面上飞驰和一个个壮汉奋力挥桨的场面，那种令人血脉偾张的震撼确实太强烈了！

我打开手机上的音乐软件，一遍又一遍地听着《男儿当自强》，心潮澎湃，热泪盈眶！是啊，男儿就应该自强不息，奋勇向前！

我抄录了那些激荡人心的歌词：

> 傲气傲笑万重浪，
> 热血热胜红日光。
> 胆似铁打，骨似精钢，
> 胸襟百千丈，眼光万里长。
> …………
> 让海天为我聚能量，

去开天辟地，为我理想去闯，

看碧波高壮，

又看碧空广阔浩气扬，

我是男儿当自强！

…………

　　查阅网络得知：《男儿当自强》是黄霑填词创作的歌曲，改编自古曲《将军令》，亦是电影《黄飞鸿之一：壮志凌云》和《黄飞鸿之二：男儿当自强》的主题曲。由林子祥演唱。2020 年，该曲提名新时代国际电影节新中国成立 70 周年全国十佳电影金曲奖。想起 20 世纪 80 年代，那时候除了《男儿当自强》，还有《万里长城永不倒》《我的中国心》等脍炙人口的歌曲，那是一个值得怀念的年代。

　　说起"自强不息"，2005 年 6 月，汕头市委常委、副市长联席会议就正式确定以"海纳百川，自强不息"作为汕头精神。这是一个凝聚全市人民智慧的共同的文化理念，是对潮汕传统文化、华侨文化、特区文化、海洋文化内涵的准确把握和提炼，是对汕头历史人文的高度概括，体现了汕头文化的核心价值观，体现了汕头人开放、奋斗、图强的共同精神品格。"海纳百川，自强不息"汕头精神的确立，为汕头这座美丽的城市注入强大的动力，引领我们走向一个新的境界、新的时代，同时，由源远流长的潮汕文化融会而成的汕头精神已经成为海内外汕头人共同的精神家园。当年 9 月 27 日晚，在汕头市广播电视演播中心举办了《汕头精神之歌》文艺晚会，我为晚会撰写了主持词。

　　对于"自强不息"，我也是有所追求的。我的经历和我的艺术创作，可以说都贯穿了这种精神。我的前三部著作《大漠孤烟——陈韩星歌剧作品集》《心海微澜——陈韩星文论集》《观潮探海——潮剧潮乐研究文论集》先后由暨南大学出版社出版发行，第四部著作《岭海揽秀——陈韩星艺文录》也在筹备中。其中《大漠孤烟——陈韩星歌剧作品集》被评为暨大出版社 2017 年艺术之星——"……沿着这条小路，韩星先生在艺术殿堂步步生辉，于是有了动人心弦的《蝴蝶兰》、悠远空旷的《大漠孤烟》、细腻缠绵的《巴山夜雨》、真性豪情的《东坡三折》……"庄园在《陈韩星的艺术世界》中说："走过知青岁月的陈韩星在融入大地的劳作中继承了中华知识分子精英的血脉和传统。他将对时代的反思和追问炼成一股沉郁、有坚实质地的精神，成功地注入了他的剧本创作，让剧中人物承载民族自强不息的英魂，一代代地歌吟与传诵。"

　　我所理解的"自强不息"，并不一定应该像霍元甲、李小龙那样靠精湛的武功为国争光，而是体现在日常的生活和工作中，再普通的生活，再普通的工作，也可以体现"自强不息"的精神。记得有一年，当时的广东省文化厅副厅长陈中秋到我们艺术研究室检查工作，看到我们编了那么多的《潮剧年鉴》《潮剧研究》《潮剧志》等潮剧研究丛书、志书，不由指着那一柜子书感慨地说："许多人都是在干名气不大的工作，但你能说这些工作不重要吗？"这句话我印象很深，也很同意他所说的那个意思。

　　有一句话是这样说的："没有一种向上的生活方式，是不需要克服重力的。"所以，只有自强不息，才能一直向上、向上。

（2024 年 6 月 11 日·甲辰端午翌日）

戏剧评论：谈谈戏剧的实体性冲突

——关于电视连续剧《大江大河》的微信对话

朱国庆　陈韩星

1997 年上海戏剧学院编剧高级研修班结业师生合影
（前排右三为朱国庆老师）

　　三部共 119 集的大型电视连续剧《大江大河》是根据阿耐所著小说《大江东去》改编的。在 1978 年中国改革开放的大背景下，以宋运辉、雷东宝、杨巡为代表的先行者们在变革浪潮中，历经了无数次的挫折与磨难，他们始终秉持着不断前行、不停奋斗的初心，终于完成了蜕变，实现了理想，走上了人生的巅峰。

　　2023 年年底一个闲适的冬日，一直有联系的上戏老师朱国庆给我发来了微信消息，一开头就问我有没有看过《大江大河》，于是顺着这个话题，便有了一段时间的持续的微信对话——

朱国庆：韩星兄你是否有看电视剧《大江大河》？

陈韩星：没有看。好看吗？

朱国庆：这个电视剧已播出第一、二、三部，我都看了，我觉得你若有暇，不妨一看。好看，并有深度。最近高编班有学生与我讨论此剧之得失。

　　…………

陈韩星：我开始看《大江大河》第一部了。

朱国庆：太好了！又可以研究作家作品了。

陈韩星：我当年考大学的命运就与剧中人一样。

朱国庆：对！太像了！

陈韩星：朱老师，您好！到今天下午，《大江大河》第一部就全部看完了，真的是很不错！写的就是我们这一代人亲身经历的年代，很多事情虽然表现形态不一样，但内涵都是相同的，在这些人身上，或多或少都有我们当年的影子。

朱国庆：收到。请继续看第二部。希望你能提供对第二部的看法。

…………

陈韩星：《大江大河》第二部昨晚就全部看完了。这一部已经涉及中国改革开放的核心课题——姓"社"还是姓"资"、"市场经济"还是"计划经济"。虽然课题很大，但剧中还是平静叙述，充满人情味地叙述，丝毫没有说教的感觉。宋运辉人物的塑造是成功的，他每前进一步，都充满矛盾和阻力，甚至家属也出来干扰，直至将他搞到下放农药厂（剧中最令人讨厌的角色就是开颜和她的父亲）。但就是在这种情况下，宋运辉还是说服思申留下来签订了合作协议，这一笔非常成功，宋运辉这个人物形象完整了，我们对中国改革开放的大江大河所经历的狂风恶浪也有了更深刻的体会，还有小雷家村雷东宝的拼搏、杨巡个体户的奋斗也是成功的。从总体上看，这部电视剧并不比前段时间那部《人世间》差，甚至更具时代特色和精神价值。

朱国庆：《大江大河》我不知原著作者何许人也，也不知道他有没有自觉的创作观念，但我以为他的作品证明了他的创作观念是先进的，他没有去反映生活，而是自觉地塑造了人物——宋运辉、雷东宝、杨巡等。正如"大人之学，心外无物"。《大江大河》就是大人之学，它高瞻远瞩，大开大合，容不得世俗的人间口角渗入，所以开颜与其父十分讨厌。同理，在雷东宝角色塑造中掺入小夫人这个"俗物"，也破坏了雷东宝这个斗士的形象。雷东宝可以有失误直至失败，但是他仍然是英雄，是高尚的，倘若掺入世俗的所谓生活、所谓现实，就大煞风景。

陈韩星：朱老师说得好。现在有的创作群体，就没有这种认识，说是反映生活，但大都没能从人的角度、从社会的深处、从时代的高度表现人间事物。功利之剑高悬，大都是奔着项目去完成的。

朱国庆：宋、雷、杨他们身负着人的本质力量的运动和实体性冲突，是他们个人和当时社会的拼搏，这样崇高的主题和人物内心，完全是剧作家的创造，不能再用反映生活来评议，这就是心外无物。反看现在大量的作品，因受反映论影响，写的都是物外无心的东西，令人失望。

陈韩星：朱老师用纯学术的眼光评论艺术现状，可赞！

朱国庆：雨果在《莎士比亚的天才》一文中表达了这样一种思想："主观的偏好本身是'真'的一种变种。"这便是为什么莎士比亚能如此随心所欲地操纵现实，要使他自己主观的偏好得以与现实并行不悖的原因。剧作家主观的偏好包括观众对人物的偏爱都没有错，因为他们在共同创造另外一种真实，与现实并行不悖的另一种真实即艺术真实，也就是虚构。你喜欢宋讨厌开颜父女，我喜欢雷讨厌小夫人，这看起来是偏好，实际上正在帮助作家完成他的虚构——另一种真实与现实可以并行不悖。

陈韩星：哈哈！一句"讨厌开颜父女"引出这么多话题！

朱国庆：韩星，看了你对《大江大河》第二部的看法，我觉得每句话都是我想说的。如果说你这些看法是我说的，人家也会相信。下面还有第三部，希望我们还能达到高度一致。

　　　　…………

陈韩星：写人物的命运才是戏剧的中心任务，什么生活、激变都只是形式、载体。

朱国庆：昨天随意翻书读到狄德罗一段话："我更重视在剧中逐渐发展，最后展示出全部力量的激情和性格，而不大重视在剧中人物和观众全都受折腾的那些在剧中交织着的错综复杂的情节。"《狄德罗美学论文选》）。我觉得这段话很中肯，既说明观众的感觉非常重要，也可以解决我们对宋运辉形象塑造的问题。

陈韩星：既然是"命运"，那就是逐渐发展，最后才展示出全部力量的激情、性格和结果。

朱国庆：我也是这样理解狄德罗这段话的。有一个老戏剧家说，戏剧性就是写一个人掉在一个深深的陷阱里，他奋斗往上爬的过程。我对戏剧冲突的看法有两点：①戏剧冲突不是人间的口角；②冲突要有实体性情致的基础。戏剧冲突的最高本质是自由对必然性的斗争。黑格尔说艺术是出于一种最高的绝对的需要。如莎翁的《奥赛罗》的主题不是嫉妒，而是奥赛罗以自己一生的奋斗去获得自身与整个世界的和谐，要用自己的自由意志去战胜这整个世界的必然性即世俗社会的蔑视。实体性是对现象而言的，实体性是本质，是人的本质力量的运动，就是冲破必然性追求自由的斗争，是负熵对熵的抗拒。熵就是人的死亡本能、社会的下坠本能。

陈韩星：《大江大河》所表现的就是实体性的冲突。在改革开放的大江大河中，矛盾、曲折和冲突是必然的，从一开始，不可回避的冲突就开始了，悬念也就随之产生了，整个剧情的发展，都是人的本质力量的运动。

朱国庆：你说得太好了！这就是我喜欢《大江大河》的根本原因。我是研究艺术哲学的，我的视角不同于一般剧评家，他们也许评价很细，我只看最根本的冲突。有一次我读黑格尔美学，黑氏说冲突要有实体性的情致作基础。我一下子醍醐灌顶，才知道一般说艺术要表现情感是不对的，艺术要表现的是有实体性的情致，别林斯基则把情致与理念等同起来，是涉及理性与自由意志，是人的本质力量的运动，看一部作品深刻与否就看其是否深入实体性。〔实体就是本体，实体性情致被古人称为本心而不是习心（习俗之心、人间口角），被中国当代美学称为情本体，被马克思称为人的本质力量——补记〕

陈韩星：朱老师说得好！一部戏剧作品要看实体性的冲突，在此基础上，才能谈情致与理念。

朱国庆：对！我就是这个意思。不能停留在现象上。

　　　　…………

陈韩星：朱老师，《大江大河》第三部也看完了。这三部电视剧讲述了中国改革开放史诗般的历史，我们每个人都是从这大江大河中走过来的。时代在进步，我们也在进步，生活在提高，我们的认识也在提高；大江大河的波浪洗涤了渣滓，荡涤出了真金；现实是无情的，历史也是无情的，岁月如歌，人生也如歌。感谢这部大型电视剧的编导和演员，他们出色地演绎了中国这段波澜壮阔的当代史，以平静的心态、娴熟的技巧、一丝不苟的精神，给我们留下了那么多的人物形象，令人历久不忘，堪称这些年来难得的一部优秀作品。

朱国庆：说得好！我总的感觉就是这样的。有一个遗憾，就是雷的小夫人一章是节外生枝，破坏了雷的总体形象，雷不管怎样，他是个斗士，是个失败的英雄。中心人物在观众心目中的形象是不能破坏的，编剧想找冲突戏剧性，不要破坏人物，要把功夫放在人物与命运的搏斗上。人与命运的搏斗就是最高的戏剧冲突，为什么还要外加一些小打小闹，把作品变俗气？关于第三部我与有的高编同学有争论，我找到了一些理论上的依据，在美学领域，卢梭标志着一个决定性的转折点，他反对古典主义和新古典主义传统的艺术理论，在他看来艺术不是对经验世界的描绘和复写，而是情感和感情的流溢（见《人论》），所以高编班学生认为雷东宝是真实的、现实主义的，实际上是站在传统美学立场上，站在反映论的立场上，忘记了艺术不是反映生活的，而是流溢自己对某个人物的感情的，例如我们之所以喜欢《大江大河》，是因为热爱作者创造出来的人物如宋运辉、雷东宝、杨巡，作者之所以要虚构这三个人物，是他有内心激情的需要，这三个人物体现了作者的人生理想，为什么要去伤害自己创造出来的人物呢？即使生活中有一千个个体私营业主有这种丑事，但这一千个人与虚构出来的雷东宝有什么关系呢？艺术是流溢出来的美好情感，而不是镜子、照相机、录像机。

陈韩星：其实就从观众的心理来说，即使雷东宝最终是这个结局，大家还是喜爱他的，毕竟他为小雷家村所作出的贡献，大大超越了后面他的那些失误。作为农民企业家，他还是成功的。

朱国庆：是的，尽管雷东宝最后被迫倒下，我内心深处还是热爱他的。反映论害死人，一定要大力推崇虚构，反映论是哲学认识论，与虚构的艺术创造风马牛不相及。早在 20 世纪 60 年代朱光潜先生就说要突破认识论的局限，不要把文学视为认识。

（载汕头市文化馆主办《文化汕头》2023 年第 4 期"创作园地"栏目）

朗诵剧·舞蹈剧

儒风开海峤

（潮乐合唱诗剧）

编剧：陈韩星

《儒风开海峤》演出节目单

《儒风开海峤》演出剧照

人物介绍与内容梗概

韩愈是唐代杰出的文学家、思想家、教育家。韩愈的贡献主要体现在文学方面,被尊为"唐宋八大家"之首。

韩愈是中国文化史上的重要人物,其作用可与孔子、孟子、朱熹并列。韩愈一生三次踏入转型期的广东并做出积极贡献,在中华文化的统一、边疆文化的开发方面,他在广东的地位是独一无二的。潮汕人至今深深地崇拜韩愈、虔诚地祭拜韩愈,这正是一种崇尚文化、崇尚教育的历久弥新的心理取向。这种深入人心的千年文化传承是岭南文化的宝贵基因,这种文化传承也是实现中华民族伟大复兴的必由之路。

元和末年,唐宪宗"佞佛无度,劳民伤财",韩愈上《论佛骨表》,"欲为圣明除弊事"。谁知此举反而触动圣怒,被贬赴当时仍属蛮荒之地的岭南。

跌入人生谷底的韩愈,并没有选择消极避世,而是迅速调整状态适应陌生环境,重新开始"为生民立命"。韩愈被贬潮州地区共八个月,虽无惊天动地的作为,但实实在在地为民吏治:驱除鳄鱼、兴修水利、释放奴婢、振兴教育等。特别是在兴学育才方面影响尤为深远。在远离中原的偏夷蛮荒开文明之先河,种下崇文重教的种子,不仅功在当时,而且利在千秋。今天的潮汕人依然坚信:是韩愈把光辉灿烂的华夏文明从中原带到了潮汕大地。

张华云先生在"潮汕风采文丛"之《胜景画卷·序》中写道:"百代文宗的韩文公以谏迎佛骨获罪,贬来潮州当刺史。这对他是塞翁失马,对我潮则是福星高照。虽为期不过八月,其影响竟及千秋。从此文风鼎盛,人才辈出,有海滨邹鲁之称。观乎山川桥梁、祠堂椽木,无不姓韩,足见其感人之深远。"

韩文公祠正殿两根高达两丈的圆石柱上刻着一对楹联:

> 辟佛累千言,雪冷蓝关,从此儒风开海峤;
> 到官才八月,潮平鳄渚,于今香火遍瀛洲。

《儒风开海峤》所表述的正是以上内容。这部潮乐合唱诗剧的歌词华达流畅、古雅深情,乐曲委婉深沉、典雅清新。编剧、撰词:陈韩星,作曲:林英苹、王培瑜、郑伊洋,潮乐演奏:林英苹等,演唱单位:汕头市爱乐合唱团(团长林一娜)。

剧　本

[引子] 韩愈是唐代著名的文学家、思想家、教育家,因其在文学上的卓越成就,被列为"唐宋八大家"之首。

元和末年,唐宪宗"佞佛无度,劳民伤财",韩愈上《论佛骨表》,"欲为圣明除弊事"。谁知此举反而触动了圣怒,韩愈被贬赴当时仍属蛮荒之地的岭南。

　　韩愈到了潮州之后，并未消沉。他目睹生活在水深火热之中的百姓，又振奋精神，挺身而出，为潮州百姓办了四桩大事：释放奴婢、奖励农桑、驱除鳄鱼、兴办学校。韩愈的最大功绩在于传道兴学。儒风开海峤，书声传千年。自此，潮汕成为贤人辈出的海滨邹鲁。

　　民心如镜长相映，八月居潮万古名。潮汕人民以山山水水都姓韩来缅怀这位"文章浩瀚雄千古"，同时又敢作敢为、宠辱不惊、廉洁奉公、爱民如子的文人和清官。

剧中人物

韩　　愈——52 岁，潮州刺史。
韩　　湘——19 岁，韩愈侄孙。
赵　　德——60 岁，潮州秀才。
大　　颠——70 岁，灵山住持。
倩　　娘——30 多岁，村姑。

第一场　夕贬潮阳路八千

［开场朗诵：
　　　　长安城紫泉边的宫殿，
　　　　到处弥漫了轻烟和彩霞。
　　　　佛骨迎进京城万民称颂，
　　　　宪宗李纯诚心事佛祈求龙寿无涯。
　　　　长安街头，百姓焚顶割指，到处车轧马踏，
　　　　更有人愚忠至蠢，捐身跳塔！
　　　　刑部侍郎韩愈生性耿直，犯颜忠谏，
　　　　宪宗龙颜大怒，
　　　　众臣推波助澜，皆曰韩愈反对佛祖，该斩该杀！
　　　　宰相裴度急忙跪求圣上息怒，请免刑诛，为大唐留一耿介忠直之士。
　　　　最终皇帝诏曰：韩侍郎着官贬潮州刺史，即日出发！
　　［天幕：唐元和十四年（819）正月，韩愈被贬离京，踏上大雪纷飞、朔风呼啸的蓝田关……
（合唱）莽莽万重山，
　　　　乱云绕终南。
　　　　朔风有意冷逐臣，
　　　　飞雪无声下广寒。
　　　　山含悲，雪忍泪，
　　　　一任孤骑过蓝关。
　　　　朝野臣民叹同声，
　　　　惆怅昌黎去不还……
　　［韩愈侄孙韩湘上。

韩　湘　（唱）雪皑皑，路漫漫，
　　　　　　　叔祖此去何凄凉？
　　　　　　　阳山罢黜恍如故，
　　　　　　　南云三启罪几般？
　　　　　　　铮然劲节佛骨表，
　　　　　　　济世华文青史篇。
　　　　　　　勿谓笔端无造化，
　　　　　　　文章翰墨有情天！

韩　愈　（摇摇头，唱）
　　　　　　　湘子啊——
　　　　　　　一封朝奏九重天，
　　　　　　　夕贬潮阳路八千。
　　　　　　　欲为圣明除弊事，
　　　　　　　肯将衰朽惜残年。
　　　　　　　云横秦岭家何在？
　　　　　　　雪拥蓝关马不前。
　　　　　　　知汝远来应有意，
　　　　　　　好收吾骨瘴江边。

韩　湘　（唱）心托青山乱云开，
　　　　　　　气挟雪霜天不寒。
　　　　　　　一夕瘴烟风卷尽，
　　　　　　　切盼叔祖身自安……
　　　　　　〔韩湘依依拜别韩愈。

第二场　直到天南潮水头

〔开场朗诵：
　　　　古远的潮州，地域广阔，
　　　　平原、丛山绿树红花、生机蓬勃。
　　　　三月二十五日，韩愈抵达潮州，
　　　　初春的田野，一阵阵春风轻轻掠过。
　　　　但韩愈是在夜里坐船抵达的，
　　　　他还未能领略这无边的春色。
　　　　倒是潮州的山川大地已经感知了——
　　　　一个新的时代马上就要开拓！
　　　　古城潮州有一条名为恶溪的大江，
　　　　江水被金山阻隔。
　　　　韩愈要经过的就是东边的水道，

那里已经有鳄鱼出没。
韩愈知道前面有许多困扰在等着他，
但他所感受的欢愉却在此时此刻……

　　〔三个月后。
　　〔潮州村野。
　　〔晓雾轻悬，涛声隐隐。

韩　愈　（唱）一叶舟飘，
　　　　　　　　漫泛游踪。
　　　　　　　　忍看风横雨又斜，
　　　　　　　　客抵天南半夜钟。
　　　　（女合）斜倚篷窗听早潮，
　　　　　　　　　焉知舟落江海中？
　　　　　　　　　绕廓青山翠几重，
　　　　　　　　　一江春水绿融融。

韩　愈　（唱）飘然三五榕荫老，
　　　　　　　　红炉炭火品乌龙。
　　　　　　　　荡荡清江晓日红，
　　　　　　　　白鹭点点缀翠峰。
　　　　　　　　潮州地物殊不恶，
　　　　　　　　民性淳静有古风。
　　　　（合唱）清茶敬奉迎远客，
　　　　　　　　　弦歌一曲《过江龙》。
　　　　　　　　　孤臣羁旅尊北斗，
　　　　　　　　　吏部文章人传颂。

韩　愈　（唱）蒙难伤心辞往日，
　　　　　　　　一挥老泪作春风。
　　　　　　　　大道之行岂顾身，
　　　　　　　　振治人文民为重。
　　　　（合唱）啊——
　　　　　　　　潮之州，大海在其南；
　　　　　　　　潮之阳，百代有文宗！

第三场　千秋道学重开统

〔开场朗诵：
　　教育，是韩愈一生的牵挂，
　　到了潮州，他做的第一件事就是寻找课徒授业的行家。
　　他找到沉雅专静的赵德，

与他商量振兴潮州教育的谋划。

他带着赵德，来到潮州城东双旌山，

只见山峰逸秀，俯临江岸，形诸笔架。

他高兴地说："双旌山名，不若改为笔架山，

那耸立三峰，似已备载莘莘学子的如椽巨笔！

钟灵有翰墨惠风啊！"

说着又从怀中掏出两颗橡木种子，

与赵德在这办学新址细心郑重地种下……

　　　　〔笔架山麓。

　　　　〔烟岚横黛，翠鸟啼啭。

赵　　德　（唱）儒风开海峤，

　　　　　　　　岭表花枝俏。

　　　　　　　　天意起斯文，

　　　　　　　　先生凌吾潮。

　　　　　　　　道学赖开统，

　　　　　　　　仁义惟施导。

　　　　　　　　愿遂韩公意，

　　　　　　　　起化归正道。

韩　　愈　（唱）潮人第一贤，

　　　　　　　　赵德堪师表。

　　　　　　　　两通诗与书，

　　　　　　　　心平而行高。

　　　　　　　　潮非蛮荒地，

　　　　　　　　毓秀有芳草。

　　　　　　　　婆娑海水南，

　　　　　　　　明珠自娇娆。

　　　　　（合唱）笔架山，建乡校，

　　　　　　　　兴学于今谱别调。

　　　　　　　　先生手植留彩笔，

　　　　　　　　橡木临风舞招摇。

韩　　愈　（唱）待等树开红白花，

　　　　　　　　红白花下书声绕。

　　　　　　　　学子望花勤攻读，

　　　　　　　　邹鲁之邦贤集早。

　　　　　（合唱）学子望花勤攻读，

　　　　　　　　邹鲁之邦贤集早。

　　　　　　　　钟灵毓秀翰墨风，

　　　　　　　　橡花开处皆芳草！

第四场　　大颠相遇古瀛天

［开场朗诵：

　　　幽岭山麓，有一座灵山寺，

　　　住着一位高僧大颠禅师。

　　　韩愈虽然辟佛，但他尊重佛学的内涵，

　　　反对的是那些荒诞烦琐的形式。

　　　他觉得大颠"颇聪明，识道理"，

　　　与大颠交往交谈很有意思。

　　　韩愈三次拜谒大颠，

　　　最后一次留衣拜别，惺惺相惜。

　　　"留衣亭上三更月，照彻昌黎万古心！"

　　　作为唐宋八大家之首的韩愈，

　　　只有他，才能与这样一位南派禅宗大师对话并留衣赠诗。

　　　　　［灵山寺。

　　　　　［幽岭清隽，鸣泉潺潺。

　　　　（合唱）游山灵运常携客，

　　　　　　　　辟佛昌黎亦爱僧。

　　　　　　　　踏破春烟访禅栖，

　　　　　　　　千古佳话留衣亭。

韩　　愈　（唱）悬崖老树鸣梵音，

　　　　　　　　落涧飞泉响素琴。

　　　　　　　　大颠高风居法座，

　　　　　　　　浮生有幸得登临。

　　　　　　　［韩愈以虔诚之态步向山门。

大　　颠　（唱）寺洞莲座起祥云，

　　　　　　　　风送天客入梵林。

　　　　　　　　芳馨入怀山门开，

　　　　　　　　甘露均施两相迎。

　　　　　　　［大颠以恭敬之态迎下山门。

　　　　　　　［韩愈、大颠恭迎与会。

大　　颠　（唱）一自大士入潮海，

　　　　　　　　春在枝头已十分。

韩　　愈　（唱）大师出世为养心，

　　　　　　　　何如济世为庶民？

大　　颠　（唱）从来禅室尘外赏，

　　　　　　　　岂知念念世中情。

　　　　　　　　劝人向善民为本，

                          慈怀普度扶苍生。
韩　愈　（唱）颠师大论甚宏博，
　　　　　　　　儒释二教堪融通。
　　　　　　　　出世养心宽眼界，
　　　　　　　　入世为民色不空。
大　颠　（双手合十）善哉！善哉！
韩　愈　（抱拳作揖）幸会！幸会！

第五场　风雷一夜鳄鱼文

［开场朗诵：
　　　　鳄鱼，是一种凶恶的动物，
　　　　贪官污吏，也是一种凶恶的动物。
　　　　当韩愈遇到这两种丑类的时候，
　　　　他该怎样对付？
　　　　韩愈想了很久很久，
　　　　以他戴罪之身、一己之力，
　　　　只能对恶人恶物震慑、震慑，再震慑；
　　　　对于普通百姓，
　　　　他也只能尽力保护、保护，再保护。
　　　　于是，
　　　　他写了一篇匪夷所思的奇文——《鳄鱼文》。
　　　　他搭了一个祭鳄台，
　　　　将《鳄鱼文》庄严地宣读、宣读，再宣读！
　　　　不能说这是一位文化学者可笑的迂腐，
　　　　其实这饱含着这位文化学者的大智慧和他那尽人皆知的大"企图"！
　　　　　　［恶溪滩头。
　　　　　　［夜色如磐，电闪雷鸣。
倩　娘　（唱）天哪，天哪！
　　　　　　　　地啊，地啊！
　　　　　　　　暴鳄张利齿，
　　　　　　　　娇儿沉恶溪！
　　　　　　　　铁鳞血口怖杀人，
　　　　　　　　腥水浊浪惨淋漓！
　　　　　　　　民妇无奈哭向天，
　　　　　　　　谁救吾儿助一臂？
　　　　　　（合唱）暴鳄逞凶残，
　　　　　　　　　　挥泪空叹息。
　　　　　　　　　　生民苦何堪，

驱鳄情何急！

何年何月除鳄害，

铲除人间活地狱！

韩　愈　（唱）泷水连恶溪，

毒瘴东复西。

客泪数行哀黎庶，

犹闻悲声啼。

鳄害虽可怖，

不若恶官吏。

欲为圣明除弊事，

浩然有正气。

齐心驱暴鳄，

鼙鼓动天地。

为民物害皆可杀，

一纸当为祭！

（众齐声吆呼）——"为民物害者，皆可杀！"

　　　　　　　　——"为民物害者，皆可杀！"

（合唱）啊……

风驰云起，

雨骤雷激！

恶溪鼎沸，

暴鳄窜离！

风雷一夜鳄鱼文，

江州自此扬正气。

毒瘴丑类一旦扫，

治所清明信有期！

第六场　八月居潮万古名

［开场朗诵：

张华云先生说：

"百代文宗的韩文公以谏迎佛骨获罪，

贬来潮州当刺史。

这对他是塞翁失马，

对我潮则是福星高照。

虽为期不过八月，

其影响竟及千秋。

从此文风鼎盛，人才辈出，

有海滨邹鲁之称。

观乎山川桥梁、祠堂橡木，无不姓韩，
足见其感人之深远。"
是啊——
文星座耸开新像，
一洲芳草自青青。
文起八代尊北斗，
道济天下更何人？
从此江山改姓氏，
韩山韩水到于今。
民心如镜长相映，
八月居潮万古名。

　　　〔韩愈莅潮八个月后。
　　　〔恶溪渡口。
　　　〔秋风瑟爽，碧水盈盈。

韩　愈　（唱）清溪长流碧水盈，
　　　　　　　秋风九月袁州行。
　　　　　　　遇赦量移席未暖，
　　　　　　　空负庶民款款心。

赵　德　（唱）人世关情唯聚散，
　　　　　　　宦海叵测有浮沉。
　　　　　　　浪西楼上三更月，
　　　　　　　照彻先生拳拳心。

韩　愈　（唱）但祈州人勤向学，
　　　　　　　一脉钟灵草长青。
　　　　　　　《昌黎文录》承纂编，
　　　　　　　庶几有幸得刊行。

　　　〔韩愈交文稿予赵德。

赵　德　（唱）先生嘱托唯谨记，
　　　　　　　书林郁秀流芳馨。
　　　　　　　文星座耸开新像，
　　　　　　　一洲芳草自青青。

　　　〔韩愈与赵德、州民一一揖别，登舟而去。
　　　〔江阜高处，大颠禅师远远合十致礼，默默送行。
　　　（合唱、轮唱）啊——
　　　　　　　　　文星座耸开新像，
　　　　　　　　　一洲芳草自青青。
　　　　　　　　　文起八代尊北斗，
　　　　　　　　　道济天下更何人？

从此江山改姓氏，
韩山韩水到于今。
民心如镜长相映，
八月居潮万古名。

（合唱）啊——
潮之州，大海在其南；
潮之阳，百代有文宗！

〔剧终。

（于 2002 年 4 月 30 日写毕；2022 年 3 月 20 日改定）

附：

韩愈是我们潮汕人共同拥有的福星

——《儒风开海峤》访谈录

访谈时间：2022 年 11 月 1 日

访谈地点：陈韩星家中

访谈者：王岩，汕头市广播电视台资深节目主持人、记者

编剧陈韩星接受汕头市广播电视台记者王岩采访

王　岩：韩星老师，你好！

陈韩星：你好！

王　岩：这次汕头市爱乐合唱团排演你创作的潮乐合唱诗剧《儒风开海峤》，我受合唱团班子的委托采访你，希望通过这种方式的解读，为到时去现场观看的观众以及关心这部剧的朋友，解答一些问题。你看这种形式是否适合？

陈韩星：可以。我非常感谢我的同事和爱乐合唱团的团长和团员们，大家辛苦了！这部剧已经写了 20 年，从 2002 年到现在，刚好 20 年。能把这部剧搬上舞台是一件值得庆祝的事，因为我觉得：宣传韩愈是我们潮汕子民应该做的事。现在人们一提到韩愈，就以为是潮州的，实际上在唐朝那个年代，潮州包括现在的潮汕三市、汕尾市、丰顺县和大埔县。

王　岩：其实就是现在的大潮汕……

陈韩星：所以，韩愈是我们共同的福星，大家都应该感恩和学习。这部剧我就先解读一下。

王　岩：好的。这部剧的名字叫《儒风开海峤》？

陈韩星：这部剧的剧名就是取自在潮州韩文公祠里面柱子上写的楹联，上联就是"辟佛累千言"……

王　岩：辟佛累千言。

陈韩星："雪冷蓝关，从此儒风开海峤"，我觉得改成这个名，可以突出韩愈做出的贡献。原来的名字是"八月居潮万古名"，那是后人的崇拜；"儒风开海峤"说明了韩愈对我们潮汕所做出的贡献。"儒风"，大家都知道意思是"儒学之风"，韩愈居唐宋八大家之首，他来潮州的时候，带来了中原文化；"开"的意思就是开化，"海峤"是海边的高山，我们这边临海，说的是海边的山——比如潮州的凤凰山等。所以，这句上联确切地说出韩愈来潮汕的原因、他来路上的艰辛、到潮汕后做出的贡献，所以剧名就改成《儒风开海峤》。

王　岩：对对对，我之前听说这部剧首次命名，是直接以《韩愈》作为这部合唱诗剧的名字，后来还曾用过《八月居潮万古名》，现在就浓缩为《儒风开海峤》。

陈韩星：这个名字比较文雅，一般人听到有时候会不太理解，所以就得解读一下。

王　岩：对！其实很多潮汕人都知道韩愈，不管是我们的长辈、平辈甚至是现在的小孩子，大多数人都知道韩愈，但要说每个人对韩愈的理解和定位都准确，那就很难了，或许，其中一些人对韩愈的定位还存在一些误区。

陈韩星：有一个误区就是，一些人把韩愈当作一般官吏去看待，甚至还包括看待苏东坡。广东过去也有人写过苏东坡来惠州时的剧，那些剧都把他当作一个官员去写的，实际上，苏东坡也好，韩愈也罢，他们首先都是文学家，他们的定位就是文学家，"唐宋八大家"里面，韩愈和苏东坡都属于文学家，所以大家不能把韩愈当作一般官吏去看。

王　岩：如果把他当作一般官吏去看，就可能没办法真正了解韩愈的特点、个性以及他的贡献。

陈韩星：韩愈实际上就是文章写得好，以前饶宗颐……

王　岩：饶老……

陈韩星：饶老的父亲饶锷，他从小就教饶宗颐多去看韩愈写的文章，让他（饶宗颐）累积出"一腔气"，这"一腔气"的意思就是说：写文章要有思想、有筋骨、有气度！所以饶宗颐从小就学习韩愈的文章，这对他之后的研究工作帮助非常大。包括毛泽东主席，年轻的时候也是学习韩愈的文章，你看毛泽东主席写的文章、诗词，非常大气，有筋骨、有思想。所以说，学习韩愈对我们的帮助特别大。

王　岩：习近平总书记在很多场合也有提到韩愈，还引用过韩愈的一些名句，比如他出席全国文代会的时候、去北京大学考察的时候，也多次引用韩愈的一些名句。

陈韩星：习近平总书记2018年5月的时候去北京大学，也引用了韩愈的话，他用了八个字——"吐辞为经，举足为法"，意思就是要像荀子、孟子一样，说出来的话成为经典。

王　岩：谈吐之间成为经典。

陈韩星：举手投足成为楷模。习近平总书记希望做老师的人要好好向韩愈学习，要成为一个好老师，为人师表。

王　岩：对！

陈韩星：所以，包括习近平总书记，他书写文章、做事、说话，在我看来也有受到一些韩愈的影响，非常大气，非常有思想深度。

王　岩：非常有底蕴。

陈韩星：中华文化的底蕴非常深厚，所以我们说，学韩愈不是凭空而来的，从我们的前辈到我们，一直以来对韩愈非常推崇，也认真向他学习。我跟你说件事，1995 年的时候，中央一个领导同志来到汕头，是来参加大桥剪彩……

王　岩：当时是海湾大桥……

陈韩星：他就要来借几本韩愈的书去看，去别的地方借都没有，最后到我这里借，我刚好有，然后宣传部就派两位同志来跟我拿了四五本，就是他点的书我都有。从这样的一件事，说明中央领导同志也非常重视韩愈。

王　岩：同时，也说明潮汕地区，或者是我们汕头，在研究韩愈方面所拥有的资料或书籍，是非常少的。

陈韩星：是比较少。但是，我从 1984 年去韩山师专读书（干部专修科），你当时从华南师范大学毕业后到韩山师专教书，还当过我的老师，教先秦文学，当时，我就开始接触韩愈的题材。

王　岩：你们当时是在韩山师专读了两年时间？

陈韩星：两年。当时韩文公祠在修复，我几乎每天都跑到那边去逛，还参加了潮州的韩愈研究会，所以，我对韩愈的研究是从那个时候就开始了。我写了三篇较长的论文，还写了三个剧本。我是编剧，第一个作品是电视剧，当时由广东电视台拍摄了，叫《韩愈传奇》，一共十八集，潮汕地区也有播放。第二个是歌剧《驱鳄记》，2019 年普宁潮剧团把它改成了潮剧，并参加了第五届的潮剧节演出。

王　岩：当时你曾向我介绍这场演出，我也有收集一些相关的音频资料，在汕头市广播电视台的节目里播出过。

陈韩星：对。现在这个（《儒风开海峤》）就不能叫作清唱剧、音乐剧，还有人建议叫作歌乐剧。这个剧原本的伴奏音乐就是潮乐，古筝等乐器都有，然后还有合唱团的演唱，总之，这个剧基本还是诗剧。

王　岩：全部都是诗化的语言。

陈韩星：包括朗诵也都是诗化的。我当时写这个剧，还得感谢林小斌副部长……

王　岩：当时汕头市委宣传部的副部长……

陈韩星：他有一次叫我过去，他说，陈老，你最近写的那个韩愈的电视剧还在播，里面的故事是真的还是假的？我说，有真有假。

王　岩：文学创作就是有真有假。

陈韩星：我说，韩愈来潮州就是真的，其他都是假的。他说，你写得让我感觉都像真的。他说，这样，你去写一个音乐剧吧！我当时对音乐剧还不太熟悉，2000 年前后，我们这边才开始形成音乐剧的热潮。

王　岩：这些应该是外来的，我们那个阶段可能还……

陈韩星：我那个时候还不太熟悉。

王　岩：氛围不够……

陈韩星：他说，你写音乐剧要写真实发生的事，不能写假的。我说好，我就按照真的去写。答应他后，没过几天他住院了，就在汕大第一附属医院。我家刚好在附近，我两三天写好一场，便拿给他看，写了差不多一个月。我觉得，依我当时的年龄和积累，写这部剧刚刚好，五十多岁的年龄写歌剧最好。那个时候，我也写过几个剧本，也写过关于韩愈的论文，对诗词比较熟悉了解，综合后就写成了这个音乐剧。

王　岩：按照你刚才说，这种速度是非常快的，如果没有这么多的积累，肯定没办法那么快就写完。

陈韩星：我两三天就写完一场，总共写了六场，三天一场起码也要十八天。写完拿给他看，他也非常开心。但写出来后才发现，没办法排练！其中有钱的问题、队伍的问题……所以才导致二十年后才投入排练。

王　岩：那么，现在的《儒风开海峤》与你原来写的相比，是否有做一些整理和提升？

陈韩星：基本上唱词没怎么改，根据合唱团的要求，加了点朗诵，让大家清楚歌词内容的来龙去脉，也等于是一种解说，但不能写成一般的散文，更不能写成解说词，我也将朗诵的部分写成诗，用诗的方式去朗诵。

王　岩：其实，这样更贴合我们所命名的"合唱诗剧"。

陈韩星：对。

王　岩：诗的特点就更加明显。

陈韩星：从头到尾都押韵。在此，我还要特别感谢曾若明——

王　岩：他是一位特别热心的人，一直非常关心爱乐合唱团的发展，他原本就是合唱团的成员，后来到外面去发展。

陈韩星：我跟他也认识很久了。

王　岩：他目前在深圳保利剧院工作，有时也会为合唱团提供一些演出机会，让合唱团走到更高的平台。

陈韩星：总之，能把这部剧搬上舞台我感谢所有人，包括你——

王　岩：我们也希望，公演之后能够产生应有的影响，也希望到时候能有更多人去关注，让更多对韩愈感兴趣、对韩愈有研究的人，从不同的角度去解读。

陈韩星：如果这部剧演出之后，大家能够认识到，韩愈是我们潮汕人共同拥有的福星，同时能够认真学习韩愈的文章，并从中得到教益，那么这部剧就完成它的历史使命了。

王　岩：也可以这样说，你希望通过这部剧，通过艺术化的展示，让更多人去关注韩愈、了解韩愈、研究韩愈，用好韩愈留给我们的东西和财富。

陈韩星：这些就是精神财富！是我们中华民族的文化传统，所以我们要珍惜、爱护、利用、学习。

王　岩：是是是！其实韩愈来潮才八个月时间，虽然时间短，但作用非常大——后来，潮州的山水都改姓韩。我觉得，潮汕人都沐浴在韩愈的教育之下，从此潮汕就成为人才济济的海滨邹鲁，这些都跟韩愈有很大关系！

陈韩星：韩愈来潮州，实际上做了四件事，第一件就是驱鳄。

王　岩：当时爆发鳄灾……

陈韩星：第二件就是奖励农桑，就是农业。

王　岩：兴农……

陈韩星：第三件就是解放奴婢。这些事一般官员都会做，但第四件"兴学"，则是他做出的最大的贡献。兴学，不是说他来了之后才有学校，而是原来也有学校，但是荒废了，他来了之后就振兴乡校，使教育能延续下来，并且将他所主张的儒学作为教材，灌输给潮汕子民。因此，到现在为止潮汕变成海滨邹鲁，这就跟韩愈的"兴学"有直接的关系！

王　岩：是，像你刚才说，前三点可能其他官员都能做到，但最后一点可能只有韩愈能做，这首先得益于他就是一个文学家，他能通过他的文章去倡导他的主张、他的"道"。

陈韩星：韩愈不单是一个文学家，他还是一个教育家。你看他写的两篇文章，一是《师说》，二是《进学解》，这些都是关于学习和教育的，大家都非常熟悉。总之，韩愈向来重视教育，他回长安后，去国子监当祭酒，相当于我们现在的大学校长。所以，韩愈功绩就在于兴学，在于传播儒家文化，正因如此，我们潮汕人大部分都是文质彬彬的。我最近写了三篇文章，阐释我们潮汕人的文化特质，其中一篇是分析潮汕人的艺术基因，潮汕人是很有艺术基因的，比如我们潮乐很普及，基本上乡里都有人会乐器，一拿起就能演奏。这篇文章叫《潮人的艺术基因》（载社会科学文献出版社出版的《潮学研究》第 26 期）。另一篇是《韩愈与潮人的文化素质》（载潮州市潮州文化研究中心主办的《潮州文化研究》2022 年第 4 期），我们的文化素质和韩愈是有关系的，且是息息相关的。

王　岩：你这三篇文章，其实就是从另外一个角度去解读韩愈。

陈韩星：对，就是不单有艺术形象的展现，我在论文里也把这一点重点地体现出来。

王　岩：是！

陈韩星：一些东西舞台没办法表现出来，我就写成论文。还有一篇是关于潮人开拓的海外文化景观，我们将潮剧、潮乐带到海外去，这就是潮人的开拓精神！概括起来，潮人的文化特质就是有文化素质、有艺术素养、有文化的开拓力。

王　岩：这三篇文章，到时候可以介绍给关注这部剧或有去看这部剧的朋友。

陈韩星：到时候有机会就可以介绍，因为韩愈我已经研究了几十年，从 1984 年到现在已经三十多年，一直没有间断，我与潮州文化研究中心也常有联系。

王　岩：近期，潮乐合唱诗剧《儒风开海峤》正在紧锣密鼓地排练，一切进展都很顺利，希望这部剧能早日搬上舞台，与观众见面，也希望韩星老师在首演时能来到现场，与所有的演员和观众见面。

陈韩星：好的。

王　岩：好！非常感谢韩星老师！

丝海侨情

（朗诵剧）

编剧：陈韩星　何京兰

《丝海侨情》剧照

剧　本

第一幕　远航

　　[旁白：旧时，潮汕地狭人众，勤劳的人们无论怎样辛苦劳作，生活也总是半饿半饥，再加上天灾、暴政、动乱，过番谋生就成了许多潮汕人无可奈何的选择。

　　[幕启：一艘红首黑睛的红头船在舞台一侧，张应顺、李兰芳及几对男女演员以舞蹈表现依依惜别的场景。男演员腰扎水布，手提市篮。

张应顺：兰芳，我这次下南洋，家里就全靠你了，等我挣了钱就回来。
李兰芳：你一个人在外面一定要多保重，家里你就放心吧！
张应顺：那，我走了。
李兰芳：应顺，等等！（从怀中掏出潮绣丝巾，从地上捧起一抔故土，朗诵）

> 过番依惜别
> 断肠暮暮复时节
> 故土随身携

〔张应顺郑重接过故土，二人深情对望。

男　1：船要开啦！快点快点，船要开啦！

男　2：应顺，快走吧，船要开了。

张应顺：好！兰芳，等我！

李兰芳：嗯！

剧照（李兰芳—龙奕饰，张应顺—黄泽坚饰）

〔所有男演员上船。

〔张应顺朗诵《红头船》：

> 高扬的船帆，高耸的船杆，
> 你象征着潮人的气魄和勇敢；
> 厚重的甲板，厚实的船舱，
> 你沉积着潮人的苦难和沧桑。
> 啊，红头船，红头船，
> 你载着血泪，也载着期盼，
> 当你从樟林古港驶出，

你可曾预料——
你带走的是潮人的屈辱，
带回的是潮人的灿烂！

众：开船！
　　[李兰芳朗诵：

江波、海浪，淌过岁月，留下沧桑；
乡情、乡恋，聚在心头，飘向远方。
说不清从哪个时候，
潮起潮落，就有了红头船的摇荡；
说不清从哪个地方，
海内海外，就有了扯不断的相思情网……

李兰芳：（喊）张应顺，我等你回来！

第二幕　守望

　　[旁白：离别是为了寻梦，又是牵挂的开始。留守家乡的李兰芳和与她有着共同命运的潮汕姿娘以坚强的信念和顽强的精神，独自撑起家园，思念、牵挂、守望……

　　[舞蹈《绣花舞》。
　　[朗诵：

冠山青，韩水长，
绣花姑娘纤手忙。
一针针，一线线，
情意绣在花儿间。
绣朵新荷粉粉红，
绣朵牡丹浓浓妆，
绣朵蔷薇枝头俏，
绣朵秋菊正傲霜。
飞针走线如蝶舞，
花落一溪春水香。
花随玉指添春色，
心逐金针播芬芳。

李兰芳：（独白）应顺，你在南洋可还好吗？你走后，我才知道我已怀了身孕，你要当爹了。你在南洋辛苦劳作，耕耘着希望。我如今肚中，也孕育着我们的希望。应顺，我和孩子，都盼着你平平安安，早日回家。

［朗诵：

冠山青，韩水长，
绣花姑娘纤手忙。
一针针，一线线，
情意绣在花儿间，
随风去远方……

第三幕　思乡

［新加坡。橡胶园一侧的草寮中。一轮明月正当空。张应顺兴冲冲地泡着工夫茶。

张应顺：（拿起一杯泡好的工夫茶，深深闻了一下，才细细地品尝，神态满足）终于喝到家乡的味道了。（放下茶杯，从怀中掏出用丝巾包着的故土）故土啊故土，你随我远渡重洋，来到异国他乡，你是否也怀念着故乡的水，怀念着故乡的山？

［朗诵：

草寮叹凄凉
零星音符透出窗
雁鸣催断肠
小船撑木桨
绵绵归愁几沧桑
倒影映波光
胶叶随风荡
乳白汁液静流淌
浊酒添惆怅
对月泪成霜
工夫茶起思念长
低吟谁浅唱
故土抬眼望
丝巾伴月去远方
纸笔涂还乡

〔侨批员上。

侨批员：张应顺在吗？

张应顺：在在在，我就是。

侨批员：有你的侨批。

张应顺：真的？谢谢谢谢！

侨批员：不客气。你有侨批要寄吗？

张应顺：有的有的，你稍等。请先喝杯茶。（下）

侨批员：有工夫茶？太好了。

〔侨批员喝茶，张应顺拿着积蓄和家书上。

张应顺：大哥，这是我省吃俭用积下来的一点小积蓄，还有给我妻子的家书，拜托你了。

侨批员：放心吧，保证送到。

张应顺：谢谢谢谢！

侨批员：走了。对了，这工夫茶，真是太香了！（下）

张应顺：（看信）兰芳怀孕了！我要当爹了！哈哈哈！我要当父亲了！兰芳，我好想你。（重新拿起故土，朗诵）

过番依惜别
断肠暮暮复时节
故土随身携

〔张应顺捻起一小撮故土，撒入工夫茶中，重新冲泡起来。

第四幕　误会

〔旁白：一声巨响，惊醒了沉睡的狮城。1942 年，日军的炮火攻进了新加坡，南洋沦陷。之后，日军开始了惨无人道的华人大屠杀，一时间，哀鸿遍野，满目疮痍，侨批之路，更加艰难了……

〔潮汕村庄。三婶摇着摇篮哄着摇篮中的小婴儿，阿娟上。

阿　娟：三婶，兰芳呢？

三　婶：兰芳又去村口等侨批了。唉，南洋那边起了战火，已经好几个月没有侨批来了。

〔兰芳怅怅地上场。

阿　娟：我看呀，兰芳以后，都等不到应顺的侨批了。

李兰芳：应顺怎么了？

三婶、阿娟：（惊讶地）兰芳，你回来了？

李兰芳：阿娟，你快告诉我，为什么我以后都等不到应顺的侨批了？

阿　娟：我……我……

李兰芳：应顺怎么了？他是不是出事了？

阿　娟：应顺他……他……

李兰芳：他怎么了？你快告诉我，他究竟怎么了?!

三　婶：兰芳，别激动别激动。哎呀阿娟，你就快告诉她吧。

阿　娟：我听说，应顺他……他在南洋和别的女人……结婚了。

　　　　〔一声惊雷！

李兰芳：怪不得这么久都没有侨批寄回，怪不得我寄去的侨批都石沉大海。张应顺，你为什么要这么对我？为什么要这么对我?! 还记得，当初你要过番，我赠你故土，以物寄情。你殷殷叮嘱，等你回来，我从不敢忘。我绣花维持生计，日子虽过得艰辛清贫，但心里却是暖的，因为我知道，海的那一边，有我最爱的人，有最爱我的人。自从你登上红头船，离开了家乡，牵挂便开始滋长，牵挂你三餐可温饱？牵挂你天寒可有衣？牵挂你劳作可辛苦？牵挂你闲时情何寄？自战火响起，我每日担惊受怕，彻夜难眠，不知你在外可安好？只盼着能收到你的片言只语。我日日去村口等侨批，从破晓等到日西，我等啊等，盼啊盼，却不想等来你另娶他人的消息！（婴儿啼哭声）孩子，不哭，不哭，乖。儿啊，我的儿。你从出生便没见过你的爹，娘原本想着，等你爹平安归来，我们就可一家团聚，从此再不分离。可现在，等不到了。你爹他，人已走，心已离，这个家，已经失去了存在的意义。这个屋子，处处都是他的影子，空气中，充斥着他的气息，往昔的岁月，曾经的恩爱，在回忆里散不开，抹不去，压得我快无法呼吸。儿啊，不如，我们离开这里，到一个谁也不认识的地方去，埋葬过往，埋葬爱情，埋葬记忆……

〔女声朗诵（画外音）：

切切盼郎归

一蓑烟雨掩憔悴

缘何眉低垂

风过知心碎

呢喃细语叙长对

琵琶声声催

丁香怎折桂

爱恋传说劳燕飞

藕断丝渐萎

纸伞半遮泪

徘徊巷陌影常随

可否得宽慰

泼墨恋山水

渲染江湖逢几回

剪烛话共谁

第五幕　侨批

［村里。

孩子们：（跑上场）侨批来了，侨批来了！

　　　　［成叔与另两位侨批员背着侨批上。村民们围了上来。

村民们：（七嘴八舌）叔，有没有我们家的侨批？大哥，有没有我们家的侨批？

成叔，侨批员1、2：有。来，给你。

男（老人）：妹仔，快来看，你哥说他活干得好，老板赏识他，让他当了管工，工钱涨了两成呢！

女　1：真的，太好了！

女　2：这是我哥寄来的，（打开侨批）咦，这是什么呀？（对侨批员）叔，这是不是我哥的自画像呀？画得真像。

侨批员1：不是，这是照片。

女　2：照片？什么是照片？

侨批员1：照片就是……唉，告诉你，你也不懂。

女　2：告诉我嘛，告诉我嘛！

侨批员2：哎呀，照片就是有个大箱子对着你，然后灯一闪就把你拍进去了。

女　2：什么？我哥被拍进去了？哎呀呀，那要怎么把他弄出来呀？

侨批员2：（哈哈大笑）不是，是影子，是图像，哎呀，总之没事的。

女　2：哦，没事就好。

小　孩：叔，您帮我和奶奶看看，这是我爹寄来的。

侨批员1：好。哦，你爹说他学会写字了，这是他自己写的"平安"两个字（说完拿起写着"平安"字样的纸）。侨批里还说他一切都好，勿念！

女（老人）：真的，太好了！平安就好，平安就好！（哭）

小　孩：奶奶，你怎么又哭了？没收到侨批哭，收到侨批也哭。

女（老人）：奶奶这是高兴的。

小　孩：（不解）大人真奇怪。

　　　　［所有人哈哈大笑。

成　叔：每一次送侨批，我都感慨万千。很多潮汕人为了生计，打起包裹，坐上红头船，漂洋过海到东南亚各地去谋生。他们辛辛苦苦地劳作，省吃俭用，然后将辛苦积累起来的钱财，通过我们寄回家里，只是希望家里人能过上安稳的日子。我们的肩上承载着他们的希望与寄托，责任重大啊。

侨批员1：成叔，我这有好几封寄给李兰芳的侨批，但是到现在还找不到人，怎么办？

侨批员2：成叔，我这也有好几封。

成　叔：全部都交给我吧，我去找。

侨批员1：潮汕这么大，你要找到什么时候？

成　叔：无论如何我都会把这些侨批送到她手里的，这是我们的职责。

　　　　〔朗诵：

> 这一封侨批轻又轻
> 承载的思念重千斤
> 海内海外隔万里
> 唯有家书安人心
> 身携侨批承重担
> 不辞辛苦圆乡情

　　　　〔男女（老人）朗诵：

> 这一封侨批轻又轻
> 承载的思念重万斤
> 人在异乡终是客
> 故乡的水土才是根

　　　　〔所有人朗诵：

> 这一封侨批轻又轻
> 日盼夜盼思念深
> 背井离乡汗与血
> 平安二字值千金

　　　　〔背景音乐《一封侨批》。

第六幕　冰释

　　　　〔山间小屋前。成叔上，边寻找边喊。

成　叔：兰芳，李兰芳。李兰芳在家吗？

李兰芳：（上）谁呀？成叔？你怎么在这？

成　叔：找到啦，找到啦！我终于找到你了！你都不知道，我找你找了多久……嗨，不说这个了，找到就好，找到就好！来来来，这些都是你的侨批。

李兰芳：我的侨批？

成　叔：是呀，这些，都是这几年，张应顺寄给你的侨批。

李兰芳：应顺他……他还给我寄侨批？

成　叔：说什么傻话？你是他老婆，他不给你寄侨批，给谁寄？快看快看，这么多封呢，能看好久了。

李兰芳：成叔您坐，喝杯茶。

成　叔：好好好。

　　　　［李兰芳拆开侨批。

　　　　［张应顺的声音——

　　　　　　兰芳吾妻知启：自日军为祸，举世遭殃，绝无人道，视人命为草芥，拘役残杀者，惨不忍睹……为保性命，无奈与素素结成假夫妻，然时刻思念兰芳吾妻，夜不能寐……

李兰芳：成叔，这……这假结婚……是怎么回事啊？

成　叔：唉，我听说呀，当年，日军侵占南洋后，为了报复星华义勇军和先前支持中国抗日的华人，鬼子们开展了以"大检证"为名的复仇行动。同胞们抓的抓，死的死。好多人被逼无奈，只能娶南洋当地的女子为妻，才能避过鬼子们的搜查，躲过这场劫难。

李兰芳：原来是这样。是我错怪他了，他没有变心，是我错怪他了！（喜极而泣）

成　叔：好了好了，批信终于全部送达，我也了了一桩心事。我要去送侨批了。走了。

李兰芳：等等。

成　叔：怎么了？

李兰芳：成叔，你有信封吗？我要给应顺……寄侨批。

成　叔：（高兴地）有！

　　　　［李兰芳接过信封，慢慢走到台前蹲下，将故土装进信封内。

　　　　［朗诵《家梓深情》：

　　　　　　李兰芳：故乡的土啊比脂粉香，
　　　　　　　　　　故乡的水啊比美酒甜。
　　　　　　　　　　家乡有小花和野草，
　　　　　　　　　　我们的爱情萌发在田间。

　　　　　　张应顺：田间的轻雾时隐时现，
　　　　　　　　　　乡间的流水淙淙清响。
　　　　　　　　　　曾和你一起走过那田垄，
　　　　　　　　　　我们同去汲水在那小溪边。

　　　　　　李兰芳：应顺啊，
　　　　　　　　　　你可还记得？

　　　　　　张应顺：兰芳啊，
　　　　　　　　　　我从不曾忘怀。

合：过番依惜别，
　　断肠暮暮复时节，
　　故土随身携……

第七幕　团圆

　　［旁白：抗战胜利后，远渡重洋的游子终于可以回归故土，与家人团圆。
　　　［众人回乡团圆的场景。
（中年）张应顺：（上）我回来了！我回来了！我日夜思念的故乡啊，我终于又回到
　　　　　　　了这片土地！哈哈哈哈……
　　　［李兰芳带着儿子上。
李兰芳：应顺！
张应顺：兰芳！
　　　［二人对看，近乡情怯，不敢互相触碰。
儿　子：娘，这位大叔是谁？
李兰芳：傻孩子，这是你爹！快叫爹啊！
张应顺：孩子，来，来爹这里。
　　　［儿子踌躇不前。
李兰芳：儿子，你不是天天念叨着要爹爹吗？爹爹回来了，快叫呀。
儿　子：可是，娘说过，爹是没有胡子的，他有胡子，他不是我爹。
张应顺：哈哈哈，爹回家后就把胡子刮掉，好不好？
儿　子：你真的是我爹？
李兰芳：当然是真的，娘还会骗你吗？
儿　子：爹！（扑到应顺怀中）我有爹爹了！我也有爹爹了！
　　　　［朗诵：

　　　　　　　　　江波、海浪，淌过岁月，留下沧桑；
　　　　　　　　　乡情、乡恋，聚在心头，飘向远方。
　　　　　　　　　经历了多少风霜雨露，
　　　　　　　　　侨批传情，才有了潮人的喜乐团圆；
　　　　　　　　　经历了多少悲欢离合，
　　　　　　　　　绿水青山，才有了潮人的幸福家园。

儿　子：爹，你还会再离开我们吗？
张应顺：不会了，我们一家，再也不分开。
儿　子：好！
　　　　［张应顺从怀中掏出丝巾包裹的故土，与李兰芳共同将土撒回地上，相视

一笑。

张应顺：再也不分开！

第八幕　侨情

[旁白：生活在山与海之间的潮人，义无反顾地背山而面海。那蓝蓝的、辽阔的大海，寄托着潮人梦一般的想象，海天远处，有的是说不尽的灵动和舒广。正是这种想象，促使潮人挣脱土地的狭迫，体现出强大的向外发展的能力和强烈的竞争力。如今，潮人的足迹遍及世界每个角落，潮侨社团已扬帆于世界商海之巅！他们正与祖国人民一道，携手奔未来，共筑中国梦！

[2014 年，汕头华侨经济文化合作试验区成立。建设中的试验区一片热火朝天的景象。

[老年张应顺在孙子与其他政府工作人员的陪同下，来到工地考察。

工作人员：张老，这一片以后会建成新的城区，这是大桥的位置，还有这里，会建起一条堤坝。我们脚下的道路，全部会铺上沥青，网络四通八达，十分方便。

张应顺：好好好，辛苦了！

工作人员：我们哪里算得上辛苦，当年，你们老一辈漂洋过海去到异国他乡创业，那才是真辛苦。你们老一辈的开拓和奉献精神，太值得我们学习了。

[张应顺望着某一处发呆。

工作人员：张老？张老？

张应顺：（回神）……

工作人员：张老，您没事吧？

张应顺：没事没事。你们不用管我，去忙吧。我想再走走。

工作人员：张老，您想去哪儿，我们陪着您吧。

张应顺：不用不用，我孙子陪着我就好了，你们去忙吧。

工作人员：这……

孙　子：没事没事，陈主任，我陪着爷爷就好。

工作人员：那好，张先生，有什么需要，您随时给我们打电话。

孙　子：好的。

工作人员：张老，张先生，那我们先走了。

张应顺：去吧去吧。

[工作人员下。

张应顺：孩子，来，你看那儿，那里啊，原先有一棵大树，小的时候，我还爬到树上去掏过鸟窝，结果摔了下来，屁股疼得哟，把你曾祖母气的，拿着棍子追得我满村子跑呢。

孙　子：哈哈哈，爷爷，您小时候这么调皮的。

张应顺：是啊。哈哈哈。你看你看，还有那儿，那里原先有一个池塘，小时候我放牛，牵着牛去池边喝水，谁知道它直接冲到池塘里去洗澡，我没拉住，还被它给拖到水里去，浑身都湿透了。

孙　子：哈哈哈，爷爷，您小时候真好玩。

张应顺：呵呵呵……（感慨）现在这里呀，全都变了样了。

孙　子：爷爷，自从汕头成了四大特区之一，您就经常回来参与家乡的投资建设，这里的变化，也有您的功劳呀。

张应顺：是呀，是呀。

孙　子：现在汕头变得越来越好，您应该开心才对呀。

张应顺：我开心，开心……（慢慢蹲下，抚摸着土地，从口袋中掏出丝巾，捧起一抔土放在丝巾上）

孙　子：爷爷，你拿这些土干什么？

张应顺：当年，我过番的时候，你奶奶也是这样，送了我一包故土，这包故土，陪着我背井离乡，陪着我出生入死。无论去到多远，无论日子多么艰难，这故土，都时刻提醒着我，我的根在哪里，我为了什么而奋斗。孩子，爷爷老了，不知道还能回来几次。这故土，回去后你要帮我保管好，万一哪天，我不在了，你就把这包故土，撒在我的坟头上。（剧烈咳嗽）

孙　子：爷爷，快别说了，来，喝口水吧。

张应顺：（看着水，捻一小撮土撒进水中）

孙　子：哎呀，爷爷，你怎么把水弄脏了？

张应顺：孩子，还记得爷爷经常和你们说的话吗？我们华侨的特点就是爱国、爱自己的家人、爱故乡。这就是中国精神、故土情怀。现在我们老了，接下来，要靠你们来传承，继续为祖国、为家乡的建设和发展贡献一份"侨力"。树若无根，就会枯死；人若无根，就只能漂泊游荡。所以，无论将来你们走多远，都永远不要忘了，我们的根在哪儿。

孙　子：嗯！（接过水杯，喝水）

　　　　〔朗诵：《侨批吟》

过番依惜别

断肠暮暮复时节

故土随身携

纸片细折叠

桑梓眷恋心吟写

团聚几相约

银信助家业

虚梦近乡情怯怯
惆怅怎消解

身份载苦乐
侨批展史静陈列
邮票承血液

贫穷寄世界
回报祖国终不懈
潮涌铭感谢

钦笔敬卓越
海邦剩馥汇人杰
奋辑展画页

〔歌曲：《飘香的风》

尾声

〔旁白：自1860年开埠之后，汕头成为海上丝绸之路的重要港口。无数像张应顺这样的潮汕华侨先辈漂洋过海，拓展了海上丝绸之路，他们为侨居国经济社会发展付出了艰辛的努力，同时又情系桑梓，投资办厂建校，为祖国和家乡的建设做出了巨大的贡献。

〔剧终。

（于2015年完成初稿，2022年定稿）

附：

一部有温度的朗诵剧

《丝海侨情》原为歌舞剧，创作于 2015 年。2020 年 10 月 13 日，习近平总书记视察汕头市小公园时，说起海外侨胞："他们在异乡历尽艰辛、艰苦创业，顽强地生存下来，站稳脚跟后，依然牵挂着自己的家乡和亲人，有一块钱寄一块钱，有十块钱寄十块钱。"他由衷赞叹："这就是中国人、中国文化、中国精神、中国心。"习近平总书记的话，说出了"侨批文化"所包容的精神内涵，也使"侨批"的题材再次得到重视。2023 年中秋节前，《丝海侨情》在广东潮剧院慧如剧场演了两场，得到观众的好评。本次活动由汕头市作家协会会员何京兰加盟剧本创作并担任总策划，汕头市艺术研究室和广东省潮汕民俗文化交流协会主办，指导单位有汕头市文联、汕头市社科联、广东潮剧院、汕头市文化集团等。

该剧以朗诵和舞蹈相结合的形式演绎，讲述在旧时代背景下，男主人公张应顺因天灾、暴政、动乱，无奈和一众潮汕男人坐上红头船过番谋生，女主人公李兰芳等潮汕姿娘期盼守望的故事。全剧用"侨批·故土"作为主线，展现海外潮汕人拼搏奋进、回报家乡的家国情怀。

导演是蔡奕奇、唐舜浩，演出队伍大体是教师、公务员和企业家等，主演是黄泽坚、龙奕。演员在剧情的跌宕起伏中以抑扬顿挫、深情款款的叙述、朗诵，将海内外那种乡情乡恋娓娓道来，引起观众的强烈情感共鸣。

朗诵剧《丝海侨情》是一部正式、全面、准确反映侨批的首创戏剧作品。侨批的三个点——海外侨胞、唐山亲人、侨批局（批脚）都得到充分体现。

汕头融媒集团主办期刊《学习之友》编辑洪梅撰文写道：

> 《丝海侨情》是一部朗诵剧，讲述张应顺在动荡的年代过番谋生，其妻子李兰芳留守家乡的悲欢离合的人生故事。该剧将传统的朗诵融入话剧表演和音乐舞蹈的演绎，令人耳目一新，艺术阐释了"侨批"这一世界记忆文化遗产，真挚抒发海外潮人的乡愁乡情，投射出六千万侨胞的家国情怀，是对中国精神的审美表达。
>
> 思乡寻根是中国人永远的精神追求，也是文艺作品中永恒的主题。自古以来潮汕人崇拜土地的情结强烈且浓重——"叶落归根""故土难离""入土为安"的怀乡意识，彰显潮汕人爱土、亲土、敬土的乡土观念。《丝海侨情》契合这一主题，将故土难离作为主线贯穿全剧，情节细腻生动，感染力极强。
> …………
> 《丝海侨情》虽然只有几场戏，但环环相扣，没有多余的枝蔓便将故事讲得

引人入胜，这部好作品的底气来自真诚，来自主创人员和演员艺术观、价值观的真诚。舞台上时而低吟倾诉、委婉缠绵，时而抒发激越嘹亮、挺拔俊秀的情感，入情入画、扣人心弦。难能可贵的是这些优秀的演员们竟然都是业余的，他们以艺通心，在幕后辛勤排练，才有了舞台上的精彩呈现。台上一分钟，台下十年功，除了祝贺他们在舞台艺术创作上有了新的收获，我更对他们的业余爱好和专业精神致以由衷的敬意！

《丝海侨情》，一部有温度的朗诵剧！

（2022 年 9 月 8 日发表于汕头市艺术研究室公众号）

英 哥

（舞蹈剧）

编剧：陈韩星

剧情提要：明代永乐年间，一个秋祭日，一位老者千里迢迢来到我国东南沿海的文化古邑潮阳，在宋代文天祥曾经登临过的莲花峰上，给当地青壮渔民传授一种刚健有力的短棒舞，英哥接过老者赠送的短棒，带领青壮渔民跳起昂扬奋发的舞蹈。

渔村沙滩上，英哥与众青壮渔民操演短棒舞，引起一列肩挑水桶从堤岸上款款走来的少女的关注。海妹挑着水桶，径直朝英哥走来，英哥情不自禁地趋上前去，同众渔民一起，接过海妹和众少女肩上水桶，将水倒入船上水舱。

英哥和海妹两情缱绻，无奈双方家庭成员互相攀比各自家族的贵重物品，明显地，英哥家族的贵重物品远远比不上海妹家族的，海妹家族成员鄙夷地驱赶着英哥家族成员，不肯让英哥和海妹接近。

在又一次出海时，英哥他们遇上了台风。台风过后，英哥和众渔民还没有归来，全村陷入了深深的悲痛之中。沙滩上，村民们虔诚地拜祭妈祖，祈盼妈祖护佑英哥他们平安归来。原来，英哥和众渔民被台风裹挟着，一路向七洲洋方向漂去，凭着高超的技术和坚强的意志，他们闯过了风高浪险的七洲洋，继续向西、向西，来到一个从未到过的国度——泰国。

英哥和众渔民置身典雅精致的象牙园林中，一群女子手舞菩提树枝，正在跳着菩提树枝舞。英哥和众渔民拿出随身携带的扎绸短棒，随着节拍跳起了短棒舞。短棒舞和菩提树枝舞一动一静、一刚一柔，居然丝丝入扣、浑然一体……

英哥和众渔民身着泰国服饰，精神抖擞地踏着短棒舞步，回到魂牵梦萦的家乡。小渔村一片欢腾。英哥把从泰国带回来的一串佛珠挂在海妹颈上，英哥、海妹双方家族自然地靠拢在了一起……

莲花峰上，英哥和海妹身着盛装，在众人簇拥下走出，他俩走到莲花峰叠石前，向文天祥画像虔诚致礼，在众人的欢呼声中举行结婚仪式，众人欢乐起舞。

一年过了又一年，英哥和海妹繁衍下来的后代，神奇般地具备了英歌舞所体现出来的刚柔兼具、动静相济的秉性，具有了搏击、进取、开拓的精神，他们的子孙由此而敢于漂洋过海、通商贸易，甚至定居异国他乡，从而创造了无数的业绩，成为潮阳踏上海上丝绸之路的先民；而由那位老者留传下来的短棒舞，也渐渐衍变成崇尚正义、景仰英雄的"英歌舞"。——当然，这些统统都是传说。但不管传说如何，过洋，已经成为潮阳民众敢于闯荡天下的悲壮记载；英歌，事实上也已成为一曲英雄之歌而传扬于潮阳大地！

序　传棒

[朗诵] 在我国东南沿海一片古老而富庶的冲积平原上，有一座与众不同的莲花峰。传说南宋末年，右丞相文天祥为了救援宋室江山，招募、率领爱国志士义师勤王，追踪、找寻少帝，一路来到这莲花峰上。他为国为民，忧心如焚，喟然一声长叹，顿时石裂山崩，这山上峰石，便五片纵裂，分成瓣形叠石，就像一朵蓓蕾初绽的莲花。莲花峰自此闻名遐迩，产生了许许多多美丽的传说……

[明代永乐年间。

[岭南潮阳。

[秀色盎然的莲花峰。

[海天一色，涛声阵阵。

[秋祭日。莲花峰叠石前供奉着文天祥画像。

[众跳"祭神舞"。

[一耄耋老者双手握着扎绸短棒踏舞而上，舞步劲健有力。众村民见状，自动闪开，让出通道，老者从中穿梭而过，至莲花峰石前戛然而止，俯首拜祭。

[老者缓缓转身，高举起扎绸短棒。

[众村民缓缓跪倒，一英俊青年——英哥凛然挺立，老者示意，英哥趋步上前，庄重地接过短棒。

[老者跳起刚健有力的短棒舞，英哥随之起舞，青年村民渐次加入，逐渐形成昂扬奋发的群舞。群舞在激昂的音乐声中徐徐落幕。

第一场　定情

[渔村。黄昏。

[沙滩上，英哥与众青年渔民操演短棒舞。

[一列少女肩挑水桶从堤岸上款款走来。

（唱）　好花一蕊贡贡香，
　　　　好酒千杯在在红。
　　　　有情阿兄一个够，
　　　　无情阿兄十个也平常。

[众渔民见状，豪兴骤起，舞姿更为孔武有力，但也因分神而使队列参差不齐。

[英哥见状，正要斥责，从那堤岸远处，又款款地走来一位娟秀少女——她就是远近闻名的海妹。

（接唱）海底珍珠容易得，
　　　　有情阿兄要寻难。

（众少女合唱）细针要穿红丝线，

嫁人要嫁有情人。

〔英哥一时难以自制，也怔怔地看着海妹走过。

〔海妹挑着水桶，径直朝英哥走来。

〔英哥情不自禁趋上前去，同众渔民一起，接过海妹和众少女肩上水桶，将水倒入船上水舱。

〔海妹与英哥共舞，舞姿一刚一柔，舒疾相间，甚是好看。

〔众渔民与众少女环绕着英哥、海妹，翩翩而舞。

〔螺号响。

〔英哥依依不舍离开海妹，海妹与众少女挥手送别英哥和众渔民。

〔英哥与众渔民意气风发撑舟驶向大海。

第二场　思念

〔剪纸客厅。

〔海妹与众少女跳"剪纸舞"。两名剪纸艺人站在舞台两角同时现场表演剪纸技艺。

（海妹唱）透早出工日映映，

阿妹剪纸在客厅。

剪只蝴蝶花间舞，

剪尾鲤鱼水底行。

剪朵新荷粉粉红，

剪支腊梅艳艳企。

手扬剪刀翩跹舞，

阿妹心头想阿兄。

〔海妹心神不定，频频出错，不是扯断纸线，就是扎手指，有时又捧起手中花样痴痴凝视……

〔众少女见状，互相示意，围着海妹逗笑取乐。

〔海妹心事被看穿，羞红了脸，但又故作矜持，定下神来一本正经地剪纸。

〔众少女偷窥海妹所剪图案，竟齐齐呼叫起来："啊，英哥！"

〔两名剪纸艺人已完成手中剪纸图样——正是英哥头像！

〔海妹此时也不再羞涩，大大方方地领着众少女跳起欢快的钱鼓舞。

〔少女情怀，其情款款，其乐融融……

第三场　串亲

[村口，大榕树下。

[英哥、海妹双方家族成员在互相攀比、争执，他们中有女扮男装的公公，也有男扮女装的婆婆，各自拿出炫耀家族的贵重物品，一件比过又比一件。但明显地，英哥家族的贵重物品远远比不上海妹家族的，海妹家族成员鄙夷地逐赶着英哥家族成员。

[海螺吹响——英哥回来了！

[英哥手里拿着一只大海螺，远远地呼唤着海妹；海妹早已闻声而出，手拿着剪纸花样急切地奔上。

[双方家族成员各自拉住英哥、海妹，不让他俩接近。

[英哥、海妹顾不了这么多，竭力摆脱纠缠。

[相持片刻。

[双方家族成员还在纠缠不休，那边机灵的英哥、海妹早已相拥在一起，翩翩起舞。海螺、剪纸花样交相组成一幅美丽的图案。

[英哥、海妹柔情无限……

第四场　祭海

[朗诵]　英哥和海妹眼看就要成亲，但在又一次出海时，英哥遇上了台风。台风过后，英哥和众渔民还没有归来，全村陷入了深深的悲痛之中。

[沙滩上。

[香烟弥漫。村民们拜祭妈祖。

[红烛高烧，鼓乐齐鸣。在庄肃雄浑的笛套古乐声中，执事者引启妈祖神龛出台，荐馔祭酒，颂念祝文：

维后配天立极，护国征祥。河清海晏，物阜民康。保安斯土，福庇无疆。千秋巩固，万载灵长。神恩思报，圣泽难忘。虔修祀事，恭荐馨香。士民一德，俎豆同堂。仰惟昭路，鉴此蒸尝。尚飨！

[英哥和海妹的父母跪拜在一起。

[众村民——跪拜如仪。

[海妹和众少女悲怆起舞……

第五场　过洋

[朗诵]　原来，英哥和众渔民被台风裹挟着，一路向七洲洋方向漂去，凭着高超的技术和坚强的意志，他们闯过了风高浪险的七洲洋，继续向西、向西，来到一个从未到过的国度……

［英哥和众渔民置身典雅精致的象牙园林中，株株娑罗树影摇动，热带风光旖旋。

［一群女子手舞菩提树枝，显现出一股清纯圣洁的气质，正在跳着菩提树枝舞。

［英哥和众渔民拿出随身携带的扎绸短棒，随着节拍跳起了短棒舞。

［短棒舞和菩提树枝舞一动一静，一刚一柔，居然丝丝入扣，浑然一体……

（舞女唱）三千世界通乐土，

自在慈舟中流渡。

如今花开菩提林，

梵宫寂静有浮屠。

…………

第六场　圆婚

［海妹和众少女仍在悲怆起舞……

［突然，嘹亮的海螺声响起！

［两家人立即转向螺声响起的方向，顷刻，同声欢呼："啊！英哥回来了！"

［英哥和众渔民身着泰国服饰，精神抖擞地踏着短棒舞步上。

［一片欢腾。英哥把从泰国带回来的一串佛珠挂在海妹颈上，英哥、海妹双方家族自然地靠拢在了一起……

［暗转。

［莲花峰。

［英哥和海妹身着盛装，在众人簇拥下走出，他俩走到莲花峰叠石前，虔诚地致礼，然后，在众人的欢呼声中，举行结婚仪式，众人欢乐起舞。

尾声　英歌

［秀色盎然的莲花峰。

［粗犷、热烈、豪放的英歌舞起，伴着天风海涛，体现出一种一往无前的壮观气势。

[**朗诵**] 一年过了又一年，英哥和海妹繁衍下来的后代，神奇般地具备了刚柔兼具、动静相济的秉性，具有了搏击、进取、开拓的气质！他们的子孙也由此而敢于漂洋过海、通商贸易，甚至定居异国他乡，从而创造了无数的业绩，成为潮阳踏上海上丝绸之路的先民；而由那位老者留传下来的短棒舞，也渐渐衍变成崇尚正义、景仰英雄而遍布潮阳大地的"英歌舞"。——当然，这些统统都是传说。但不管传说如何，过洋，已经成为潮阳民众敢于闯荡天下的悲壮记载；英歌，事实上也已成为一曲英雄之歌而传扬于潮阳大地！

［在激奋的歌舞中，又一船渔民扬帆出海，前往泰国……

［幕徐徐闭。

（于2014年3月完稿）

附：

《英哥》思想性、艺术性、创新性阐述

明成祖朱棣开元登基后，任命太监郑和为大明宝船队下西洋钦差总兵官。于永乐三年（1405 年）七月率士卒 27 800 余人，从苏州刘家港泛海至福建，然后从长乐太平港扬帆出海。历经半个世纪，跨越九万里广袤大洋，成功开辟了"海上丝绸之路"，给东方古老民族带来前所未有的发展机遇。这是一次寻求海上贸易，怀柔天下、恩泽四海的远航。郑和七下西洋这一人类历史上的空前壮举，展示了中华民族对实现和平安定、和衷共济、富邻睦邻的国际环境的向往与追求。"永乐中兴"开辟的"海上丝绸之路"，是中华民族的伟大里程碑。

潮汕地区自古以来就是海上丝绸之路的重要枢纽，潮阳是当时海上丝绸之路的重要连接点。但潮阳人何时过洋？这个问题一直未有定论。舞蹈剧《英哥》根据传说叙写潮阳人于永乐年间在一次偶然的机遇下渡过七洲洋到达泰国的故事，与郑和下西洋的壮举交相呼应，表明潮阳人很早就到过泰国，而至今在泰国的潮汕人，便是潮阳人居多。

舞蹈剧《英哥》从文天祥的后人专程到潮阳莲花峰传棒写起，试图从历史传说和地方民俗的角度，艺术化地阐明潮阳英歌舞产生的根源。正是由于英哥和海妹繁衍下来的后代，神奇般地具备了英歌舞所体现出来的刚柔兼具、动静相济的秉性，具有了搏击、进取、开拓的精神，他们的子孙也才敢于漂洋过海、通商贸易，甚至定居异国他乡，从而创造了无数的业绩，成为潮阳踏上海上丝绸之路的先民。

舞蹈剧《英哥》首次对潮阳踏上海上丝绸之路的先民和潮阳英歌舞作出艺术化的诠释，剧中除了多方体现粗犷、热烈、豪放的英歌舞那种伴着天风海涛、一往无前的壮观气势之外，还穿插了"剪纸舞""祭神舞"等潮阳民俗舞蹈，其音乐素材采用丰富而具有浓郁地方特色的潮阳笛套音乐，而泰国的"菩提树枝舞"和佛教音乐也为本剧增添了海上丝绸之路的异国风情。

电视专题片

五洲潮曲共乡情

——1993（汕头）国际潮剧节

[播前导语] 各位观众，在我国南海之滨，有一片广阔的潮汕平原，居住着一千万潮汕人，他们有自己独特的、悠久的传统文化。

潮剧，是潮汕文化的重要组成部分，是用潮汕方言演唱的地方戏曲剧种，已有 500 多年的历史，是广东三大地方剧种之一。中华人民共和国成立后，潮剧曾四度晋京演出，饮誉京华。潮汕是著名的侨乡，一千多万侨胞居住在世界上几十个国家和地区，有"海内一个潮汕，海外一个潮汕"的说法。由于潮剧是用乡土语言演唱，因此潮剧亦被海外潮人亲切地称作"乡音"，成为海外潮人寄托乡思、传递乡谊的载体。为了沟通海外游子的乡情乡谊、弘扬潮剧艺术，今年元宵节期间，汕头、潮州、揭阳三市联合举办了 1993（汕头）国际潮剧节。电视专题片《五洲潮曲共乡情》记录了潮剧节期间来自海内外 29 个专业或业余潮剧、潮乐表演团体为广大观众献演优秀传统剧目的盛况，从中您可以欣赏潮剧艺术的绮丽风姿，也可以领略潮剧盛行海内外的风貌。在这部电视片里，您还可以看到潮剧著名表演艺术家姚璇秋、张长城、方展荣、陈学希、郑健英等的精彩表演，看到最富潮剧表演特色的丑行的系列介绍，看到自 20 世纪 80 年代以来盛行于潮汕农村的潮剧广场戏的演出，等等，使您对素有"南国鲜花"美誉的潮剧有更全面和更形象的了解。

解说词

梨园戏曲，据说源自风流天子唐明皇，但唐明皇没有想到，时隔一千多年之后，他的弟子竟然遍布五洲四海！震天鼓一响，各路梨园子弟齐集帐下，纷纷登台亮相。

来自美国，法国，泰国，新加坡，中国香港、广东、福建等国家和地区的 29 个专业或业余潮剧、潮乐表演团体，云集广东潮剧之乡，参加 1993（汕头）国际潮剧节，联合演出潮剧传统吉祥戏、开锣戏《五福连》。

经过再创作和赋予新意的《五福连》，荟萃了潮剧界的精英，有 400 多人参加演出，场面壮观、气势恢宏，是潮剧史上的空前大聚会和创举。

《仙姬送子》摘自神话剧《槐荫记》，说的是七仙女送子下凡与董永骨肉团圆的故事。我们中国人最重人伦亲情，这折子戏寓意海内外潮人欢聚一堂，同享天伦之乐。真是天上人间、海内海外乐逍遥。

《京城会》说的是白衣秀士吕蒙正中了状元，衣锦荣归，迎接夫人刘翠屏回京，同享荣华富贵。刘夫人寒窑度日，含辛茹苦，终有出头之日。自古道，"贫贱不可移志，富贵不能忘本""有福同享，有难同当"，这是中华民族的传统美德。这折戏对我们每个人都有教益。

《跳加冠》是专门用于开场向观众表达祝福的吉祥戏。三位吉祥老人分别表示"福""禄""寿"三星，戴面具演员扮演的是唐朝丞相狄仁杰。过去，是由"狄仁杰"出台，手执条幅——写的是"天官赐福""指日高升""加冠进禄"等吉祥语，现在赋予新的内容，改为大幅贺联从天而降，更有高山流水、福泽绵长之意。

祥云袅袅，瑞霭腾腾，仙歌飘荡，仙乐悠扬，真是一派仙风仙气。《十仙庆寿》取自《蟠桃会》，讲述东方朔邀请八仙共赴蟠桃大会，向瑶池王母祝寿的故事。自开天辟地以来，多少人期盼着仙境，盼望过上幸福美满的生活。如今，风调雨顺，国泰民安，人间如仙境，仙境似人间。

梨园雅韵流香气，艺苑柔情醉管弦。从正月初五开始，一连五天，海内外参加潮剧节演出团体分别在艺都大剧院、鮀岛影剧院、工人影剧院、中山公园、工人文化宫、龙湖乐园露天舞台献演，一共演出 47 个大小剧目。丝竹笙歌，清音妙曲，飘荡鮀城。海内外嘉宾同潮汕人民一道，同醉乡音，共叙乡情。

潮剧是用潮汕方言演唱的地方戏曲剧种。明末清初广东屈大均所著的《广东新语》说道："潮人以土音唱南北曲者，曰潮州戏。"所谓"土音"，就是潮汕的地方语言"潮音"。由于潮剧是用乡土语言演唱，因此潮剧亦被亲切地称作"乡音"。听到这乡音，就勾起了乡情，乡音融乡情，乡情寄乡音。潮剧，已成为连结海外游子乡情乡谊的重要纽带，成为全球潮人传达心声的载体。潮剧，随着潮人的足迹，跨出国门，遍及五洲，成为一种不受时间、阶层、国界限制的特殊语言。这些在海外出生、不会说潮州话的潮剧新人，演起潮剧来，一字字，一句句，一板一眼，却很有"潮味"，这里面有什么奥妙呢？原来，她们学潮剧，戏文是请教祖辈、父辈，唱词、口白则是用英文注音，这里面花费了多少心血！

[李诗瑶小姐："我是第一次演潮剧，但我是一句潮州话都不会讲……"

李小姐曾经学过粤剧，后来通过听录音带学习潮剧，演来绘声绘色。为什么她会这样刻苦学习潮剧呢？（李小姐回答说："我是为了'寻根'啊！"）

这一群法国华裔在学小朋友的表演令人忍俊不禁，但正是这不十分纯正的潮州话和不十分规范的动作，表达了他们这一代潮人对"根"的向往和对潮剧艺术的热爱。

1993（汕头）国际潮剧节的一大特色，是在市区演出广场戏。广场戏是潮剧的民间游艺形式，在宽坦的农村广场上临时搭棚演戏，任由观众观看。

广场戏自明代开始便在潮汕农村盛行不衰，清代陈琼所作《潮州演戏图》记录了农民围观广场戏的动人情景。现在我们看到的广场戏，保留了这一传统特色。

[女青年："我们农村人就是爱看潮剧。"

[农民："潮剧到农村来，热热闹闹，我们非常欢迎。"

[潮阳潮剧团团长林碧伟说："广场戏很受乡下农民群众欢迎，因为潮剧的形成和发展，都是来自潮汕民间。现在潮剧返回农村、到民间去，从演出实践看，演广场戏的社会效益和经济效益都很好。"

近 10 多年来，潮剧广场戏乘国家改革开放之风，焕彩吐艳，被誉为"南国希望的田野上盛开的戏曲之花"。

潮剧在潮汕家喻户晓，街头巷尾，长亭回廊，到处可听到群众自唱自娱的弦诵之声……那声腔、那韵味，地道纯正，听之令人神往。

据考证，潮剧源出宋元南戏，1975 年在潮州凤塘明代墓葬中曾出土宣德年间写本《刘希必金钗记》，说明潮剧是由宋元南戏的一支正字戏蜕变而成，并且在明代中叶已形成独特的唱腔和完整的表演形式。潮剧原属曲牌体制，在其形成发展的过程中，曾受弋阳腔、昆腔、西秦、外江等声腔剧种的影响，并吸收潮州民间艺术和民间音乐如歌册、畲歌、昼舞、纸影、木偶、花灯、锣鼓、佛曲、道调等的精华，从而逐渐融汇成曲牌、板、腔混合而具有地方风采的独立的剧种。潮剧的服饰、头盔、脸谱、道具等，工艺精巧，色彩淡雅，带有鲜明的潮汕民间工艺特色。

潮剧，以雅韵柔情见长，语言注重本色又具文采，音乐唱腔轻婉低回、温静淳美，生、旦表演轻歌曼舞、优柔俏丽。丑行是潮剧最有艺术特色的行当之一，分工细密，程式丰富。丑行共分十类，几乎是"无戏不丑"。

脍炙人口的《柴房会》是以潮丑为主角的传统折子戏，被誉为"潮剧戏宝"，由中国艺术研究院录像存档，作为国家级名剧珍藏。剧中李老三耿直仗义，为冤鬼莫二娘昭雪。故事虽简单，人物感情却跌宕起伏，表演唱做并重，技巧非凡。

中华人民共和国成立后，改戏、改人、改制，废除奴隶式的童伶制，潮剧艺术得到全面发展。

1957 年，潮剧首次晋京演出，《陈三五娘》《苏六娘》《辩本》《扫窗会》《闹钗》轰动京城，姚璇秋等名演员脱颖而出。潮剧著名表演艺术家洪妙在《苏六娘》中男扮女装饰演乳娘，被赞为"一绝"。新编历史剧《辞郎洲》、整理改编传统戏《张春郎削发》和新编历史剧《丁日昌》先后赴京演出，享誉京华。潮剧成为我国文艺百花园中一朵艳丽的"南国鲜花"。

《张春郎削发》1987 年参加首届中国艺术节演出，戏曲界以"新、巧、美"予以高度评价；1991 年又参加香港"中国地方戏曲展"，饮誉香江。

据统计，近十多年来，潮汕地区创作的较为成功的大、小戏有 400 多个，还有大量的潮剧书刊、音像出版，潮剧更加繁荣，显示出旺盛的生命力。

"他乡长系故园梦，亲人相伴乡音来。"潮剧团作为传播乡情梓谊的使者，先后到泰国、法国、新加坡、马来西亚、中国香港、中国澳门等地演出。所到之处，引起轰动。

乡音缱绻，乡情切切。千山万水隔不断两千万海内外潮人的心，参加 1993（汕头）国际潮剧节的海外潮剧、潮乐社团，远渡重洋，万里迢迢，第一次来到潮剧、潮乐的发祥地，来到散发着故土芳香的汕头。

乡情浓于酒，乡谊说从头。新朋老友，促膝交谈；骨肉亲情，心中回荡。千言道不尽，万语说不完，片片情、款款意，都融汇在那锵锵鼓曲里，融汇在那悠悠乐韵中……

美国洛杉矶玄武山福德善堂潮剧团在《代表团名册》上印着这样两句话："把我们传统的潮剧唱出手足情深的歌声，带给故乡深切的问候与诚挚的祝福。"它道出了千千万万海外潮人对潮剧的亲切感受和对家乡的一往情深。

海内外潮剧艺员同台演出，取长补短，展示了潮汕历史文化的强大凝聚力，促进了海内外潮剧表演技艺的交流和进步。

[泰国林桂元先生：“参加潮剧节，非常开心。”

[美国刘美英女士：“大陆建设非常快，乡亲们对我们十分热情，来到祖国的地方感到非常亲切。”

[美国周宝珠小姐：“非常高兴来到这里认识这么多的朋友。”

[美国蔡汉忠先生：“大家对我们的团非常好，我感到非常高兴。”

[泰国翁宗周先生：“参加国际潮剧节，目的是共同振兴潮剧，联系海内外文化艺术界，共同交流，促进潮剧的发展。”

[粤东剧改会原主任林紫：“通过这次国际潮剧节，吹响了一支空前的、历史的、令人回忆和希望的、充满着激动人心的艺海情的海内外艺人交响曲。这一支交响曲将会长久地在海内外侨胞和艺人心灵中回荡、传颂。”

[汕头市政协原副主席、剧作家张华云：“你这一席话写作诗、谱上曲，那就非常好。”

潮剧节多姿多彩。潮剧节期间，还举办了“潮剧艺术展览”、“潮剧界书画展”、潮剧节咨询和知识竞赛等活动。

潮剧节期间，泰国著名侨领谢慧如先生兴致勃勃地到由他捐资兴建的潮剧艺术中心工地参观。

[谢慧如先生：“工程进展很快，将来完成，就是汕头市潮剧中心。建成潮剧中心是我的愿望。”

谢慧如先生还到汕头文化艺术学校观看学生表演，勉励师生继承和发扬潮剧传统，一定要使潮剧事业后继有人。

振兴潮剧，内外同心。中华民族文化促进会副会长、泰华报人公益基金会主席陈世贤先生倡议成立了振兴潮剧委员会。

[中国香港夏帆女士：“为着担心将来潮剧的前途，由明年起，成立一个基金会，鼓励年轻人学习潮剧。我尽力而为，希望各界人士都来支持潮剧。”

[广东潮剧院一团团长陈学希：“潮剧院一团作为潮剧发源地的主要艺术团体，应该在提高艺术水平、出人出戏上不懈努力，应该在潮剧界起着推动、带动和示范的作用。”

众望所归，人心所向。海内外潮人同心协力，一定能够振兴潮剧。愿潮剧这一中华文化艺术的瑰宝更加璀璨，光照五洲，传扬四海！

（汕头特区韩江影视公司摄制。编撰：陈韩星，导演：古远才）

潮风起处是我家

（"潮人文化"系列专题片开篇）

[推出片名。
[序幕。
[片头字幕：

潮人文化使每个潮人都拥有一个属于自己的、永恒的、温馨的精神家园……

[汕头市澄海区隆都镇前美村仁寿里旷埕，一群儿童围坐在地堂上，唱着歌谣《月光歌》：
　　月光月梭朵，
　　照篱照壁照瓦槽，
　　照着眠床脚踏板，
　　照着蚊帐绣双鹅。
　　…………
[旁述：

潮人文化具有非常鲜明的地域性和群体性色彩，潮人文化最具特征的内容是潮汕方言，方言就是潮人的乡音。只要在某个地方有某个人，他讲着潮汕话，人们马上会联想到一连串与之相关的事物和情景：工夫茶、潮绣、汕头抽纱，清淡可口的潮州菜，凝聚力相当强的潮人群体，会经商的、精明而机灵的男人，温婉、秀丽、贤惠的姿娘，具有开拓竞争能力的海外潮人，等等。一个韩愈，来潮八月，屹立千古。儒家正统的礼义和道学弥漫在潮汕平原之上，质朴、勤勉、贞静、持重、儒雅，古风熙熙；诗词歌赋、音律歌谣，普及于民间士人农夫。放眼望去，每一个潮汕人身上都隐含着潮人文化的特征。这种文化所具备的强大的凝聚力和渗透力，以及鲜明的地域性，往往令世人惊异万分而又倍加瞩目。

[前美村老寨外陈慈黉故居。
[旁述：

陈慈黉故居是潮汕平原许多有特色的乡土建筑中最著名的建筑群，由四座各自独立又风格相近的大型宅第组成，俨然自成一个村落，屹立于前美村老寨之外，号称"岭南第一侨宅"，现已辟为旅游区。陈慈黉故居是一处华侨家族生活的家园，也可以说是潮人文化在物质形态方面的一个缩影。

但潮人文化更高的层面是它使每个潮人都能拥有一个属于自己的、永恒的、温馨的精神家园……

[前美村景。旧式大户人家门庭对联："东鲁雅言诗书执礼，西京遗训孝悌力田。"陈家祠松茂堂楹联："松荫溯颍川龙腾奕裔，茂林承忠顺凤翥斯文。"

[旁述：

这是潮汕乡村随处可见的对联。中原传统文化千百年来传承于民间，应用于民间。凡是有潮汕人聚居的地方，都可以看到这种自愿、自觉、自发凝聚而成的，具有广泛而厚实基础的大众文化。

潮人文化，回环萦绕于边郡之地，呈现出长期稳定的地域文化积淀状态。在这里，来自中原的关帝与来自闽南的妈祖在毗邻的庙宇中共享香火，清悠儒雅的丝竹乐韵与刚猛壮激的大锣鼓都为老百姓所喜爱，商埠、学府一样繁盛，海内、海外都是潮人的家乡……这种种奇特的文化现象，自古延续至今。

在这样长期稳定的地域文化积淀中，产生了地方特色鲜明的方言、潮剧、潮乐、潮菜、工夫茶、工艺品、民情风俗和文化心态潮人文化八大特征。

[以下依次出现具有代表性的人物、风情风物画面：汕头大学副校长林伦伦谈潮汕方言；潮丑表演、姚璇秋潮剧艺术表演（《扫窗会》）；林毛根古筝演奏，王安明、林吉衡二胡演奏；大锣鼓演奏；汕头市海滨路潮剧、潮乐的民间自娱自乐情景；姿娘绣花，抽纱；汕头抽纱工艺；新梅园潮菜；衡山林品茶；束水布、精耕细作的农夫；四世同堂的人家（制灯笼老人一家）；吉尼斯世界纪录蒙娜丽莎天然石拼图，等等。

[旁述：

这些，既是潮人文化的物质形态，又是潮人文化的精神形态，但归根到底，它都属于潮人精神家园里的一道道绮丽的风景线。

[依次出现潮汕历史文化研究中心大楼会议厅"十相留声"等挂画、条幅，潮州韩文公祠，韩江，韩山师范学院等画面。

追根溯源，潮人的精神家园自中原汉人后裔逐渐移居潮郡，带来了先进的中原文化之后，便渐次形成。唐朝以后，常衮、李宗闵、李德裕、杨嗣复、陈尧佐、赵鼎、吴潜、文天祥、陆秀夫、张世杰这些公卿重臣，先后莅潮，史称"十相留声"，对潮郡的文化发展，起了很大的促进作用。特别是韩愈来潮州当刺史以后，起用赵德置办乡校，使兴学树人之风，薪火相传，绵延不断。韩愈来潮州当刺史，对于岭海文化氛围和潮人精神家园的形成，有着决定性的作用。

　　[采访著名归侨作家陈韩萌，探求潮人精神家园的渊源及影响。
　　[采访著名画家王兰若、书法家陈廷文，展示潮人儒雅之风。
　　[旁述：

　　自中原汉人或避战乱，或寻发展而南下，中州华夏繁衍盛区的名冠望族便带来了温谦知礼的嘉风雅范。因而，潮人在其总体素质上，已兼具炎黄气韵与华夏风采，潮人与华夏民族息息相关，古潮郡是"接伊洛之渊源"，才"开海滨之邹鲁"，有着源于邹鲁又异于邹鲁、独具岭海又兼有旧邦的岭海文化的氛围。

　　正是这种崇高而虔诚、自豪而儒雅的儒家心态的长期浸濡，才使得一代又一代的潮人逐渐地具备了自尊、自重、沉静、文雅、专注等优良的秉性气质，而这又集中体现为潮郡地域上自唐宋以后"才人济济""文士跄跄"的独特的文化现象。

　　[潮阳海门莲花峰、双忠祠、灵山寺、大峰祖师庙等。

　　宋代文天祥率兵抗元，转战潮阳。对于文天祥来说，他挥师南下，至潮阳这一南国海疆要隘聚众图举，这也许仅仅是军事上的需要，但对于潮阳人民来说，却在心灵上永久地耸立起一座丰碑。文天祥忠烈双全，明知宋室将倾，仍知其不可为而为之，为国尽忠；兵败五坡岭被俘，解至燕京，囚禁三年，坚定不屈，以身殉国，烈骨如霜。其爱国丹心，惊天地而泣鬼神，久久地震撼着潮阳民众的魂魄。而潮阳民众自古以来似乎也在潜意识中孕育滋生了这种崇尚正义、景仰英雄的特殊性格。不然，为什么在文天祥莅潮之时，会有缅记唐代忠烈张巡、许远的双忠庙令其瞻仰进谒？

　　张巡、许远在安史之乱中死保睢阳，为国尽节。宋熙宁年间，潮阳军校钟英路过睢阳，因受韩愈《张中丞传后叙》影响，将睢阳双忠庙里的铜棍及双忠塑像带回潮阳，建庙奉祀，自此香火绵延。广东潮阳与河南睢阳，相隔何止千里！为何张、许二公在天南一隅独享香火？为何潮阳民众对张、许二公情有独钟？透过潮阳双忠庙的袅袅香烟，我们可以窥见潮阳人民崇尚正义、景仰英雄的虔诚心态。文天祥进谒双忠庙，在心灵上与张巡、许远互相沟通，在形象上与之交相呼应，自此三个英灵萦绕潮阳的山山水水，试问有哪一个地方，有如此之巧合，如此的天、地、人浑然一体？——特殊的人文环境，孕育了潮阳民众的特殊性格，自然容易接纳繁衍特殊的艺术——英雄之歌（英歌）。

　　英歌舞是群众性的广场情绪舞，虽有慢板、中板、快板三大类别，但不管是慢板的沉稳蓄势、中板的舒展优美，还是快板的威猛欢跃，其共同的一点是，都表现了一种置苦难于度外的洒脱、悠然，叱咤风云的精神风貌。这种精神风貌，与中华民族自古以来威武不屈、一往无前的民族精神是一脉相承的。英歌舞的气势和风貌，蕴蓄了潮汕民众在艰苦环境中磨炼而成的倔强、彪悍、勇于斗争的刚毅气质。这就是从潮人的精神家园中孕育出来的潮人精神。

　　[潮汕历史文化研究中心大楼外观。采访研究中心理事长吴勤生。
　　[旁述：

1991 年，在广东省政协原主席吴南生倡议下，汕头市成立"潮汕历史文化研究中心"。研究中心由海内外热心潮汕历史文化研究的潮人自愿组成，汕头经济特区的人缘优势在这里得到淋漓尽致的发挥，研究中心一呼百应，迅速扩展至潮汕各市县，硕果累累。研究中心像一条高速运转的印刷流水线，源源不绝地汲取、梳理、集纳，又源源不绝地推出一册册沉甸甸的文献、专著、丛书，从此，潮汕历史文化的研究被纳入全面、系统、有序运作的轨道，潮学研究自此有了一个运筹帷幄的大本营，同时，潮人的精神家园也有了一个可以依栖的实体。

　　〔采访汕头大学图书馆馆长黄挺，引出汕头大学校园园景。
　　〔李嘉诚先生关于汕头大学的讲话。
　　〔旁述：

创办于汕头经济特区成立初期的汕头大学，像一剂强心剂，加速了潮人文化的跃动。那来自四面八方的高素质的专家学者，再一次带来了中原大都市深厚的文化；那频频举行的各种各样的讲座、研讨会，使潮籍学人如沐春风。李嘉诚先生捐资兴办汕头大学功德如山，潮人文化的拓展自此有了一个坚实的基地，潮人的精神家园也有了传衍延伸的一方绿洲。

　　〔叠印国际潮团联谊年会、潮汕迎春联欢节、中秋莱芜烧塔镜头。
　　〔旁述：

共同的精神家园，使海内、海外潮人的心紧紧地联系在一起。潮汕人目前在国内有一千多万人口，在海外也有一千多万人口。潮汕人无论走到哪里，都深深眷恋着故国乡梓，处处表达出强烈的归属感、认同感。

建立汕头经济特区的主要依据是汕头具有华侨众多的人缘优势。人缘优势离不开文化纽带，从一开始，潮人文化就在汕头经济特区的创建过程中发挥了巨大的、不可替代的作用。

华侨有与祖国家乡共命运的血缘天性，潮籍华侨的爱国爱乡感情更为强烈，国际潮团联谊年会是在海外以乡谊为纽带而组织起来的世界性组织。改革开放大潮的到来，调动了潮侨支援特区建设的积极性，凝聚力、融合性特别强大的潮人文化成为独特的联结海内外潮人心灵的黏合剂。

以元宵迎春联欢节为主的节会文艺演出，营造了一个海内外潮人共叙乡情梓谊的良好的文化氛围，也造就了一个万民共乐的特殊人文环境。这些融融喜乐的大型文艺晚会，是一种在同一场所，社会各阶层参与其间而获得共同艺术语言、共同审美情趣的盛大聚会。奇光异彩的元宵花灯，粗犷豪放的潮汕大锣鼓，优美的潮汕弦乐，热情奔放的英歌舞、布马舞、蜈蚣舞等潮汕民间舞蹈，使海内外潮人共同沉浸在浓烈而温馨的乡土气氛之中。月是故乡明，水是故乡甜，人是故乡亲。潮汕是我们共同的美好家园，为了家乡的兴旺发达，谁不愿捧上一颗赤子之心呢？

潮人华侨群体生活在海外经济社会，他们中有不少著名的金融家和实业家。海外赤子报效祖国家乡的一个实际行动，就是投资支援祖国家乡的经济建设，捐资兴建学校、医院等文教卫生福利事业。在改革开放新时期，伴随着海外潮人对特区经济建设的高度参与，潮人文化已成为一种跨越国界的经济力量。

[叠印李嘉诚捐建的汕头大学附属医院、林百欣国际会展中心、时代广场"大潮"雕塑、英华外国语学校等图景。

[叠印汕头集装箱码头、海湾大桥、礐石大桥、游泳跳水馆、金砂路、迎宾广场、金海湾大酒店、帝豪大酒店、君华大酒店、图书馆、博物馆、新型商业区、五光十色的橱窗等图景。

[尾声。童声和成人混唱歌谣《打剪刀》：

打呀打剪刀，

打来剪绫罗，

绫罗仔，过深河，

深河深河深，

一群姿娘仔，在听琴。

…………

[旁述：

潮风起处是我家，海内海外有我们共同的美好家园，潮人文化是我们共同的精神家园。

[片尾字幕：

拥有精神家园的潮人是幸福的，这是潮人灿烂生命的摇篮，也是潮人辉煌创造的温床……

[推出制作人员、制作单位名单。

[2002年汕头市人民政府新闻办公室组织摄制。编创、摄制人员有马志丹、杨丹阳、陈韩星、陈永成、罗剑桥、黄东华等。导演为马志丹（广东电视台著名导演）。2003年3月本片获广东省政府奖"广东省对外宣传电视专题节目"第二届"南粤金鹊奖"作品一等奖和优秀编导奖]

海滨邹鲁是潮阳

第一集　海滨邹鲁

[在《神奇的土地》的歌声中，依次出现潮阳风光画面——大海、海门莲花峰、灵山寺、留衣亭、后溪渡亭、大湖、棉城孔庙、西园、文光塔、文光塔广场……

[旁述：

潮阳——祖国南海之滨一颗璀璨的明珠。风光旖旎，四季如春；毗邻港澳，交通发达。自然地理条件优越，人文毓秀，是全国重点侨乡，素有"海滨邹鲁"之美誉。

"海滨邹鲁"的说法，出自宋代陈尧佐的《送王生及第归潮阳》：

> 休嗟城邑住天荒，已得仙枝耀故乡。
> 从此方舆载人物，海滨邹鲁是潮阳。

古代诗人多用"潮阳"替代"潮州"，这是由于历史上"潮阳郡"曾经取替"潮州郡"，故这些古诗词中的"潮阳"应是指包括潮阳在内的古潮州。

在我们这部电视专题片中所说的"潮阳"，是指现在行政区区域划定的潮阳区。

唐宋八大家之首的韩愈在819年因谏迎佛骨而被贬潮州当刺史，除了任事的潮州之外，他到得最多的地方就是潮阳。

后溪渡亭印下韩文公莅潮的帆影，大湖晴波涌响着昌黎伯朗读祈雨祭文的回声，临昆西麓幽岭上留下韩愈与大颠儒释互拜、灵山留衣的贤踪道迹……一个韩愈，来潮八月，屹立千古。在潮阳棉城孔庙里，配祀着韩文公神位，右联：百代名贤光辉永世照；左联：千秋杰阁英灵万古垂；横批：兴学育才。儒家正统的礼义和道学就这样弥漫在潮阳处处，古风熙熙，诗词歌赋、音律歌谣，普及于民间士人、农夫。放眼望去，每一个潮阳人身上，都隐含着潮阳文化的特征。

建筑学家、博士生导师陆元鼎教授曾多次来潮阳棉城考察，他认为真正能代表千年古城——棉城的标志性建筑只有两处：一是文光塔，二是西园。确实，没有比较过各地不同类型的塔，你就不可能感受到位于古城中央的文光塔那高出一筹的雄伟庄严及非凡气度；如果你没有走进西园，没有了解西园的百年沧桑巨变，你就不可能感受到西园这部凝缩的石制典籍所深藏的厚重底蕴，以及它百年荫城不散的浓郁书香。

文光塔和西园，既是潮阳文化的物质形态，又是潮阳文化的精神形态，归根到底，它们都是海滨邹鲁潮阳的象征。

潮阳向来为文化古邑，自东晋隆安元年（397年）置县，至今已逾1 600年。2017年，经中国地名文化遗产保护专家委员会第二次"千年古县"专家会议鉴定，确认潮阳区为中国地名文化遗产"千年古县"。

自韩愈莅潮之后，潮人人心归附，热衷科举仕途，"命师训业，绵绵厥后，三百余年，士风日盛"，使"至今潮阳人，比屋皆诗书"。韩愈兴学倡道所结下的果实是丰硕的。十年树木，百年树人，单是明代一朝，便有28位学子中了进士。而历代莅潮忠臣良吏、文人墨客、爱国志士、知名僧侣等，更是多不胜数。除了唐宋八大家之首的韩愈、南宋民族英雄文天祥和灵山寺大颠和尚之外，还有丘逢甲、戚继光、张鲁庵、大峰祖师，以及邑人李龄、萧端蒙、林大春、周光镐、黄武贤等一批名臣学士。及至近现代，更有那一个个熠熠发光的名字：

蔡楚生。在潮阳，有一个找不到神仙却曾经被称为"神仙里"的村庄。尽管没有神仙活动的痕迹，但倒是一个人的出现，提高了这个村庄的知名度。在遥远的1912年，6岁的蔡楚生出现在这个破旧的乡下——他从出生地上海而来。蔡楚生，不但为这个现名集星的村庄争得荣誉，而且在中国电影的史册上留下了不朽的名字。在20世纪三四十年代，他就是中国电影的首席导演，执导了中国第一部在世界上获奖的电影《渔光曲》，并为中国电影奉献出了当时具有世界最高水准的《一江春水向东流》。

萧遥天，著名学者，书画家。1913年出生于潮阳棉城，长期侨居马来西亚槟城。涉潮主要著作有《潮州戏剧音乐志》等，饶宗颐教授对此书予以高度评价，认为全书征引浩博，论证精详，对戏剧史有巨大贡献。1985年，萧遥天写下一篇两千多字的短文《乡音》，倾诉他对于潮阳家乡的怀念之情，说自己"身虽离乡，心终像被一根长绳暗系，纸鸢虽飘向天边，长绳一收，就急急回乡""回家的情绪是'归心似箭，心在箭前'"。

陈大羽，1912年出生于潮阳。1944年，陈大羽游学京华，拜齐白石先生为师。一次，他画了一幅《雄鸡图》请恩师指教，大师仿佛看出了大羽的未来，遂命笔在《雄鸡图》上写下："有此画鸡之天分，天下人自有眼福，况天道酬勤。大羽弟应得大名。"果然，经过不懈的努力，陈大羽终于成为一代画鸡名家，他所画的公鸡，冠羽怒张、神采奕奕、昂首阔步、意气自得，令人奋发进取，颇具潮阳人的风韵，也可以说具有潮阳人的傲骨。

大海潮涌，新人辈出。在潮阳这片神奇的土地上，云蒸霞蔚，菁华翕聚。现当代名人除了蔡楚生、萧遥天、陈大羽之外，还有心理学家郭任远、红学家郭豫适、经济学家萧灼基及马大猷等15名中国科学院院士、中国工程院院士等。这一连串傲人的名字，无不昭示着潮阳地域自唐宋以后钟灵毓秀的文化氛围和"才人济济""文士跄跄"的独特文化现象，潮阳不愧为岭海文化名邦。

第二集　英雄之歌

潮阳文化，回环萦绕于边郡之地，呈现出长期稳定的地域文化积淀状态。在这里，来自中原的关帝与来自闽南的妈祖在毗邻的庙宇中共享香火，清悠儒雅的笛套古乐与刚猛壮激的英歌舞都为老百姓所喜爱，商埠学府一样繁盛，海内海外都是潮人的家乡……这种种奇特的文化现象，自古延续至今。

[英歌舞以磅礴之势在文光塔下、在莲花峰海边奔腾而出——

在潮阳文光塔下表演的英歌舞

[旁述：

潮阳英歌舞以豪放、遒劲闻名遐迩，被誉为"中国汉族男子汉典型舞蹈"。南方汉民族民间舞蹈向来以轻灵清秀为特色，为什么在粤东滨海一隅，会突兀地繁衍着这样一种只有雄浑苍劲、凝聚了黄土地厚重感的陕北腰鼓才能与之相媲美的英歌舞呢？

前面说过，潮阳置县1 600多年，莅潮忠臣良吏、文人墨客、爱国志士、知名僧侣等，多不胜数。他们爱国爱乡，揽物抒怀，留下了歌咏潮阳山水风物的华彩诗章，使潮阳各处自然景观得以人化甚至神化，孕育了潮阳民众与僻处一隅极不相称的、直接与中原文化沟通的、自豪而又儒雅的心态，这使得潮阳民众极易于接受来自中原的各种优秀文化传统。潮阳这种岭海文化的氛围，应该看作是英歌舞得以传衍滋长的先决条件。

[莲花峰文天祥石雕像……

宋代文天祥率兵抗元，转战潮阳，对于文天祥来说，他挥师南下，至潮阳这一南国海疆要隘聚众谋事，这也许仅仅是军事上的需要，但对于潮阳人民来说，却在心灵上永久地耸立起一座丰碑。文天祥忠烈双全，明知宋室将倾，却仍知不可为而为之，为国尽忠；兵败五坡岭被俘，解至燕京，囚禁三年，坚定不屈，以身殉国，烈骨如霜。其爱国丹心，惊天地而泣鬼神，久久地震撼着潮阳民众的魂魄，而潮阳民众自古以来似乎也在潜意识中孕育滋生了这种崇尚正义、景仰英雄的特殊性格。不然，为什么在文天祥莅潮之时，会有缅记唐代忠烈张巡、许远的双忠庙令其瞻仰进谒？

［双忠庙……

　　张巡、许远在安史之乱中死保睢阳，为国尽节。宋熙宁年间，潮阳军校钟英路过睢阳，因受韩愈《张中丞传后叙》影响，将睢阳双忠庙里的铜棍及双忠塑像带回潮阳，建庙奉祀，自此香火绵延。广东潮阳与河南睢阳，相隔何止千里！为何张、许二公在天南一隅独享香火？为何潮阳民众对张、许二公情有独钟？透过潮阳双忠庙的袅袅香烟，我们可以窥见潮阳人民崇尚正义、景仰英雄的虔诚的心态。文天祥进谒双忠庙，在心灵上与张巡、许远互相沟通，在形象上与之交相呼应，自此三个英灵萦绕潮阳的山山水水，试问有哪一个地方，有如此之巧合，如此的天、地、人浑然一体？——特殊的人文环境，孕育了潮阳民众的特殊性格，自然容易接纳繁衍特殊的艺术——英雄之歌（英歌）。

［英歌舞继续……

　　我们看潮阳英歌舞，虽有慢板、中板、快板三大类别，但不管是慢板的沉稳蓄势、中板的舒展优美，还是快板的威猛欢跃，其共同的一点是，都表现了一种置苦难于度外的洒脱、悠然、叱咤风云的精神风貌。潮阳英歌舞的气势和风貌，蕴蓄了潮阳民众在艰苦环境中磨炼而成的倔强、彪悍、勇于斗争的刚毅气质。这种精神风貌，与中华民族自古以来威武不屈、一往无前的民族精神是一脉相承的。一句话：潮阳英歌舞舞出了中华民族之魂！
　　潮阳位于潮汕平原南端，直接面海，长期迎风斗浪、抵御风灾海盗的艰辛生活环境，使这里的民众更多地具备搏击、凛冽、坚韧的气质，更多地具备男子汉的阳刚之气，可以说，是潮阳民众的刚毅性格丰富和充实了英歌舞这一中国典型的男子汉舞蹈。

［依次出现英歌舞、笛套音乐、剪纸"三瑰宝"命名相关镜头——
［旁述：

　　在海内外享有盛名的潮阳英歌舞、笛套音乐和民间剪纸，被誉为潮阳民间艺术"三瑰宝"。潮阳先后被原文化部命名为"中国民间艺术（英歌舞）之乡"，被广东省文化厅命名为"中国民族民间艺术（笛套音乐、剪纸）之乡"。2006年5月，潮阳"三瑰宝"全部被国务院批准列入首批国家级非物质文化遗产名录。

第三集　奇葩绽放

　　潮阳笛套音乐起源于宋代，是中原古乐之遗存，至今已有800多年历史。它随着南宋末年皇室南迁而流传于潮阳地区，后来经过历代民间艺人不断的传承、充实、加工，从而形成了独具潮阳乡土特色的笛套音乐，深深地扎根于潮阳这片沃土中。伴随着潮阳民众一代代繁衍生息，民间乐社遍布四乡六里，固守着笛套音乐的原生状态，体现着古远的雅致情怀，这是中国传统音乐一千多年生命遗传体的"基因"。
　　潮阳笛套音乐同其他优秀民间艺术一样，不知经历了多少风霜雨露，留下了多少古曲轶事，至今风韵犹存。它演进的历程印证了潮阳人民崇文尚德、艰苦奋斗的高贵品质，是追溯潮阳岭海文化与中原文化相互融合并不断传承发展的活化石。

　　["赏仙会" 笛套音乐演奏场面。
　　[旁述：

　　"赏仙会"是潮阳乐人所熟悉的一种传统民间音乐表现形式，起源于元代。当时也许是受宋代民族英雄文天祥挥师潮阳丹心报国精神的影响，潮阳乐人和宋代遗老们为铭记亡宋之恨，每年农历八月十八日晚，在棉城南坛演奏宫廷笛套音乐，借以怀念前朝，抒发愤懑之情。"赏仙会"代代相传，至今潮阳乐人仍以这种形式传播笛套音乐，可见潮阳笛套音乐源远流长、历久弥新。

　　[各种笛套音乐的演奏场面。

潮阳笛套音乐演奏场面

　　[旁述：

　　中国传统音乐有四大类型，即文人音乐、民间音乐、宗教音乐和宫廷音乐，潮阳笛套音乐属宫廷音乐，是宫廷音乐中的雅乐。

　　潮阳笛套音乐这种结构完整、配套齐全、富有逻辑性的传统宫廷古乐，具有多乐章套曲的特点。中小型搭配得当，称得起"麻雀虽小，五脏俱全"。在漫长的岁月中，乐工们辈辈相传，潜移默化地注入了潮阳的乡土特色，从而形成了既源于旧邦又兼有岭海的地域风韵，独树一帜，具有较高的艺术价值。中央音乐学院曹正教授盛赞潮阳笛套音乐是"盛开在岭南而永不凋谢的华夏正声"，"其'直、方、大、雅、正'的独特风格岿然屹立在当今民族音乐之林"。

在中华传统音乐文化的历史长河中，潮阳笛套音乐是其中一朵璀璨的浪花，只要我们珍惜她、呵护她，人类的文明史便会永远镌刻着这朵不同寻常的美丽的音乐之花。

[画面：显示潮阳剪纸各种样式的作品。

原汁原味的潮阳传统剪纸（黄少瑜剪）

[旁述：

剪纸，两个字分开来说就是"剪"和"纸"两种物质。"纸"，在中国文化和汉语中有着极为丰富的含义，几乎可以说，这个字凝聚浓缩了世间至关重要的人事风物；而"剪"则是一种解构工具，行之则不可逆转。它的出现，不在于"增"，而在于"减"，不在于"维持"，而在于"分离、削除"，还有"改变"。当脆弱的"纸"遭遇无情的"剪"时，难道是"破"，而不是"立"？这份神奇应该属于剪纸，天敌相遇，在破坏的同时，竟然也是一个新世界的创造。

[旁述：

在潮阳盛行的民间剪纸艺术，有着它深远的历史渊源。东晋"永嘉之乱"，大量的中原人南移。迁入潮汕的中原人，在潮汕这片大地繁衍生息，同时也带来了先进的中原文化、北方的风俗习惯和民间艺术。潮阳剪纸这一民间艺术形式，是由中原人南迁之后传入，并与潮阳的民俗相结合而存在、发展的。

[潮阳各地游神赛会、社日祭祀活动场面。
[旁述：

"平安是福"，是潮阳民众普遍存在的一种心态，也是一种朴素的追求。如果说北方剪纸的起源是为避邪镇恶，那么潮阳剪纸的起源则是为祈福纳祥。潮阳地处南疆一隅，依山傍海，特殊的地理位置孕育了多姿多彩的民俗活动，这些民俗活动成为潮阳文化一道亮丽的风景线，也为潮阳剪纸提供了生存发展的土壤。

[画面：附在酬神祭祀供品上的剪纸样式。
[旁述：

潮阳剪纸与民俗活动紧密联系在一起，过去人们在时年八节酬神祭祀办婚庆时，附在供品上的剪纸饰品琳琅满目，有荤类、素类、水族类、粿品类等各式花样，还有其他装饰供品的饰花以及戏剧、八仙等人物剪纸。这些剪纸饰品用于酬神祭祀中则多用"寿""福"等字样，用于办婚庆则多用"喜"或"囍"等字样，周边配饰回形纹、方胜纹、吉祥纹、欢庆纹等纹样，表示人们对美好未来的追求。

[画面：潮阳农村各地"赛会""赛桌"的场面及各式剪纸饰品。
[旁述：

"赛会""赛桌"是潮阳农村各地在酬神祭祀中一种常见的风俗习惯，同时也是潮阳剪纸争奇斗艳的大比赛。一个"赛"字，引出很多变数，同样的题材，同样的粉本，到了各位剪纸姑娘手中，竞技展艺，就能创造出令人叫绝的多姿多彩的剪纸艺术佳作。

[剪纸艺人展示剪纸技艺；各式剪纸作品图纹特写。

"叶逐金刀出，花随玉指新。"这两句诗是潮阳剪纸真实而又生动的写照。一代代的潮阳民间剪纸艺人把自己对生活的理解或感悟，扩展延伸到剪纸艺术的设计和创作中，通过灵巧多变的剪刀功夫和一丝不苟的"蚕食"，变成一幅幅出神入化的剪纸作品。

[剪纸展演活动及各级领导观赏潮阳剪纸的场面或照片。
[旁述：

一方水土养育一方人，一方民众创造一方文化，一方文化又塑造一方百姓。如果说，英歌舞最能体现潮阳人豪放伟岸的文化气度，笛套音乐最能体现潮阳人儒雅飘逸的文化气质，那么，最能体现潮阳人追求极致精美生活的莫过于潮阳剪纸了。潮阳剪纸是一种远古的文化源泉、一种艺术创作上的图腾美、一种智慧和灵气凝聚的印记、一种美好生活内容的缩影。它唤醒人们沉睡已久的怀古情结，它表现了人们对生活美的执着追求，它包含了多彩而丰富的美学意蕴。

潮阳民间艺术"三瑰宝"具有重大的历史、文学、艺术、科学价值。研究和弘扬这些优秀民间艺术，是为了让民族传统文化百花园中的这三朵奇葩得到更加精彩的展现，像潮阳文光塔一样，世世代代傲然挺立在潮阳的大地上。

第四集　赤子情深

［旁述：

潮阳区位于广东省东部沿海，面积 665.74 平方千米，人口 180 多万人，为汕头市所辖，是广东省著名侨乡。潮阳侨胞在海外经济大发展，但赤子情深，他们经常回乡，报恩家乡，慷慨捐资兴办公益事业，为家乡建设做出了积极贡献。

［叠印潮阳侨胞相关镜头。
［旁述：

当初潮阳人移民海外，筚路蓝缕、披荆斩棘地开发南洋的蛮荒之地，也许只是想到如何生存、如何繁衍后代，他们没有料到，在经历一个多世纪的风雨沧桑之后，他们那与家梓桑田永难割舍的赤子情愫，会最终使潮阳文化远播海外，成为世界文明的一大景观。

潮阳人移居海外，走的是一条血泪之路。千千万万破产的农民和手工业者，迫于生活的极端贫困，在走投无路的情况下，赤手空拳漂洋过海到南洋去。民谣"一溪目汁（眼泪）一船人，一条浴布去过番"生动地描绘了潮阳人离乡背井、冒险闯荡天下的悲壮情景。

［以下配以相应的镜头……

当今寰宇之内，几乎随处可见到潮阳文化的踪迹，可以说，有大海的地方就有潮声。潮剧、潮乐、潮菜、工夫茶、抽纱、陶瓷、漆金木雕等传统文化工艺品，已为世人所接受、所喜爱；而潮语，春节、清明、冬节等传统节日，祭祖扫墓、婚丧喜庆等诸多潮人民情风俗，更为世人所耳熟能详、久见不怪，被视为中国传统文化之一脉。

潮阳人对故土文化的深情眷恋，集中维系于潮剧。潮剧是潮阳文化的代表，以海外潮阳人为主要服务对象的专业和非专业的潮剧表演团体及其活动，是潮剧一种特殊的生存形态。据考证，潮剧以戏班形式到南洋演出起码始于一个多世纪以前，20 世纪三四十年代是海外潮剧的黄金时代。

历史上，泰国是潮剧海外演出最早，也最为兴盛的国家。潮剧跟随潮人乘红头船进入泰国已有 200 多年的历史。至 1930 年前后，形成了以曼谷为中心的海外潮剧基地，潮剧戏班多达 20 余个。在曼谷街头、朱门绣户里，不时可听到潮剧委婉的唱腔和潮州弦乐的袅袅之音。泰国，可说是潮剧的第二故乡。

工夫茶与潮剧可说是潮阳文化的双璧，潮阳人无人不晓工夫茶。当年潮阳人漂洋过海谋生，也许孑然一身，也许身无长物，但在这些"打起包裹过暹罗"的包裹里，必定装有一套工夫茶具——这是潮阳文化一个最独特的现象。潮阳人好茶之风，举世皆知；潮阳人泡茶的工夫，举世称奇。工夫茶发展至今，已成为一种茶道、一种茶文化。有人还誉称其是茶文化的高峰，总结为"和、爱、精、洁、思"五字，认为工夫茶不是专为解渴，而是一种合乎道德、科学和艺术的真善美的高级享受。如今工夫茶已随着潮阳人的足迹，香遍五洲四海。当客旅异邦的潮阳乡亲一壶在手，三两邀茗，那真是乡情洋溢，其乐何如？如果此时更有一轮团圞明月临空俯照，那情那景，真可谓人生极致。

[旁述：

海外潮阳人对故土文化的眷恋情结，产生了值得重视的海外潮阳文化。海外潮阳文化是潮人文化的重要组成部分，海外潮阳人的拳拳赤子之心，是海外潮人文化得以绵延的原动力之一。

[展示潮阳有代表性华侨的相关画面……

潮阳文化归属于潮人文化。潮人文化是一种源远流长的地域性群体文化。要准确地描述潮人文化，离不开两条基本线索：一是中原文化与海洋文化的交融，二是海内与海外的联系。中原文化与海洋文化交融的结果，产生了源于邹鲁又异于邹鲁、独具岭海风情又兼有旧邦风韵的岭海文化。海内与海外的联系使潮人文化绵延于海外，产生了成为世界文明一大景观的华侨文化。最能体现华侨文化的物证便是侨批。

[展示潮阳侨批的镜头……
[旁述：

19 世纪前期至 20 世纪 70 年代，在海外华侨华人的侨居地与包括潮汕在内的东南沿海各地的侨乡之间，曾长期流行着一种侨民用以赡养家眷、维系海内外血脉亲情的银信交往方式——侨批。

侨批是华侨血泪的记载，侨批是潮人诚信的见证。一封封饱含华侨血泪和汗水、寄托着华侨热盼和期望的侨批，演绎着一个个悲欢离合、酸甜苦辣的故事，叙说着他们之间坚守中华民族传统美德，讲孝义、讲诚信的故事……

[展示汕头市侨批馆的展品……

侨批还直接说明了华侨文化的核心便是海洋文化。形成海洋文化有两个必要的经济条件：商品与自身体制外的市场。侨批的流动，实际上已经是市场经济的一种表现形态。

海洋文化熏陶的另一个直接结果，是使生活在山与海之间的潮阳人，义无反顾地背山而面海。那蓝蓝的、辽阔的大海，寄托着潮阳人梦一般的想象，海天远处，有的是说不尽的灵动和舒广。正是这种想象，促使潮阳人挣脱土地的狭迫，体现出强大的向外发展能力和强烈的竞争力。"闯南洋""闯世界"显示出潮阳人文化中的冒险、开拓、进取、容纳、创新、开放的精神。潮阳人的人格秉性是"刚柔兼具、动静相济"，但是，在潮阳人的骨血里，更多的是搏击、进取、开拓的气质，更多的是阳刚之气，不然，我们就无法解释为什么潮阳古郡会一直传留壮怀激烈的大锣鼓，为什么会风行源于北方山东而今只存留在这方土地上的、具有亚洲雄风的男性舞蹈英歌舞；不然，我们就无法解释为什么潮阳人的足迹会遍及世界每个角落，为什么潮阳华侨社团会以鼎盛的财力扬帆于世界商海之巅。潮阳人文化心态中的敢于革新、经世务实、重商求富的秉性是名闻寰球的。

…………

［旁述：

潮阳是我们生生不息、大展宏图的热土；潮阳文化，是我们的精神寄托之所和心灵获得慰藉的乐土，也就是我们的精神家园。在浮躁喧闹的世界里，精神家园是一方可供自己独处思辨、驻足遐想的乐土；精神家园，更是一处情感蕴积、能量蕴藏、生机蕴发的绿洲，是一座养精蓄锐、整装待发、扬帆远航的港湾。

拥有精神家园的潮阳人是幸福的，这是潮阳人灿烂生命的摇篮，也是潮阳人辉煌创造的温床。

海洋是流动的，流动的海洋使潮阳文化充满生机；潮阳是活跃的，活跃的潮阳使汕头经济特区更增添活力。潮阳文化源远流长，潮阳文化充满希望。潮阳人民正扬起世纪的风帆，迎向大海，去挥洒当代潮阳人的阳刚之气，去展示和创造潮阳文化的雄浑和壮丽！

［在《那是我的故乡潮阳》的歌声中叠印潮阳建设新貌……
［推出制作人员、制作单位名单。

（一稿写于 2013 年 12 月 20 日，二稿写于 2014 年 2 月 16 日；载汕头《潮声》杂志 2024 年第 1 期）

电视系列剧

荔枝叹[①]

> 心似已灰之木，
> 身如不系之舟。
> 问汝平生功业，
> 黄州惠州儋州。
>
> ——苏东坡《自题金山画像》

[前言]《荔枝叹》是被人们忽视的一首诗，但非常值得我们重视。我 1982 年到惠州收集苏东坡的资料时，一看到这首诗，立刻就被震撼了！这是苏东坡继黄州被贬之后再度被贬。个人的遭际使他清醒地认识了朝廷的政局；与人民的亲近使他更关心他们的疾苦，两者互为因果，苏东坡终于发出"你我灾祸同源"的愤慨。他非要啖食"绿罗衣"，实际上是对朝廷的反抗。苏东坡通过《荔枝叹》这首诗，写出了朝廷对惠州荔枝等各种地方贡品的豪夺，揭露了当权者的骄奢淫逸。电视系列剧《荔枝叹》围绕赏荔枝、尝荔枝与写荔枝展开戏剧冲突，勾画出苏东坡落拓不羁、藐视权贵的性格特征，戏的基调是凝重的，与大家普遍印象中"一蓑烟雨任平生"的苏东坡有所不同。

惠州西湖苏东坡雕像

---

① （电视系列剧《东坡三折》共三集：《赤壁怀古》《荔枝叹》《桃榔庵》，这里选载的是第二集）

宋哲宗绍圣元年（1094）。

深秋。

风轻云淡，江天同碧。一悬孤帆出现于水天远处，沿着东江飘飘而来。

江波不兴，船带微澜。苏东坡孑然伫立船头，睿智的眼睛忧郁地扫视着林木萧疏的江岸。仪态贤淑的王朝云从船舱中走出，将一件绯色公服轻轻地披在东坡身上。东坡转过身来，抚爱地为朝云拢拢被江风吹乱了的高鬟。朝云依偎着东坡，一同眺望江面。

前面不远处，一叶扁舟停泊江心。秋江钓叟与小女超超背向东坡船来方向，正在凝神钓鱼。

船家欲吆喝钓叟让道，东坡止之，遂令减慢船速，悄悄靠上前去，停接扁舟后艄。

饵标沉入水里，钓叟一横竿，又迅速地往上一拉，一尾白光闪闪的鲢鱼随线而出。

"好！"东坡喝一声彩。被惊动的钓叟父女这才转过身来。

东坡笑吟吟地："钓叟好功夫！"

钓叟眼含戒意地打量着东坡，蓦地，他睁大了眼睛："哎呀！大人是当朝荣宠之臣，下民冒昧挡道，万望恕罪！"急携超超下跪叩头。

"哈哈哈！"东坡步下扁舟，扶起钓叟父女，"钓叟放心，我不是什么荣宠之臣，却是个谪贬文人。"

钓叟不解："谪贬文人?!"

东坡点点头："我且问你，你可听说过苏东坡这个名字？"

钓叟："啊?! 您就是苏……苏学士?!"

东坡："正是鄙人。"

钓叟忙不迭地拉过超超："超超，你经常诵读的'大江东去'，就是这位大人作的，他就是当朝有名的苏东坡大学士呀！"

超超明眸楚楚，崇敬十分地上前施礼。东坡颔首，喜爱地看着超超，回头招呼朝云道："子霞，快下来看看，这小姑娘倒有几分你当年的神采呢！"

朝云应声启步，东坡携之下舟。

钓叟热情地说："惠州城就在前面，让我送大人一程，好吗？"

东坡乐呵呵答道："好！好！秋江泛舟，亦人生一快也！"

扁舟撑离大船。

苏过手拿一卷书从船舱中钻出，向东坡喊："父亲！我跟您去！"东坡："你这个书呆子！哈哈哈！"

轻舟如飞，转瞬间就把大船远远地抛在后面。

一棹波心，岸景逝去。

（演职员表逆舟行方向渐次出现）

（推出片名：《荔枝叹》）

州府默化堂。

石刻：宁远军节度副使惠州安置苏轼题。

当院一株葱郁的荔枝树，枝叶蔓蔓，黄芯初吐。

树下，太守方子容向东坡介绍着："惠州地处岭南，盛产荔枝。这株经年荔枝树，就是名闻京城的'绿罗衣'。"

东坡抬起头，颇有兴致地观赏着："人说百闻不如一见，我看百见却不如一尝！可惜！可惜！"

子容笑态可掬："坡公，这倒不必可惜，再有三四个月，您就可以一饱口腹了！走，咱们还是把这盘棋下完了吧！"

正厅。

东坡执白子，心不在焉地往棋盘上一放。

子容看着东坡，关切地说："坡公宦海浮沉，以子容看来，似和先生下棋的心意有关。"

东坡不解："怎的和下棋有关了？"

子容："先生下的是君子棋，不重得失，不计胜负，以如此心意处理政事，岂有不败之理？"

东坡不禁思忖起来。

西湖。

岸烟笼野，湖气弥空。栖禅寺遥峙对岸，溟蒙在望。

子容偕东坡、朝云沿湖岸款款而行，吏卒随侍。东坡眼见林木泛青，湖山虚渺，不禁诗兴盎然："子霞，你看，同是西湖好风景，惠州何必让钱塘！南圭兄，世间清福本不难，清福只要湖与山。对一湖水，读万卷书，真是人生一快也。"子容赞道："先生文思泉涌，真是妙语如珠啊！不过，子容倒有一言奉告，不知……"东坡爽快地应道："你尽管说！"子容道："先生迭遭文字之累，此后书赋诗词，当为先生大忌。"东坡："你的意思是——"子容恳切道："我是说，西湖虽好莫题诗啊！"

东坡怅然，意兴顿减。

子容："先生，绕湖路远，我们还是快点走吧。"

凉风四侵，万籁俱寂。东坡数人默默前行。

栖禅寺。

碧瓦飞檐，高桓翠柏。

寺院深静，佛像威严。希固和尚仪观甚伟，端坐蒲团，合掌诵经，两个小沙弥一个敲磬、一个上香，接引东坡一行。

希固兀自闭着眼睛，不理来人。子容等得急了，正待启口，东坡笑着抢上前去，合十施礼道："高僧至诚，他日必成六祖。"希固微启双眸，懒洋洋地答道："成则便成，何必他日；我自我成，何必六祖？"东坡顿觉此僧有趣，又戏之道："善哉，善哉。学道有涯，佛名遂成；人我俱忘，双目皆空。"希固忽地圆睁双眼，嗔道："了无一言真，莫怪浮屠人！"说着又要闭眼，东坡哈哈大笑："且慢且慢！高僧，我就是要你开开眼，看看来人是谁！"希固忽地圆睛炯炯，一改傲态，急起身施礼："啊，东坡居士！久仰！久仰！勿罪！勿罪！坐！请上坐！"对小沙弥说："茶！敬香茶！"

东坡得意地对子容："佛门有缘！佛门有缘！哈哈哈！"

东坡一行步出寺外，希固送出，一一揖别。

湖畔传来苏过的喊声："父亲，往这边来！"

手执书卷的苏过和钓叟父女在扁舟上迎候东坡一行。

东坡拱手："钓叟，有劳有劳！"

钓叟："哎，苏大人说哪里话！要是大人早点告知，又何必绕湖而来！"不远处一群正在休憩的樵子见有扁舟摆渡，便挑了柴草走近前来。东坡见状，对钓叟道："钓叟，请你先把他们渡过去吧，我们在这里稍候。"

钓叟应允。樵子兴高采烈地拥到舟前，渐次登舟而去。

子容略显不悦。

东坡："南圭兄，从这里到对岸修一堤，如何？"

子容摇头："难啊！"

东坡凝视湖心，捋髯沉思，神色黯然。

合江楼。

浮云盖月，夜幕凝重，江溪合流处，闪动着微弱的白光。远处大江渔火零落。

三更鼓响。

东坡倚坐窗台，呆呆地望着了无生气的夜色。朝云坐在案桌边，就着昏黄的烛光缝补长袍，不时抬头忧心地看着东坡。

良久，东坡长叹一声，起身踱步。

朝云跟着站起，声音凄楚地："先生，夜深了，您歇息吧！"

东坡缓缓转过脸来，眼蒙泪花，轻声嘱道："子霞，把你的琵琶拿来。"

朝云会意，默默地走入内房，出来时，改换了装束，上穿红绸衣，下系荷花裙，胸前斜抱琵琶，轻移莲步，已然是歌姬之态。

朝云转轴拨弦，柔媚地向东坡道："先生喜欢听哪首曲子？"

东坡不假思忖，随口应道："还是那首'花褪残红'吧！"

朝云秀眼含冤，轻弹细捻，歌声哀婉凄绝：

> 花褪残红青杏小。
> 燕子飞时，
> 绿水人家绕。
> 枝上柳绵吹又少，
> 天涯何处无芳草。
> …………

东坡正凝神倾听，抚髯有思，忽地歌停琴静。抬头望去，只见朝云双眉紧蹙，已是哽咽有声，泪落衣襟了。

东坡略感不快，不禁嗔道："我要你为我解愁，你却顾自伤感起来，唉！"

朝云泪眼盈盈，欠身言道："先生不要生气，不是妾身不为先生解愁，只是此曲词句凄切，不免使我感怜身世，故而唱不下去……"说着，竟又嘤嘤啜泣起来。

东坡心中一阵酸楚，怆然近前，俯下身子为朝云拭泪，柔声道："子霞，是我错怪你了。我作的这首《蝶恋花》，本来就是伤春小词，也难怪你触景伤情……"说着自己竟也禁不住地哽咽起来："子霞，你随我万里南迁，是我害得你受苦了……"朝云抬起头，泪眼含情地望着东坡："不，这是我自己愿意的，我愿意伺候先生一辈子……"东坡把朝云紧紧拢在胸前，摩发抚爱："子霞，只有你最体谅我的心情……"

窗外天色不知什么时候悄悄地发白了，琵琶叮咚之声又悠然响起，朝云眼圈暗红，继续唱着那首《蝶恋花》——

…………

墙里秋千墙外道。

墙外行人，

墙里佳人笑。

笑渐不闻声渐悄，

多情却被无情恼。

东坡听着听着，竟睡着了……

京都宫坛。

仪卫整肃，布列内外。

哲宗虔诚侍祭。——如仪。

礼毕。

哲宗信步宫坛游览。宰相章惇随侍左近。

哲宗显见心事重重，忽视章惇道："爱卿，今秋祭告先祖，例当大赦，元祐诸臣该赦否？"

章惇作揖道："禀皇上，元祐诸臣借修先帝实录，窜易增减，诬毁先烈，变易法度，向无事君之义，今谪而不诛，已示皇上仁慈之心，依愚之见，实不该赦。"

哲宗："只是苏轼，乃朕恩师，或可召用？"

章惇："轼凡所作文字，讥斥先朝，援古况今，多引衰世之事，以快愤怨之私，如此异意之臣，即便曾膺侍读，岂可任用？且近闻于惠州尝作小诗，放泄孤愤……"

哲宗："苏轼又作诗泄愤？"

章惇："正是。"

哲宗："且将诗句道来。"

章惇："白头萧散满霜风，小阁藤床寄病容。报道先生春睡美，道人轻打五更钟。"

哲宗哈哈一笑："这只不过闲诗一首罢了。"

章惇诡秘地说："皇上有所不知，苏轼获罪南谪，尚有如此心境，显见并无悔罪之意，如此悍逆之臣，当为心腹之患。"

　　哲宗："依你之见？"

　　章惇："臣意再贬南海瘴地。"

　　哲宗摇摇头："且慢——"

　　章惇："皇上意欲如何？"

　　哲宗："可差人到广南提点刑狱，顺此监察，若有倒行逆施，再贬不迟。"

　　章惇："遵旨。"

　　菜园子。

　　芳草池塘，柳丝依依。

　　一只木斗左右摆动，荡开漂浮在水面上的柳絮，舀满了水，又被慢慢地提起。

　　斗把上的手，苍老而又微微颤抖着。

　　水溅湿了长袍。

　　东坡吃力地为菜苗浇水，朝云在前面种着。

　　钓叟走进菜园，超超提着一串小鱼跟在后面。

　　钓叟："苏大人！"

　　东坡艰难地站直了身子，眼前一阵昏花，竟一时没有回应。

　　钓叟关切地上前搀扶东坡："哎呀，苏大人，您身体欠安，怎么不在家歇息啊！"

　　东坡稳住了神，苦笑言道："此时不种，就难以为继了。"

　　钓叟同情地看着东坡，又从超超手中接过小鱼，说："超超，快帮帮手！"超超应声接过东坡手中木斗，快步到塘边提水。

　　钓叟将鱼递给东坡："苏大人，聊以为炊吧。"

　　东坡高兴地接过："好！好！这回我做一道杭州名菜糖醋'宋嫂鱼'让你尝尝。"

　　钓叟："苏大人，你喜欢吃鱼，以后我常给您弄些来，不过，钓鱼这营生我想着不干了。"

　　东坡诧异地："为什么？"

　　钓叟："上回大人遇见过的那群樵子，总缠着我给他们摆渡，让我收些零碎银子，我算计着这样也好，总是一桩好事。另者，我也想让超超腾出身来，到大人身边当个使唤婢女，不知大人意下如何？"

　　东坡不免思忖起来："这个……摆渡自然是好的，只是超超到我这里使唤，怕是太委屈了她。"

　　钓叟："超超跟在大人身边，闲常也可听听大人吟哦歌咏。如大人有暇，能教得她懂些词牌曲律，这倒也是她的心愿。"

　　东坡朝正在弯腰浇水的超超看了看："嗯，这小姑娘倒是灵秀可爱，就让她来吧。"

　　钓叟高兴地："超超，快来拜见老爷老师！"

　　超超飞步奔来，对着东坡恭恭敬敬地行了拜师大礼。东坡喜爱地把她拢在身边，又向朝云招手道："子霞，给你添个伴儿，快过来！"朝云欢跳着跑过来抱住超超，响起一片清脆的笑声。

东坡转过脸来，不放心地看着钓叟："摆渡是个力气活，超超走了，你一个人恐难干得！"

钓叟："眼下几个樵子，还能应付。"

东坡感叹地："要是能修一道堤就好了……"

钓叟点头："这倒是长久之计。"

东坡："只是此事……唉！"

钓叟："大人因何叹气？"

东坡："我是谪贬之人，难以从事啊！"

一阵小鸟啁啾之声传来，东坡望着轻飞入云的鸟鸢，戚然道："它们是多么自由自在啊！"

合江楼。

东坡病态恹恹，斜靠榻上，失神的眼睛瞟着壁上的条幅，那上面是他手书的《念奴娇·赤壁怀古》：

大江东去，浪淘尽，千古风流人物。故垒西边，人道是，三国周郎赤壁。乱石穿空，惊涛拍岸，卷起千堆雪。江山如画，一时多少豪杰！

遥想公瑾当年，小乔初嫁了，雄姿英发。羽扇纶巾，谈笑间，樯橹灰飞烟灭。故国神游，多情应笑我，早生华发。人间如梦，一樽还酹江月。

东坡兀自轻声吟哦。吟罢，感慨唏嘘。

朝云扇着药炉子，正在为东坡煎煮汤药。见东坡长吁短叹，便起身走到榻边，轻轻地为东坡拢好被子，柔声劝道："先生千端往事，不过是一场大梦。还是看穿忧患，清心省事，皈依佛门吧！"东坡微微摇头，道："我落得今日境地，虽因自作多情所致，然人生在世，本不应只是独善其身，还须兼济天下！可惜我是力不从心了……"东坡嗟叹良久，忽对朝云道："子霞，你把我那件公服取来。"朝云不解："您冷吗？"东坡淡淡一笑："不，我另有用处。"朝云只好转身取来公服，送到东坡面前。

正在这时，超超由外面走入，对东坡道："老爷，希固和尚来了。"东坡喜道："来得正好，快请！"

说着话，希固已一步跨入房中，早把一只铜钵伸将过来。东坡一怔，但又随即会意，笑着道："这么说，你我是心有灵犀一点通了！"说着将公服往希固眼前一递："这件皇上赏赐的公服犀带，我就捐了修堤吧！"希固称道："善哉！"顾自收起公服，托着铜钵转身走了。

西湖。

环湖连碧，新荷初绽。

大堤破土动工。渔夫樵子举锄抬筐，扛石打桩，一片繁忙。

东坡站在希固身旁，不时指指点点，同希固交谈着。

艳阳斜照，东坡苍白的脸上，红晕浅露，神采已非昔比。

荔枝浦。

绿荫楚楚，红果累累。

一泓绿水从荔枝林潺潺流过，绿荫尽处，露出酒寮一角，一杆酒旗迎风飘荡，上写寮号"岭南春"。

东坡父子走近酒寮。东坡驻足，将信将疑地看着酒旗，不以为然地摇了摇头："好大的口气！"

白发青裙的林婆闻声走了出来。

林婆施礼道："客官请坐。"

东坡彬彬有礼："敢问婆婆，此处可有名酒？"语气却有眇薄之意。

林婆不卑不亢地："寒舍有酒'岭南春'。"

东坡："嗬，我倒要尝上一尝。"

林婆一拱手："请进。"

东坡父子入座。

林婆斟酒。

东坡小心地端起酒杯，小呷一口，顿露惊异之色，不觉神旺胆壮，欣然而饮，连声赞道："妙哉！妙哉！此酒不杂世味，清醇天然，果不负'岭南春'大名也！"说着毫不辍口，竟将一壶酒都喝光了。

东坡大声招呼："婆婆！再把酒来！"

林婆却故意倚在门口，并不动身，只笑笑地对东坡道："客官海量，只恐不是名酒，坏了肚肠。"

东坡顿时耳赤，忙起身施礼道歉："婆婆不要介意，在下是有眼不识泰山。"

林婆不禁豁然一笑："客官言重了。其实这也不是什么名酒，只是用荔枝酿成的荔枝酒罢了。"

东坡眼睛一亮："荔枝！荔果是个什么样子？"

林婆指着寮外挂满丹红果实的荔枝林，对东坡道："客官刚才就从那荔枝树下经过，那树上的红果就是荔果，想必客官是初到岭南，故而竟不识得。"

东坡点头赞道："嗬，想不到这小小红果就是荔果，且有如此美味。"

林婆盛情地说："客官稍待，我去取些来与客官尝尝鲜。"

少顷，林婆用竹盘盛了荔果出来，放在东坡面前，东坡也不怠慢，伸手抓住一个荔果，张口就咬，岂料一口咬下，旋即蹙眉结舌，随口又吐了出来。

"哈哈哈！哈哈哈！……"林婆笑得眼泪都迸将出来，待笑得够了，这才伸过手来，把荔果一个一个掰开，放回盘子上。

东坡吃着赤龙珠一样的荔果，摇头晃脑，津津乐道："啊！海山仙人绛罗襦，红纱中单白玉肤……"

苏过却故作庆幸之态，意在言外道："万幸！万幸！这回不是我当书呆子！"

东坡瞋目佯怒："哼！"

苏过忍俊不禁，"扑哧"一声连荔果都喷了出来。东坡意浓情酣，不由诗兴大发，对林婆道："婆婆，贵舍可有文房四宝？"

林婆高兴地："有！有！"说着将一应物件都摆在了桌面上。

东坡见状，情知林婆不属凡辈，自语道："我何不试她一试！"于是，客客气气言道："婆婆，我与你对对子，如若你对得好，我便题诗相赠；如若你对不上，我便赊欠酒钱，如何？"

林婆坦然笑道："老妇洗耳恭听。"

东坡不假思忖，随口便吟了一句："不雨山常润——"

林婆即刻应道："无云水自阴。"

东坡见林婆如此从容，兀自一惊，但旋即又吟出一句："涧水流日月——"

谁知话音刚落，林婆接上又是一句："山云无古今。"

东坡不由赞道："好！对得好！妙！对得妙！"随即铺纸研墨，便要挥毫。

苏过瞪着东坡，提醒道："父亲，您又要题诗？"

东坡不禁一愣，旋即又自慰道："我只写景状物，谁奈我何？"说着稍作沉吟，挥笔而题：

> 罗浮山下四时春，
> 卢桔杨梅次第新。
> 日啖荔枝三百颗，
> 不辞长作岭南人。

题毕，东坡掷笔，焕然言道："婆婆，如何？"

林婆低低吟诵两遍，大喜过望，谦言道："客官大树参天，老妇望尘莫及啊！"

东坡得遇知音，心中宽慰，尊敬地问道："且问婆婆因何屈居此处？"

林婆淡然一笑："老妇原为酒肆歌女，今日居此，正是适得其所。"

东坡不禁摇头叹息："唉，当今之世……"心绪沉重起来。

这时，林婆已潸然泪下，东坡关切地问道："婆婆可另有隐衷？"

林婆却只是啜泣，低头不语。

东坡："婆婆，难道你信不过我？"

林婆抬起泪眼，仔细端详着东坡，眼睛慢慢明亮起来："难道您就是苏……苏学士？"

东坡："正是鄙人。"

林婆一把拉住东坡，颤声道："苏大人，我唱过您的曲子……您怎么被……被贬到这里来啦？"

东坡："唉，一言难尽……你先说说，你到底有什么冤屈？"

林婆："二十七年前……"

东坡："啊，那是熙宁元年……"

林婆："当年，亡夫人称'东江蛟龙'，练得一身好水性，受官府之命，年年以船运荔出岭。……那一年，他载运贡果'绿罗衣'，不慎江水泡烂几颗荔枝，他用随身所带荔枝补足，不意竟成欺君之罪，被活活打死在路上……"

东坡愤然道："啊，又是此类皇室之事！"说罢慢慢踱了开去，自语道："那时，大宋江山欲坠，民不聊生，我曾上书，可是……"说着，呆呆地望着荔枝林，神色黯然。

林婆已复常态，她走上前去，劝慰道："苏大人，不必为我伤了雅兴……"

东坡望着林婆，慨然道："不，你我灾祸同源啊！回首当年，心广志壮，忠君报国，谁料国败至于今日，我也落得如此境地……唉！"

万籁俱寂。酒寮门前的潺潺流水，却发出淙淙清响，不息地向东流去……

默化堂。

满树荔果粲然在目。

苏东坡带着朝云、苏过和超超走进大门。

东坡神色凝重："这就是有名的'绿罗衣'，咱们都尝尝。"

吏卒在旁不敢言语，只是惶惶地看着。

一颗鼓圆猩红的荔果悠悠垂曳，东坡的手看看将及，却又总差分毫。

东坡气喘吁吁，四顾寻找可攀之物，堂下空空如也。

苏过也帮着搜罗，却只是空忙。

正在此时，大门外飘然走过一个江湖玩猴者，一只毛色发亮的猕猴蹲在游者肩上，小眼睛东张西望。

东坡眼睛一亮，大喜道："有了！"随即趋出门去。

东坡牵着猕猴走回，示意它攀摘荔果，只一松手，那猕猴已缘树而上。

猕猴在树上脚蹬手拧，荔果纷纷落地。

东坡口手殊捷，大吃荔果，余众亦均畅怀。

那猕猴看看荔果遍地，便不再奔忙，竟顾自蹲在树枝上也啃将起来。

东坡看着有趣，拍拍游者肩膀，夸奖道："这只猕猴颇通人性，是只好猴！"

游者只是憨憨地笑着。

东坡吃得够了，竟自惬意地拍拍肚皮："人生涉世本为口，南来万里真良图！"

朝云嗔道："先生又要作诗?!"

东坡哈哈大笑："东坡从此再不作诗，只是游戏玩耍，如同这猕猴一般，如何？"说着大家也都笑了起来。

东坡忽作憨状，又拍拍肚皮道："超超，你知道我腹中是何物？"

超超不解其意，只好小心翼翼地说："老爷腹中是一肚子荔枝。"

东坡摇头："不是。"

苏过："是一肚子文章诗词。"

东坡又摇摇头："也不是。"

游者也乐了，凑过来说："大人是一肚子谋略经济。"

东坡："更不是。"

朝云忍不住，一字一板地说："学士一肚皮，都是不合时宜。"

东坡笑着说："这个才说得是。"

苏过不由赞道："还是二娘深思熟虑，一言中的啊！"

众人言笑之间，吏卒早已飞报太守方子容，子容正在家中吟诗挥毫，闻报掷笔而来。

子容一步踏进门槛，眼见果皮狼藉，不由惊怒交加，一时竟定在原地，怔怔地说不出话来。

东坡回头一看，不慌不忙地走近子容，就要伸手搭扶——

子容稍稍回过神来，他一手扫开东坡伸来的手臂，颤声道："祸闯得大了……"

朝云一听"祸"字，几欲昏倒。

东坡却只是冷冷一笑："南圭兄，这祸从何来？"

子容朝天长吁了一口气，僵板板地说道："触犯皇上，祸从天降啊！"说着，他耐着性子，拉着东坡坐了下来："大人岂不听闻，当朝贵妃乃巴蜀人士，自幼嗜好尝荔，皇上宠爱妃子，每当岭南荔红季节，便钦令采摘'绿罗衣'进贡京城，而且定数、定日、定时辰……"

东坡早听得不耐烦，劈头问道："何以叫作定数、定日、定时辰？"

方子容咽咽口水，认真答道："定数就是五百六十二对，一对不能少；定日，就是今天黄道吉日；定时辰，就是今夜子时，带露采摘。"

东坡不屑地："非得子时？"

方子容："就是子时。"

苏东坡："我就缓它一刻。"

方子容："半刻也不成。"

苏东坡："要是子时打雷？"

方子容："雷打不动。"

苏东坡："要是子时下雨？"

方子容："风雨不改。"

苏东坡："要是子时死人？"

方子容："死活不管……咳！苏大人，这定时、定日姑且勿论，要命的还是定数啊！"

东坡不假思索，脱口应道："自古道：天有不测之风云，人有旦夕之祸福。这风吹雨打，料之不及，却如何能保得定数？！"

方子容一时语塞，半晌才想出一句："这……这是皇室所定，谁也违背不得啊！"

东坡："要是万一短了数，就从别的树上拣大的凑凑，不就成了！"

子容摇了摇头："这'绿罗衣'的色泽、味道，不是其他荔枝可以替代得了的。万一再加上个欺君之罪，那就得身首异处啊！"

东坡愤然道："什么一颗也不能动、定数进贡，那全是欺人之谈！这京城里的事，我还略晓一二。不管什么贡品，上送中途，还不是层层盘留？就如冰块一般，待送到东京，其实已所剩无几了。好在皇上、美人也只图个新鲜，哪里吃得了许多！"

子容叹道："唉，我们地方州府，只管贡果、贡茶、贡花，京城里的事，谁个敢问？"

东坡快言快语："什么贡贡贡！说到底，还不是为了争新买宠！"

子容顿觉不快，但碍于东坡面子，也只是怏怏言道："苏先生，这倒也不能一概而论，谁也推托不得啊！"

东坡："虽然推托不得，到底也只是一宗闲事，你却时时挂记在心；西湖修堤，有益于黎民百姓，为何你倒不理不问？"

子容瞠目结舌，一时语塞。

东坡自觉言重，歉然笑道："南圭兄不必介意，苏某向来如此，想什么说什么。说起来，还是这宋室皇族只顾享乐，为了口腹之欲，竟不惜劳民伤财！"东坡说得兴起，竟语词突锐，慷慨激昂起来："王荆公变法，我并不反对，可是他主张先变法而不先任人，这如何行得通呢？没有良臣，何施良法？君不见唐时宰相李林甫，处处谄谀玄宗，为博杨贵妃欢心，飞骑送荔，不知摧残了多少人的生命！当朝丁谓、蔡襄，还不都和李林甫一样！由这些人把持朝政，新法何以得行，旧法又何以得改！"

子容听得胆战心惊，急阻道："苏先生扯得远了。"

东坡顿了一顿，又接着说："当今皇室，竟重蹈汉和帝、唐玄宗之覆辙，此弊害千端，世人谁个不明、谁个不恨？！"

子容吓得身子都快瘫了，连连劝道："坡公千万不要再说了，别有个好歹……"

东坡凛然道："我已被贬到此，还能再贬到哪里去？"说着扶住子容，正色道："南圭兄，这'绿罗衣'之事，全都由我担当，如恐口说无凭，也可立字为据。"

子容一听，却也来了精神，急言道："对！苏先生不妨立个字据，就说'绿罗衣'如此如此，想来先生曾为当朝大学士，即使有罪，谅也不重，就这么办了，如何？"

东坡应允道："好！就立个字据！"

子容陡然一振，吩咐左右："笔墨伺候！"

文房四宝顷刻已端了上来，东坡铺笺提笔，正待挥毫，却又止住。

子容见状，怕东坡竟而不写，急催东坡下笔。

东坡却慢慢将笔放下，在厅上踱起步来。

东坡竟自吟哦起来，其情难抑：

——透过阶前红绿相间的荔枝浓霭，他仿佛看到"东江蛟龙"的鲜血正在无声地流淌……

——透过阶前红绿相间的荔枝浓霭，他仿佛看到岭南交广路上的滚滚风尘，役夫死亡枕藉，骷髅模糊……

——看着"绿罗衣"那平滑而红紫相间的果壳，他仿佛看到唐玄宗正剥开这露滴未干的荔果，递给杨贵妃。杨贵妃伸出纤纤玉手，将晶莹似珠的荔枝肉塞进小嘴里，破颜一笑……

——看着"绿罗衣"那平滑而红紫相间的果壳，他的思路忽然变得漫无边际——他忽而想到唐时的李林甫，忽而又想到当朝的丁谓、蔡襄、钱惟演。他一会儿想到贡荔，一会儿又想到贡茶、贡花……

东坡情驰意骤，奔向案桌，奋笔疾书。

一番凤跱龙拿，全幅浑然写就，竟是一首《荔枝叹》：

十里一置飞尘灰，五里一堠兵火催，
颠坑仆谷相枕藉，知是荔枝龙眼来。

飞车跨山鹘横海，风枝露叶如新采，
宫中美人一破颜，惊尘溅血流千载。
永元荔枝来交州，天宝岁贡取之涪，
至今欲食林甫肉，无人举觞酹伯游。
我愿天公怜赤子，莫生尤物为疮痏，
雨顺风调百谷登，民不饥寒为上瑞。
君不见，武夷溪边粟粒芽，前丁后蔡相宠加，
争新买宠各出意，今年斗品充官茶。
吾君所乏岂此物，致养口体何陋耶！
洛阳相君忠孝家，可怜亦进姚黄花。

墨迹未干，子容已尽解其意，他抬头大惑不解地问东坡："先生这是不要命吗?!"

朝云勉强把定精神，过细地看了看，只待看完，竟昏倒在地。

东坡抱起朝云，心绪已乱，两行清泪潸然而下。

苏过默默地走近东坡，亦已泪眼汪汪。

静默，只有猕猴不停地动着。

子容卷起诗稿交与东坡，恳切地说："先生，此诗你知我知，万万不可再传啊！"

东坡透过泪眼环视各人神情，发现都一样地笼罩着哀漠之色。东坡最后看定猕猴，那猕猴的小眼不停地眨着，却似嘲弄之意。

朝云缓缓醒来，抱住东坡只是痛哭。

东坡肩负千钧般地慢慢站起，看看手中黑乎乎一片的诗稿。轻轻地扔与猕猴。

猕猴利爪抓住诗稿，嘴啃爪撕。诗稿慢慢变成了碎屑……

碎屑飞舞。

东坡眼前的碎屑，闪着奇异的光，突然，一片黑暗，什么也看不见了……

合江楼。

是夜。月光清亮，斜透纱窗。

东坡躺在榻上，辗转不能成眠。

超超端了一碗夜宵走到门前，敲了敲门："老爷，请用点心。"

东坡爬起床，开了门，怜惜地看着超超说："超超，你年纪小，不能熬夜，快回去歇息吧。"说着接过碗来，转身又放在了茶几上。

超超："老爷，您不吃晚饭，夜宵也不吃，要饿病的。"说着又端起碗送到东坡面前。

东坡只好接过来，慢慢地吃着。

超超默默地站着，眼角都湿了。

东坡吃完，站起身来，走进房子，站立窗前，向夜空望去。

东坡面对明月，抚髯长吟。

超超在房外细心聆听，忽露喜色，急取过书案上纸笔，驰墨录之。

全诗录完，正是东坡日间所作《荔枝叹》！

艳阳高照。

激越之声似山泉突涌——

茶坊酒寮，船头田间，到处唱开了《荔枝叹》。

歌声中：

东坡振奋的神情；

超超得意的神情；

西湖大堤工地民工们惊喜的神情；

希固和尚赞许的神情；

钓叟凝神聆听的神情；

"岭南春"酒寮林婆和满座宾客钦羡的神情；

江湖玩猴者诧异的神情；

方子容慨叹的神情；

王朝云忧心如焚的神情；

…………

东宫临漪阁。

奇石嶙峋，佳卉扶疏。

哲宗偕众宠妃正兴意盎然地品尝"绿罗衣"。

章惇匆匆而入，径至哲宗面前跪奏："禀皇上，据广南钦差密奏，苏轼于惠州写下反诗《荔枝叹》，直斥皇室！"说着双手递上诗稿。

哲宗接览，阅毕，愤然站起："哼，朕只尝尝几颗荔枝，也需如此张扬诬谤，真真可恼！"

章惇："听说此次惠州送上贡果'绿罗衣'，就因东坡作梗，不只误了数，还误了时辰，只是微臣不敢告知皇上罢了，谁料东坡竟又作出如许反诗，看来不杀无以惩戒！"

哲宗思忖良久，长叹一声："唉，一日为师，终身为父，岂可造次？"

章惇立即附和道："对！对！依皇上之见？"

哲宗："就再往南迁谪吧！"

章惇："好！再往南就是海南瘴地。……对，苏轼苏子瞻，'瞻'与'儋'字形相似，音且合，就再贬海南儋州吧！——嗯，这真是巧合，实乃天意也！"

哲宗："好吧，就再贬海南儋州，职授琼州别驾，昌化军安置。"

章惇："遵旨。"

合江楼。

朝云双眼紧闭，双手合十，跪着诵经祈祷。

西湖。

东坡神采奕奕，和民工一起抬土填堤。

合江楼。

朝云诵经祈祷，容颜已显憔悴。

西湖。

东坡奋力运土。

合江楼。

朝云诵经祈祷，猝然倒地，人事不省。

西湖。

超超跑上大堤，飞报东坡。

合江楼。

东坡扇着药炉子，为朝云熬煮汤药。

朝云病躯不起，东坡细心地一勺一勺喂药。

秋风瑟瑟，秋雨潇潇。

菜园子篱边的菊花，却正幡然吐艳。

东坡冒着淅淅沥沥的细雨，站在花丛前边，神情呆滞地抚弄着菊花，惨然自语道："采菊东篱下，悠然见南山。我是连陶渊明的福分也没有啊！"说着摘下两朵白菊，转身蹒跚地走着。

朝云垂危，东坡把白菊轻轻地放到朝云手中。

东坡看着菊花，耳畔仿佛响起朝云昔日凄婉的歌声：

> 花褪残红青杏小。
> 燕子飞时，
> 绿水人家绕。
> 枝上柳绵吹又少，
> 天涯何处无芳草。
> …………

（化入）

歌声中——

杭州。藏春楼。体态纤弱颀长、稚气未脱、眸子又大又黑的烟花少女朝云款款柔柔地向东坡道着万福，东坡带着朝云，看着她走上暖轿。

杭州西湖。游船上，东坡与佛印、惠诠等诗僧擎杯执壶，怡然畅饮。朝云从木盒中捧起一尾红鲤鱼，小心翼翼地移手船舷外，一松手，鱼儿落进湖中，倏忽消逝，东坡见状，赞许地点点头。朝云回头，向着东坡温婉一笑。

黄州。雪堂。东坡正在送客，一个丫鬟喜滋滋地跑来禀报，东坡匆匆送走客人，三步两步奔进朝云卧室。脸色苍白而疲惫的朝云躺在床上，脸上露出欣然的笑容。东坡抱起刚出世的儿子苏遁，意豁心开。

（化出）

东坡欣喜的双眸渐渐化为昏花的泪眼，手中的两朵白菊也渐渐化为两个素白的花环；花环又慢慢缩小，变成两粒灰白的珠子，那却是朝云的眼睛。

朝云双唇微动，念念有词，东坡贴耳细听，却是《金刚经》四句偈："一切有为法，如梦幻泡影，如露亦如电，应作如是观。""……但愿人长久，千里共婵娟……"遂卒。

墓碑。
碑文：爱妻王氏朝云之墓。
一座没有一株青草的新坟。
绿得发蓝的松林。
佛塔高耸的栖禅寺。
涟漪相续的丰湖，松涛喧哗，钟声幽荡，湖波汩汩。
东坡峨冠博带，伫立坟前。
墓前摆着酒菜，石几上陈放着文房四宝。东坡斟满一杯酒，奠洒于地，噙着两眶热泪，低声祝告道："朝云，你一生辛苦，万里追随。今生死异地，惟心神相依。你就满饮了吧！"

东坡连着奠祭了三杯，又祝告道："湖山安吉，葬墓永坚，接引亡魂，早生净土。浮屠是瞻，迦兰是依，如汝宿心，惟佛之归。"

东坡祝完，已是泪湿衣襟。孤寂悲凄之情难以抑止，遂取过案几上素笺，笔不随意，抖抖地写着：

悼朝云
苗而不秀岂其天，不使童乌与我玄。
驻景恨无千岁药，赠行惟有小乘禅。
伤心一念偿前债，弹指三生断后缘。
归卧竹根无远近，夜灯勤礼塔中仙。

东坡书毕，又低低吟哦了一遍，这才转过身来，对早就站在一旁的苏过轻声嘱道："叔党，朝云虽为二娘，但她品行高洁，应受正礼。"苏过顺从地点点头，恭恭敬敬地跪下行了大礼。

此刻，从栖禅寺方向传来希固和尚的喊声："东坡先生，杭州佛印禅师差人来啦！"东坡一听，精神遂振，急向喊声方向走去。

东坡疾走。
两个疾走的人影终于会合在一起。

惠州西湖苏东坡与王朝云雕像

赤足垢首的卓契顺紧紧抱住东坡，连声喜道："先生久安！先生久安！"说着从贴身衣袋掏出一信，双手郑重递与东坡："这是佛印禅师给先生的信。"东坡急切接过，撕开封皮。东坡阅信，心情兴奋，不觉念出声来："……子瞻，若能脚下承当，把一二十年富贵功名贱如泥土，努力向前，珍重珍重。"

希固和尚此时已跟了上来，东坡将信一递，感慨万千地说："大和尚，我被贬南迁，释道数公，千里致问，情意之厚，有加于平日，此道德高风，果在世外也！"说罢，面北而拜，垂首涕零。

希固、卓契顺感叹系之。

沙洲。

月色熹微，薄雾轻悬。

苏东坡徘徊沙滩，心情郁闷，不时长吁短叹。

超超跟随东坡身后，清泪盈睫，深情地望着东坡。忽地，她疾步趋前，径至东坡跟前跪下，哽咽言道："苏大人，您就收下我，做您的侍妾吧！"东坡将超超扶起，轻声抚爱道："超超，我何以不知道你的一片真心，但你实在太小了呀！我怎能误了你一生呢？再说——"超超睁大泪眼，屏气敛息地听着，东坡望着白雾弥漫的湖面，浊泪夺眶而出："再说。东坡情痴非在色，知音永结白头缘，朝云既去，东坡已誓不再娶……"

超超掩面痛泣。东坡望天叹道："唉，缺月挂疏桐，寂寞沙洲冷——子霞，你不该舍我而去啊……"

西湖。

云峰秀媚，湖影清淑。

大堤落成，惠州百姓额手相庆。文人仕女览赏春景，笑语声喧。

东坡杂在人众之中，颇感快慰，但眉宇间却愁丝隐隐。他不时望望前面的孤山，但见萋萋芳草，苍翠扑人，却也只是迷茫的一片。

希固和尚挤在东坡面前，满满地斟了一碗酒："赖先生鼎力，大功告成，我受惠州父老乡绅之托，敬您一碗，祝大人长寿。"

东坡高兴地接碗，高举过头，大声说："祝乡亲父老长寿！"说完却放下碗来，并不沾唇，那神色变得庄重起来。

众感愕然，不由得屏声敛息，一齐怔怔地看着东坡。东坡正色道："乡亲父老，轼先奉告命，落两职，追一官，职授宁远军节度副使，惠州安置。弹指三载有余。今以垂暮之年，又奉告命，职授琼州别驾，昌化军安置。此赴天涯，无复东还之望，然精神未泯，愿与惠州父老乡亲万里同心！"言毕，举碗一饮而尽。

众皆哗然，拥住东坡，拭泪悲泣者，不计其数。

希固拉住东坡，哽咽着说不出话来。东坡指着超超，对希固言道："大和尚，钓叟已同我议妥，就依超超心愿，让她随你出家学佛吧。"说着朝孤山方向望去，怅然言道："还有一事，也一并托付于你，每年朝云祭日，但请大和尚焚香酹酒，为朝云超度亡魂。拜托了。"说着朝希固深深作了一揖。

卓契顺从希固身后站了出来，大声言道："先生既赴海南蛮荒之地，恐魑魅为邻，衰疾交攻，卓契顺愿随先生渡海，以报先生知遇之恩。"

东坡又要对卓契顺作揖，卓契顺慌忙扶住，洒泪叹道："只怕是佛印禅师得知，难以神安啊！"

东坡仰天长啸："佛印禅师，愿君与我归一梦，但将地狱作天宫！"

宋哲宗绍圣四年（1097）。

东江渡口。

林木排青，落英缤纷，时已暮春。

东坡与送行州民百姓一一揖别。超超已削发为尼，和希固一道，为东坡合十祈祷。

东坡走下渡口石级，子容早在舟边恭候。

子容："坡公此行，子容早在意料之中，目下虽不明东京旨意，但恐大半与坡公诗作有关。当此临别之际，子容愿再进一言：先生痛饮勿叹息，收拾诗章入酒杯。"说着递过酒来，恳切地望着东坡。

东坡接过酒，看那酒杯，竟似在杯光酒影里，看到子容昔日说话恳切的神态——"我是说，西湖虽好莫题诗啊！"

东坡一定神，幻影消失，语音犹在，脸上不觉闪过一丝苦笑："南圭兄不幸而言中，轼本当切记。只是人非草木，焉能无喜怒，无是非，万念皆空啊？"说着举酒一饮而尽，将杯递与子容，俨然道："轼虽迹近狂妄，然不有益于今，必有觉于后，决不碌碌与草木同腐！"

子容欷然与东坡默默揖别。

苏过、卓契顺一行早登大船前行，东坡登上钓叟扁舟，飘然而去。

东坡孑然伫立船头，望着江岸初结红果的荔枝浦，惋惜地叹道："呵！荔果又将熟了……"

　　林婆站立江边，老泪纵横，目送东坡远去。

　　烟波孤舟，渐渐隐没。

　　（推出字幕：剧终）

　　　　　　　（剧本写于1983年，所用照片由惠州市西湖景区管理中心提供）

附：

何谓文学性的语言表达方式？

电视文学剧本《东坡三折》写于 1983 年，当时用的就是文学性的语言表达方式。迨至 2010 年，在 2010 年 7 月 5 日的《文艺报》第三版上看到一篇署名为王斌的文章：《剧本能否构成文学的表述？》，觉得所论甚为正确，且与我的创作实践不谋而合。现将其论简辑如下：

语言向来具备着两种功能，一者为表意功能，一者为美感功能。前者容易理解，亦容易区分。因为作为人类的一种交往工具，语言在此是工具性的，它本身只是单纯地在传达内容；而文学则在这一工具性的语言交流之上，又添加了一项新的内容，它不仅仅是在工具层面上完成一个表达，而且是在表达中委婉地传递出一种语言的美感。

"枯藤老树昏鸦，小桥流水人家，古道西风瘦马"，在这一首古诗中，语义自然是确然的，但似乎又不尽然。虽然它展示了一片和谐的田园风光，但又意在言外，所谓的言近旨远是也。于是，这一语言的表述形象地构成了文学内容，我们在读出其语言意指时亦读出了其中的语言美感，文学由此而诞生了。

在当下的所谓文学剧本中，非文学性的剧本比比皆是，问题就出在文学语言的表述上。

剧本并非仅仅只是依托在未来电影的影像呈现上，而是可以作为一个独立的文学文本而存在。

文学语言之所以为文学语言并非只是为了语言的潇洒与花哨，而是为了在深刻地感受到其所置身的人生与人性时，必须用文学的感性语言来传达人生与人性的复杂性，工具性的语言显然无法承担这一使命，它的那种直露、粗鄙乃至简化的表述方式无法穷尽人生与人性的暧昧且多义性，亦无法将丰富的情感内容予以呈现。

剧本能否构成文学的表述？语言的文学性是衡定它的首要标准。

当下的中国电影，之所以充满了争议，就是因为缺乏创作阶段的文学营养与文学的滋润，它们所立足的所谓电影剧作根本上就是文学上的贫血。

代跋

陈韩星：我的艺术成就都是
从时代实践中磨练出来的

一路繁花簇锦·陈韩星口述

《特区青年报》刊载的访谈录

个人档案

陈韩星，普宁占陇人。1946年3月出生于香港。国家一级编剧，汕头市第四届优秀专家、拔尖人才。1965年9月高中毕业后上山下乡，到海南岛儋县红岭农场（后为原广州军区生产建设兵团四师十四团），历任团、师、兵团文艺宣传队编剧。1978年调任汕头市歌舞团编剧。1980年调汕头地区戏剧工作室（后改为汕头市艺术研究室）工作。1991年至2006年任汕头市艺术研究室主任。2006年退休。

其所作历史歌剧《蝴蝶兰》1979年首演，获广东省专业戏剧创作剧本一等奖，成为汕头市歌舞团脍炙人口的经典之作；《东坡三折》1985 年获上海戏剧学院函授班学员作品一等奖；电视连续剧《韩愈传奇》（18 集）1999 年获第三届广东省"五个一工程"优秀作品奖；《大漠孤烟》《巴山夜雨》先后获"全国戏剧文化奖·大型剧本金奖"。《大漠孤烟——陈韩星歌剧作品集》《心海微澜——陈韩星文论集》《观潮探海——潮剧潮乐研究文论集》由暨南大学出版社出版发行。

上海戏剧学院戏剧文学系教授朱国庆认为："陈韩星长期坚持非功利的创作，三十年来锲而不舍地创作歌剧《大漠孤烟》《巴山夜雨》《东坡三折》等古代诗人系列。他的作品在当今剧坛上可以说是独树一帜的。"

口述时间：2020 年 5 月 1 日上午
口述地点：汕头市海滨路海岸明珠君庭陈韩星家
口述记录：林琳（《特区青年报》总编辑）
口述照片摄影：辛挺（《特区青年报》记者）

前　言

陈韩星这个名字，在汕头文化艺术界几乎就是才华和才子的代名词。自中华人民共和国成立以来，本土的剧本创作、评论文章及散文如此多产且精妙绝伦者，难出其右。

从前在公众场合中跟陈韩星老师有过几次谋面，他给人一种低调内敛的印象，话不多，不善交际，以致多次见面，彼此之间还没法真正相识。此次为搜集汕头市歌舞团的史料，专程上门拜访，始得有这番难得的专访。

这是第一次听陈老师讲述他的跌宕人生和艺术经历，语调平缓，情节丰满，已经发生的过去和正在发展的现实，在他层层递进的回忆中跃然而出，让人窥见许多消泯于尘埃的历史细节，这些细节对于个人与时代的影响竟如此耐人寻味，让人在貌似沉重的表象中探寻到富含特质的活色生香的故事内涵，不禁肃然起敬：生命的韧性，恰恰就在于这些磨砺中不知不觉成长。

口　述

我是在香港出生的，中华人民共和国成立前夕随父母回到汕头。

我爸爸叫陈志华，是一位爱国青年，年轻时碰上日本侵略中国，他从潮汕跑到桂林去，在那里结识了我妈妈。那时候，我爸妈都是热血青年，在 1945 年之前，他们一同回普宁家乡参加抗日，就是驻守在大南山的韩江纵队。我妈妈就是在大南山上怀了我。

抗战胜利后，国民党来大南山抓人。我妈跟我爸就由组织安排去了香港。我实际上是在母亲腹中跟着去了香港。隔年 3 月，我在香港出生。

半年后，国民党又来搜捕。我们住在学士台。那时候廖承志的母亲、茅盾等，都住在那里，可以说进步人士住在那里的比较多。我们家就在何香凝的隔壁，我小时候生病，她还给我看过病开过药。

　　1946 年年底，我家按照组织安排，又迁徙到泰国。至 1948 年年底，全家才回来。我们先在普宁家中，那时候我爸爸正生病——肺病，所以组织安排他回家乡养病。到 1950 年病情初愈，他被安排在潮汕文联工作，后来到《汕头日报》工作。

"少年时期家里很穷，但是我的学习成绩很好"

　　解放初，潮汕文联办公地点设在潮州，我就在那里读小学。后来才随家来到汕头。我的小学阶段几乎是到处迁徙的，最初是在潮州读，然后 1956 年又随父亲回到普宁读，再后来是在汕头。我初中在福平路的第六中学读书，高中读的是汕头市第一中学。

　　我读六中的时候，毕业考试的分数，除体育 3 分外，其他学科全部都是 5 分（其时为 5 分制）。那时候家里穷，我天天做家务。我们住在衣锦坊，烧煤块。我们住在楼下的大房间，天蒙蒙亮就起来烧火做饭。因为家里穷，读高中时没钱交学费，校长陈仲豪得知，不仅给我全免费，还每学期拨 2 块钱给我买笔买簿。陈校长真是一位很好的人，我至今还不时去拜访他。

　　我 1965 年高中毕业。毕业后，因为我爸爸的所谓政历问题，我无法去读大学。当时，有这么一个印盖在我的档案上："该生不宜录取。"所以我虽然跟着同学们一起去考大学，但最终并没考上。

　　此后，我就去海南下乡了。

"因为宣传的需要，我练成了写数来宝快手"

　　1965 年 9 月，我去海南，在儋县红岭农场。我下乡一共 13 年。

　　"文革"开始时，各个农场组织文宣队，我被叫去当队长。我们宣传队 12 人。我搞创作就是从那时开始，学写快板、数来宝等，练就了急就的功力。那时候，毛主席的最新指示一般是在晚上 10 点钟左右到，我们边听广播，边记录。比如"抓革命促生产"，我就根据这个最新指示，写成几分钟的快板。12 点前就要出发，连夜到各生产队宣传。这叫"宣传毛泽东思想不过夜"。

　　我们边走路，边打鼓。各生产队的知青和职工，听到鼓声，就都纷纷起床，列队在宿舍前面的空地上。我们到了之后，我就宣读："伟大领袖毛主席发出最新指示……"然后大家就敲快板。然后就接着去下一个生产队。

　　我没有经过专业训练，是在实践中锻炼出来的写快板的快手。那时，经过整整一年的高强度磨炼，我进步很快。写快板要押韵，句子要通顺，也不能太高深，得让群众听得懂。写快板、数来宝，还有后来写歌剧，都是在实践中学习磨练出来的。当时，新指示到达后，大家随即敲锣打鼓，我就在这么热闹的环境里创作快板、数来宝，我用衣服包住头，露出眼睛，坐在椅子上，就着微弱的灯光，就这么写啊写啊。

"高强度的磨练，给我的人生带来了好运"

　　这么高强度的磨练，给我的人生带来了好运。

　　1969 年海南成立兵团。我的连队是新建八连，叫我当司务长，还同时要兼顾创作。我经常要到团部拉货，坐着牛车去。这个路程是两个小时左右。我学会驾驶牛车，一边赶牛车一边看路边的风景，任思绪飞扬。

久了，我因景生情，写了一个数来宝叫作《赶牛车》，这时从加来（海南一个镇）分配了一个中专生到连队来，他会敲数来宝。他敲了我的这个作品，到师部演出。刚好师部一位政治处主任是北方人，很喜欢数来宝，也内行。主任听到了，很惊讶，就叫人去查，问到蔡宝烈（我的高中同学，当时已经在师部报道组），蔡宝烈告诉他，是我写的。他就让蔡宝烈和一位姓闫的科长，隔天到连队来找我。

我事先并不知道。那天刚好去团部载油回连队，车后绑着一桶50斤重的油。我推着单车正艰难地爬山坡，后面就有人在叫我，我转身一看，呀，两个穿军装的人！我心里怦怦跳，害怕他们是因为我爸爸的历史问题，要来抓我的。谁知那个闫科长问我："你就是陈韩星？写数来宝的那个陈韩星？"我说："是。"他霎时就流下眼泪。他说："你数来宝写得那么好，竟然在干这个！"当即说："明天你就不用干这活儿了。跟我走！"

我就跟着他们去了师部文宣队，开始编短剧。后来又被调去了兵团文宣队。兵团下面有10个师，我几乎跑遍了。闫科长是住在山海关一带的东北人，我一辈子记住他的知遇之恩，还有那位师部政治处辛主任。

"回汕头后去歌舞团上班，心里感觉非常幸福"

我的生活就这样，充满坎坷。1978年2月，我从海南岛生产建设兵团文宣队（后改为农垦文工团）回到汕头，是被招工回来的。汕头去那边招100个国营工人，要年纪较大且有点文化的。我够条件，就被招来。

来汕头后，我被分配到公元厂。因为当时歌舞团缺人，市文化局去看了我们这批人的档案。他们调到了我的档案，当天晚上到我家来通知我：明天去文化局报到。

我隔天去了，一早到文化局，接待的同志是人事科科长黎平，见我穿着军装（没有三点红），很感动，红着眼眶说："你辛苦了！"他同情我的遭遇，让我先回去整理自己的创作资料给他看。我第二天再去报到，拿着一叠资料，他说："这些留下吧，你先回去休息半个月。"

半个月后，我再去报到，黎平说："大家都觉得你的水平不错，现在经过党委讨论，决定将你分配到歌舞团艺术室当编剧。"

我第二天就跑到歌舞团报到。团长马力接待了我，对我说："有事会找你，你先回家吧。"我听不懂，隔天一早，8点钟就到歌舞团。门房梅伯问我来干吗？我说上班啊。梅伯笑了，说："你们这些不用坐班。"那时候，歌舞团就在中山公园里，因为天还早，我就在公园里逛。心里感觉非常幸福，有种一下子到了天堂的感觉——哎呀，不用坐班，还领工资，每个月32元。真是美极了！

"去厦门采风，无意间发现了《蝴蝶兰》题材"

我在家没事，就去找教初中语文的徐凌英老师，借《唐诗三百首》来抄。我想：无论如何，一定要补好文化课。我将三百首诗连同注释都用毛笔字抄了下来，我深深地感觉到，这些唐诗与我以往在海南写的快板真是不可同日而语，我由此大彻大悟，也由此走上了一条完全不同的创作之路。

过了一年的时间，1979年，中华人民共和国成立30周年，元旦那天，全国人大常委会发出《告台湾同胞书》。这对于两岸关系有一个里程碑式的意义。汕头市歌舞团就派人去找题材，要创作一部与台湾有关的歌剧。

我们一个小组5个人（副团长张力、我、洪寿仁、章燕梅和杨启进），去了厦门。

好像天在助我。我们去厦门电台，那天走进二楼去时，见走廊间有一个播音室，门开着，里面没人。我就大着胆子走进去，见到桌子上摆着要播的播音稿——《吴凤的故事》，下面署名是厦门大学中文系教授陈国强。那时候没有手机可拍照（其实也不敢乱拍照），我匆匆浏览了这两页稿子，用心记住作者的名字和单位，因为我感觉这是一个好题材！

我不敢待久，就出来了。刚好那个播音员阿妹上洗手间回来。哎，就这么一瞬间的机会，给我抓住了！

我马上告诉同伴：咱们哪儿都不用去了，就去厦门大学找陈国强教授。我们就去了，找到陈国强之后，我就将这个故事抄了下来。当时我们就住在厦门大学招待所，半个月时间，我一个人泡在图书馆里，看资料，抄资料。

半个月后，我们要回汕头了。那天一大早，大家搜遍了衣服的各个角落，只凑到两角四分钱的硬币！怎么办？没钱吃饭和买车票。我记起海南兵团宣传队有一个叫韦小美的，她姐姐就在厦门歌舞团工作。于是，我就和洪寿仁去了。到了那里，拿出介绍信给门房，探知韦小美姐姐的住址。我俩马上奔她家去，跟她借了32元，大家才得以回汕。

干吗要讲这个插曲，是感慨啊——觉得自己身上有汕头人那股子灵活劲儿，善于想办法。

"经过七次修改，《蝴蝶兰》半年后公演取得成功"

回汕头后，我们马上就着手创作。短短半年的时间，我们的歌剧《蝴蝶兰》就公演了。这个剧本改了七稿。我和洪寿仁边写边改，我自己刻钢板、印刷，所以能省下很多时间。

原创的历史歌剧《蝴蝶兰》，编剧是我和洪寿仁；作曲是郑诗敏；导演是李腾骐；舞蹈编导是章燕梅；舞美设计是杨启进；乐队指挥是蔡仕祯和郑国明。

《蝴蝶兰》从一开始就受到各方面的关注。1979年8月，广东省文化厅厅长唐瑜亲莅汕头支持与指导歌剧的创作；11月，省文化厅副厅长海风和省戏剧研究室专家苏家驹、古光华专程莅汕观看、指导《蝴蝶兰》彩排；12月1日起在大观园戏院连演16场，受到省、市文艺界人士和观众的一致好评。

1980年3月，《蝴蝶兰》荣获1979年度广东省专业戏剧创作剧本一等奖。随后，省文化厅决定调《蝴蝶兰》到广州演出。4月1日晚，《蝴蝶兰》在广州为广东省第二次文代会作专场演出。广东省文艺界知名人士欧阳山、杜埃、陈越平、唐瑜、海风等观看了演出并上台接见剧组演职员，给予热情祝贺和鼓励。4月6日晚，中共广东省委第一书记习仲勋与李伯钊、浦安修等同志观看了《蝴蝶兰》，予以肯定，上台亲切接见剧组演职员并合影留念。文代会代表、广东民族歌舞团团长刘选亮，南方歌舞团艺术指导、中国舞蹈家协会广东分会主席陈翘，向汕头市歌舞团热烈祝贺演出成功。他们看到家乡出此成果，喜出望外，十分激动地说："汕头市歌舞团能创作、排演这么高质量的歌剧，真不简单！"在广州演出几场之后，各方赞赏，反映强烈。4 月 9 日，中国戏剧家协会广东分会与中国音乐家协会广东分会为此特地联合举行座谈会。与会专家学者认为，歌剧《蝴蝶兰》思想内容有强烈的现实意义，艺术构思奇特，人物形象鲜明；该剧注重歌剧艺术特色，从歌唱、舞蹈到布景、衣饰，都有较鲜明的民族特色。音乐以台湾高山族民歌为基础，并运用南曲、南音进行创作，旋律朴素简洁，优美动听。饰演吴宏的黄永华，对人物独特的思想性格及其变化，揣摩入微，演唱深沉、含蓄、自然、朴实，较有深度地表现了吴宏的精神境界。其他几位主要角色（饰演慕兰荫的汪多莉、饰演北社酋长的李建元、饰演乃茵的梁成苑等）的表演，台风朴实，以声唱情，也达到相当水准；在舞台表演方面，汕头市歌舞团作为市一级的文艺团体，能达到这样的水平，可谓难得。与会专家学者普遍认为，《蝴蝶兰》是一个好歌剧，是"沉寂了十多年的广东歌剧舞台的一朵新范"，也是"粉碎'四人帮'后我省创作的第一部歌剧作品"。

在此期间，广东电视台对《蝴蝶兰》做了实况录制，后又邀剧组进电视台用一周时间重新进行全剧的细致录制，并做了全剧转播。播出后，中央电视台又特予全剧转播。这一来，许多身在外地的潮籍人士，都看到了家乡的这部歌剧。真是"蝴蝶兰花香万里，乡音乡情诚可贵"。汕头市歌舞团在上海、武汉、广州等地的亲属、朋友，看了该剧的转播，也在第一时间纷纷欣喜地来电祝贺。该剧在潮汕、广州、肇庆等地公演，广受欢迎与好评，我收集到的各报刊先后发表的报道与评论文章共有 35 篇。

"人生不可能一帆风顺，认准方向，自己努力，最重要"

1980 年，汕头地区文化局成立戏剧工作室（后改为汕头市艺术研究室），吴荣主任调了我上去。我去后，觉得这个地方适合我，从此就在艺术研究室待下去，从一般科员做到副主任、主任，在这里待了 26 年。这期间，有几个市级单位想调我去，我都没动，因为我觉得自己只适合从事艺术创作和研究工作。

从事艺术创作和研究工作的路子，我的起点很低，不是科班出身，但是我很注意从点点滴滴去学习。1984 年我去读韩山师专干部专修科；后来，1997 年还去上海戏剧学院读编剧高级研修班，我在班里当班长。我觉得，要做点事情，你就得甘于寂寞，抵挡住诱惑，在一个最适合你地方待下去；同时，从来都别忘了自己的身份，我当了三届的艺研室主任，但是我从不忘记自己是编剧。

我的经历曲折，有今天这么一点艺术成就，全是在时代的实践中磨练出来的。我要告诉年轻人的是：人生不可能一帆风顺，认准方向，自己努力，最重要。我在韩山师专读干部专修科时，脱产两年。这两年时间里，我不是为了混大专文凭，而是很专注地，没有浪费一天时间地在拼命汲取知识。那时候正值汕头大学筹建初期，有许多外地教授到汕大考察，韩山师专抓住机会，每周日晚上都会请这些教授、名人来开讲座，我没有一次落下。为了能早点到会场，能找个位子坐，我总是提前从汕头回去潮州，早早就去占位。每一个讲座，我都认真听，做速记，第二天早上认真整理写成笔记，至今，当年那些讲座的笔记，我都保留着。这些内容，无论是谈历史的、文学的、诗词的、绘画的、摄影的，都对我的创作很有帮助。我就在这个过程中，慢慢积累、领悟、创作。可以说，我这一辈子，从青少年时期开始，几乎没有一天是浪费着过的。

2006 年 3 月刚退休，我就被邀去上海写电视剧本；2007 年被广东省潮剧发展与改革基金会邀请参与《潮韵》杂志的编辑工作；2008 年至 2014 年被广东文艺职业学院邀请担任学报《广东文艺研究》执行主编；2015 年被汕头市文化馆邀请担任艺术顾问；2017 年将原《文化走廊》升格为《文化汕头》，当执行主编，一直干到现在。五年了，五年来，只要上班，我很早就去文化馆，第一件事就是将多年来积累的剪报，选择出精彩部分在电脑上打字编辑成《读报小札·新谈艺录》，每天两三百字，几年下来，也有十七八万字了。现在正在省里的"一壁残阳"公众号连载，竟然获得好多人赞赏。广州中山大学的吴国钦教授说："这些全是关于人生、艺术、读书、审美、书法等嘉言雅语的辑编，读后无论是谁都会大有裨益的。"

我已将近 75 岁了，从退休到现在还没有停下来，我想，在海南耽搁的那十三年应该是补回来了。

（载 2020 年 5 月 28 日《特区青年报》）